U0066031

末日森林

蛇之血與淨土病

II

崑崙——著　ALOKI——插畫

目次

開場

冰冷死白的方正空間裡，一列隊伍依著順序從門口進入，在正中央的小桌填寫文件。

這些人面無表情而且沉默，像遺留人世的亡靈，不過血都還是暖的，心臟也認命跳著。在來到這裡之前，他們接受一連串的檢查，確保健康正常。

門口兩側各有警衛守著，像是兩尊不動的石像鬼，就一對眼珠轉動，看這些人走入。有些人無法接受文件列出的要求，循著原路默然離開。

這些人來來去去，全程安靜。

輪到他了。

他幾乎填滿表單上的空格，所有的保密協議與要求都快速打勾，沒有任何猶豫。唯獨一格缺漏。

「緊急聯絡人要填。」引導人扳起難看的臉孔，「不知道填誰就父母隨便填一個。」

他搖搖頭。

「沒有父母？」

「沒有。」

「其他的家人親戚也可以。」

「沒有。」

「女友？看你這年紀，女友幫不上什麼忙，朋友也沒用。真的沒有其他人可以填了？」

「都沒有。」

引導人不開心地撇嘴，似乎在問這是開什麼無聊玩笑？

「怎麼了？」另一個階級更高的引導人過來了解狀況。

這個高階引導人明顯要親切許多，而且分量十足。不是體型或階級上的分量，而是內在。像山。一座冷峻的山。

引導人說明：「他什麼都沒有。」

高階引導人端詳他幾秒，又檢視他填寫的文件，隨後欣然同意：「沒問題，他會很好用。」

他隨著高階引導人離開，踏入另一頭的長廊。

長廊筆直延伸，盡頭凝縮成小小的黑點。

高階引導人替他引路。

在漫長的沉默後，他問：「我這樣很糟？什麼都沒有。」

「你很幸運。」高階引導人說。

「不明白。」

「你是最自由的人。」

他仍然不明白，卻沒問。已經抵達長廊的盡頭。

面前的鐵柵門打開，他主動走入門後的電梯。

「你只要為自己活著就好。」鐵柵門關閉時，高階引導人說。

電梯啟動。

他思索高階引導人的話，一路向下。

一　石龍子

盛暑的烈陽照得馬路一片光亮，彷彿能讓觸及陽光的生物冒泡燒焦，化成爛糊糊的肉泥。行人盡量躲進陰涼的騎樓內行走。有對年輕情侶藉此避開日光，不忘一路摟摟抱抱。

這對情侶經過專賣兩棲爬蟲類的寵物店，從乾淨的透明櫥窗可以看進店裡，成排的展示缸裡有各種蛇類蜥蜴，還有青蛙與陸龜。

好奇的大學生情侶想進去參觀，但發現門推不動，這才看見掛在門上的吊牌是大大的CLOSED，目前尚未營業。

這對情侶互看一眼，都不能理解，因為店裡的燈全開，年輕美豔的老闆娘人也在櫃檯玩筆電。

「搞什麼啊？真偷懶。」年輕情侶抱怨。

老闆娘跟店裡的爬蟲動物一樣沒有動靜，但長睫毛下的眼睛飛快掠過櫥窗。敏銳如她早就發現那對年輕情侶了，只是現在不是接待客人的時候。

老闆娘重新調整頭髮，綁成方便的包子頭。她一身輕便的穿著很夏天，是黑色無袖背心與牛仔小短褲，蹺腿的腳尖上還掛著夾腳拖，這樣的打扮像隨時都要往海邊跑去。

但是現在老闆娘哪裡都不會去。

老闆娘纖細的頸上有條黃白相間的玉米蛇攀繞著，她塗有黑色指甲油的手指撫過玉米蛇滑溜的鱗片。玉米蛇吐出蛇信回應。

老闆娘無聲笑了笑，繼續操作筆電。

筆電畫面是視訊會議，被分割成四格，其中一格屬於老闆娘。其他三格分別是戴著玳瑁圓框眼鏡的老婦人、背光看不見臉孔的男性、還有背景是沙灘，人在遮陽傘下的肥肚大叔。

「松雀你可以調整鏡頭的位置嗎？大背光根本看不到你。」老闆娘提醒。

「看不到我沒關係。石龍子，妳該明白這不是會議的重點。」被稱為松雀的背光男人毫不掩飾傲慢的語氣。

「也好。不用看到你那張臉是好事。」以「石龍子」作為代號的老闆娘立刻反擊，她從以前就看不慣松雀那副莫名高傲的嘴臉。「你背後的風景好多了，夏天的首爾真棒啊。」

松雀的語氣平淡得令人惱火：「小心啊，妳脖子上的玩意說不定哪天會勒死妳，像妳派出的暴徒不受控制。」

「不要把責任全部歸咎在我身上！」石龍子怒斥。

「兩位冷靜。天氣真熱，大家火氣大講話難免比較直接……。」遮陽傘下滿臉汗滴的肥肚大叔趕緊插嘴，試圖緩頰。

這個肥肚大叔擁有與油膩外表不符的柔和語調。他摘下墨鏡，邊抹汗邊說：「不過你們冷氣溫度別調太低了，要珍惜環境，北極的冰一直在融化啊。」

「光是約束平民節省冷氣是沒用的手段。圓缸，你一定知道工業排放的廢氣才是罪魁禍首。」松雀像在對小孩子說教似的。

「啊，的確是這樣。可是沒人能阻止工廠啊。雖然我愛大海愛到恨不得可以溺死在海裡，但是海平面上升太可怕了……啊，你們看，沙灘也好棒，越南的峴港好美，你們有機會都該來看看。」圓缸轉動視訊鏡頭，照出細白的沙灘與蔚藍海面。

「越南食物一定很好吃，你好像又胖了？要小心疾病找上身呀。」戴著玳瑁圓框眼鏡的老婦人睜大眼睛打量，讓又大又圓的眼珠更加放大。

「貓頭鷹的眼睛總是這麼銳利。春捲沾魚露太可口了，米線跟生菜的搭配怎麼能如此清爽，好適合夏天……不小心就多吃了。」圓缸挪動身體躲避視訊鏡頭，盡量藏住圓滾滾的肥肚。

從旁人看來，這似乎是不相干卻硬湊在一起閒聊的人，但這四人大有來頭，皆為永生樹的現任管理者：松雀、石龍子、圓缸、貓頭鷹。

永生樹是地下專屬的人力仲介機關，專門介紹擅長合法的、或非法活動的僱傭兵，服務的範圍擴及大半個亞洲。

永生樹的服務對象跨足政商兩界，比如為政要提供保鏢服務、暗殺政敵或綁架政敵的妻小情婦，亦替商界人士殺害競爭對手、盜取商業機密。當然也服務黑幫，提供看門的或打手、運送毒品跟贓物、殺死敵對勢力的成員。

永生樹秉持絕對中立的立場，只負責提供所謂的「僱傭兵」，不介入雇主之間的鬥爭糾紛。同為永生樹派出的僱傭兵，可能因為雇主不同而相互敵對。就某種層面而言，可以說是永生樹提供武器讓雇主互相廝殺。

四名管理者有不同的服務對象：松雀負責政界、圓缸負責商界、石龍子是與黑幫還有層級較低的委託人打交道。至於貓頭鷹除了支援其他三位管理者，目前主要負責招募僱傭兵，建立人力資料庫。

現在四名管理者進行線上會議，也與收到的委託有關。

「結束這些沒意義的閒聊，切回正題吧。」松雀打斷，「現在確認那位斐先生製造了極具危險性的不知名病毒，並且以不同的名義招募受試者，用來試驗病毒的效果。這些都是應委託人陳教授的要求，讓僱傭兵偽裝成受試者所得到的任務報告。你們也收到石龍子的通知了，陳教授提出新的委託，要求除掉這群受試者避免感染擴散。」

即使臉孔背光，石龍子仍肯定松雀的視線隔著視訊鏡頭緊盯過來。剛才松雀提到派出暴徒是在諷刺石龍子，畢竟是她接下委託然後派遣旗下的僱傭兵王蛇假扮受試者，結果導致王蛇被感染。

石龍子不禁思考，松雀究竟在盤算什麼？

貓頭鷹發言：「我想我有義務提醒各位，研發出病毒的斐先生非常危險，是瘋狂的傢伙。幸好現在明白他的動機了。從王蛇提供的任務報告來看，可以推測病毒具有針對性。當時現場的青年沒有互相攻擊的情況發生，卻一致傷害老年人。這是斐先生的作風，他想要消滅老人，他在追求所謂的進步與淘汰呀……。」

圓缸搖頭，甩出幾滴豆大的汗粒。「如果病毒擴散會不可收拾吧？人為的浩劫啊！到時候開不開冷氣都無所謂了，現有的秩序全部會被破壞！貓頭鷹也會變成被感染者攻擊的目標，一定要阻止那個斐先生吧？」

「如果有機會的話，我是如此希望的。這不僅僅是擔心自己的安危，而是我明白像斐先生那樣的人，會引發不可逆的可怕災害。」貓頭鷹憂心地說。

石龍子抓住空檔打算要說話，松雀故意咳了一聲，斷了她說話的時機。石龍子只能惱火地瞪著螢幕，瞪著侃侃而談的松雀。

「容我提醒，永生樹只負責接受委託並提供委託人所需要的僱傭兵，無論是維護社會秩序或扮演英雄拯救世界都不是永生樹的立場。永生樹要保持絕對的中立，這也是我們倍受信賴的原因，儘管有時候會因為管理者判斷失誤，不幸出了差錯……。」

石龍子聽出松雀話裡的嘲諷，一股怒意衝腦，打斷松雀的發言。

「松雀，我受夠了。對，我不像你負責的委託人都是政界那些高高在上的大人物，但是你要不要在開口前好好想清楚，為什麼會這樣？記得當初的共識嗎？還不是為了讓永生樹壟斷地下人力市場，才要盡可能網羅客戶。

「你知不知道很多層級低的委託人提出的委託跟價碼，根本沒什麼僱傭兵想接？都不屑去碰！只有那些被你看不順眼、充滿劣跡品行不良的僱傭兵才願意接手。所以我才會一直派出你口中所謂的暴徒！因為他們不怕弄髒自己的手，只要有錢拿就好！」

圓魟跟貓頭鷹體諒地點頭，他們都知道這難為了石龍子，要不斷跟黑幫還有不入流的委託人打交道，幸好她能力夠強足以應付。可惜僱傭兵額外惹事就不在她能夠掌握的範圍，比如這次的王蛇。

石龍子依然憤怒。「松雀，我受夠你的挑釁。但我不會因為跟你的私怨繼續浪費會議時間。我就直接問了，三位打算怎麼處置王蛇？」

「關於王蛇，」圓魟謹慎地確認：「是『那個王蛇』嗎？」

「對，就是『那個王蛇』沒錯。」石龍子知道絕對不能隱瞞這點。

「啊……那是真正的惡名昭彰啊。」圓魟說，語氣像踩進髒水窪讓鞋子泡了泥水般難受。

「我明白。」石龍子不怪圓魟有這樣的反應，畢竟是「那個王蛇」啊。

即使習慣跟各種牛鬼蛇神打交道，但是「那個王蛇」依然讓石龍子頭痛不已。她相當後悔：當初怎麼會讓王蛇加入永生樹……這全是她親手造的孽，也是至今不敢透露給其他管理者知道的祕密。

圓虹遲疑地問：「陳教授要求消滅所有的受試者……也就是首批感染者，這也包括『那個王蛇』吧？要、要就這麼殺掉他嗎？雖然他的事蹟很精彩，但是……我覺得應該再慎重討論？」

「這是好機會，除掉王蛇對永生樹是好事。」松雀冷酷地說，「王蛇身為永生樹的傭兵與感染者，如果他讓感染擴散，必然影響永生樹的聲譽。」

眾人陷入沉默，就連與王蛇私下有交情的石龍子也沒說話。

因為是「那個王蛇」啊。

「圓虹，多說一些你的想法。你似乎在顧慮什麼？」貓頭鷹問。

「我是擔心萬一王蛇殺掉太多人怎麼辦？這樣內耗真的不太好，王蛇又是出了名的專殺自己人——」圓虹補充：「雖然因為委託人不同，有時候傭兵會互相對立，至少還在能夠相互諒解的程度。可是王蛇殺自己人的次數太頻繁了，已經多到被公認他就是藉此取樂，不是每次都需要把人弄死啊！」

「關於這個，王蛇的說法是想多賺點錢，所以什麼單都接。」石龍子忽然不懂為什麼要替那傢伙做多餘的解釋。可能因為是她讓王蛇進入永生樹，才有那麼一點祖護的心理在吧？

石龍子馬上說服自己打消這樣的念頭，至少不要對「那個王蛇」有任何憐憫！

「王蛇的手段真的很差勁。上個月他為了殺死我派出的傭兵，還放炸彈連路人一起炸掉。那次的善後超出預算……對了，石龍子，王蛇執行的委託是妳派出的，那筆帳還沒找妳請款。」圓虹無辜地說。

居然還有這樣的事？石龍子的頭好痛。她認命地說：「再把帳單寄給我……還有沒有誰是代墊的？都寄過來吧，我一次處理。」

「不少僱傭兵視王蛇為眼中釘，這是凝聚永生樹向心力的好機會。」松雀說。

「什麼意思？」石龍子似乎猜到松雀接下來的提議。

「讓僱傭兵聯手殺掉王蛇。」松雀說。

「你當這是什麼團康活動嗎？」石龍子質問：「大家手牽手心連心，獵殺王蛇大冒險？」

「妳無法否認，王蛇這個人非常卑劣。沒有預先處理他太可惜了，現在得冒更大的風險。」松雀冷冰冰地說。

「這倒是真的……。」圓魟脫口而出，趕緊摀嘴。「抱歉了，心情好複雜，這些分析都很合理，但又好殘酷。」

貓頭鷹適時開口，理性地分析：「這次的委託勢必要接，將首批感染者列為獵殺目標大家都沒意見。我希望王蛇至少要由永生樹自行解決，算是維護名聲。現在還不確定病毒的所有特性，但依我對斐先生的了解，他很可能不會研發解藥。王蛇又是棘手的角色，要生擒看管不容易。這不是單純針對王蛇，而是以斐先生的惡意為前提，去設想的最佳處置方式。」

「陳教授是否太天真了？竟然沒有提出暗殺斐先生的委託。他才是源頭。」松雀說。

「也許陳教授認為斐先生是發起者，也是研發解藥的關鍵。從石龍子提供的資訊來看，陳教授曾經是斐先生團隊的一員，但後來選擇分道揚鑣。正常的人類果然無法與這樣的狂人長久共事。」貓頭鷹嘆息。

「不管病毒也好解藥也罷，都與我們無關。」松雀再次強調。

「絕對的中立啊。」圓紅突然想到什麼，立刻確認：「第二代的意思呢？他有沒有意見？」

「第二代會有什麼意見？除了定期接受彙報，他還會做什麼？我甚至懷疑，第二代就連彙報也沒聽進去，只是例行做做樣子。」松雀補了句：「就是掛名罷了。」

「第二代剛接班時明明還宣示不會辜負過世的創辦人。」圓紅感嘆：「是不是因為永生樹發展太穩定，才讓第二代這麼鬆懈？」

「第二代說什麼不重要。」松雀盡是鄙棄，「重要的是我們四位管理者的決策。我們才是決定永生樹方向與發展的領頭人。」

「但是……貓頭鷹，妳怎麼看？平常都是由妳負責統整彙報，最熟悉第二代了，妳認為他會怎麼決定？」圓紅依然謹慎。

「即使我不說，你們一定也發現了。」貓頭鷹說：「第二代現在心思放在其他事業，永生樹是類似保留他父親……噢，該說是創辦人更正式些，是類似保留創辦人的遺物。」

「還有定期收取他那一份紅利。」松雀越加鄙棄。

「也就是說，我們決定就好了？」石龍子懶得再聽松雀對第二代的不屑，直接往結論切入。

「我想是這樣沒錯，之後再向第二代彙報即可。」貓頭鷹說，有了她的保證，圓紅放心不少，不再提問。松雀則是早有定論。

「大家都有共識了？」貓頭鷹問，松雀與圓紅都是肯定點頭。

石龍子在短暫沉默後跟著點頭。她認為都是王蛇自找的，這個惡劣的僱傭兵一再挑戰眾人的底線，才引發慘遭圍攻的後果。

真是對不起了，王蛇，畢竟你做人太失敗，不能怪大家都想殺你。石龍子心想。儘管這份歉意就跟沙漠中的雨水同樣稀薄。

「那麼，王蛇從此列入內部獵殺目標，懸賞獎金依照組織條例給予。懸賞命令發布後，永生樹所有僱傭兵都可以自由獵殺。」

貓頭鷹作出今日線上會議的總結。

——王蛇就此成為獵殺標的。

二 王蛇

即使敏銳如石龍子，也無從察覺王蛇的出現。一回神，這個永生樹最惡名昭彰的僱傭兵已經站在她的面前。

「祝你生日快樂、祝你生日快樂……。」

這個叫王蛇的傢伙哼著歌，手賤地把玩櫃檯的擺飾，讓兩隻蜥蜴玩偶來回互撞。

「吵死了。你能不能不要老是唱這首歌？又沒人生日。」

「誰說要生日才能唱生日快樂歌？我就想唱啊。」王蛇問：「真要殺我？」

石龍子怔住，沒想到王蛇如此敏銳，已經猜到會被如何處置。這就是故意找上門的原因吧？現在的王蛇是不知名病毒的感染者，石龍子知道應該避免接觸，但身為永生樹的管理者，這份驕傲讓石龍子不會畏縮逃跑，只是不動聲色地保持距離。

除此之外，石龍子另有提防的部分。王蛇的穿著使她起疑。

王蛇的穿搭像出自街頭流行的一種模板：寬鬆的七分袖上衣配多口袋背心，厚磅的工作短褲也附有大口袋。因為衣服的尺寸稍大，對比之下讓身材看似偏瘦。

石龍子知道王蛇的習慣。這個惡劣的僱傭兵故意穿寬鬆還有多口袋的衣物，就是為了偷藏各種玩意，可能是小刀或鋼線、手槍跟子彈、便攜性炸彈……什麼都有可能。

因為王蛇擁有各種花樣，喜歡隨性使用各種玩法。

石龍子篤定地想，王蛇那頂皺巴巴的漁夫帽底下絕對藏了什麼。

「命令還沒發布，其他人不會對你出手。」石龍子沒好氣地說：「你可不可以停下？一個大男人這樣玩玩具真的很幼稚。」

「很幼稚？像這樣嗎？」王蛇故意讓兩隻蜥蜴玩偶撞在一起，還發出「唰、唰！」的音效。

「對。就是這樣。」

「不然改這樣玩好了。」王蛇讓一隻蜥蜴玩偶趴地，然後另一隻蜥蜴玩偶騎了上去，故意做出前後擺動的動作。

石龍子怒瞪王蛇。「夠了！」

「幹麼啊？脾氣真差。對待一個被大家討厭的人難道不能有多一點的同情跟耐心嗎？」王蛇故作委屈，但那副嘴臉讓石龍子怎麼看都只覺得欠打，沒有引發一絲憐憫。

王蛇隨口問：「我是被逐出永生樹了吧？有沒有遣散費？」

「你還敢妄想遣散費？圓缸說你上次炸死路人，他為了善後代墊一大筆錢，現在來找我請款。沒從你的報酬扣就該磕頭感謝我了。至於你還算不算永生樹的一員……這個沒討論到。」

「啊？你們這些管理者這麼偷懶？總要給個說法吧。」

「因為你太惹人厭，大家只顧著殺死你。這個問題相較起來就不重要了。反正你殺其他人也殺得很開心，這是報應吧。」石龍子若不是顧及形象，真想嘲諷地大笑。

「才沒有很開心。我只是接單工作，像個斜槓青年拚命賺錢。像我這種什麼單都接，不廢話不抱怨的優質傭兵，報酬要再多個幾成吧？」

「好幾次委託人只要求你干擾對方，但你偏偏把人殺了，而且殺的還是我們永生樹的傭兵。就算委託人不同，你這樣做還是太過火。要我數給你聽光是這個月就被你幹掉多少人嗎？」石龍子氣得扳起手指。

「他們被殺掉就沒辦法執行任務了，這真的是在干擾沒錯啊。達成委託人的要求不就是在展現我的專業嗎？」王蛇驕傲地豎起大拇指。

「你還狡辯！每次都我行我素搞這些爛事，難怪名聲這麼臭。你已經出名到現在其他人提到你都是用『那個王蛇』來叫了。你這樣不分敵我亂殺是造成永生樹的損失，活該大家都想殺你！」

石龍子一股腦吐出對王蛇的怨與憤，說完驚覺有些過頭了。王蛇雖然不時濫殺，但任務的達成率確實相當高。而且在不同委託人底下工作難免對立，傷亡有時真的無法避免。

石龍子的歉意只維持短暫幾秒，因為王蛇根本沒在聽她說話，又開始玩起蜥蜴玩偶，還哼著超難聽的生日快樂歌。這樣漫不在乎的嘴臉很快又令她惱火。

「你還剩一個小時又三分鐘。」石龍子臭著臉給出時間：「獵殺命令將發布給永生樹所有僱傭兵。你要慶幸大部分僱傭兵都有自覺，不會主動找自己人麻煩，所以你才能活到今天。之後就不一定了，一定很多人想找你算帳吧？」

「這麼急著要殺我？一小時又三分鐘比燒烤吃到飽的限時還短。」王蛇放下蜥蜴玩偶。「永生樹全部動員？」

「這是自由獵殺，看個人意願。或許有人不想蹚這些渾水，因為你是專殺自己人出名的，怕會死在你手上吧。看情況可能還會派出獵殺小隊，誰叫你是感染者？」有個預感在石龍子腦中浮現，隨即警告王蛇：「你要注意松雀，就是他提議獵殺你的。」

「好像有看過，長得很礙眼。」

「對！超級礙眼又好囂張！我猜他不是獅子座就是處女座的，討厭得要死！」石龍子連連點頭，意外產生王蛇跟自己同一陣線的好感。對她而言，松雀惹人厭的程度不輸王蛇。

但她也忽然反省，剛才的脫口而出該不會是下意識希望王蛇順便找松雀的麻煩吧？

不過沒關係，因為是松雀啊，最好讓王蛇鬧他個天翻地覆吧。石龍子幸災樂禍地盤算。

「我就記下了，有機會找他泡茶。可是比起松雀，我更想知道委託人到底在搞什麼鬼？他姓啥？李、張、蔡？好像是很常見的芭樂姓氏……喔對了，陳教授。這個陳教授沒事找人假扮什麼受試者？害我現在看到老人就想殺。幸好妳是個年輕妹子，不然我可能宰了妳。」王蛇像在談論要去超商買飲料般輕鬆自在。

石龍子知道這不是開玩笑。

「你真的動手了？」

王蛇搔了搔漁夫帽下的額角。雖然是很小的聲響，但石龍子聽到漁夫帽裡面有些微的物體碰撞聲。她真的不想知道藏在帽子裡的究竟是什麼。

「我是稍微貢獻了老人的死亡數啦。沒辦法，都是病毒害的，我也不願意啊。」王蛇的臉依然欠揍，不見歉疚。

真是太惡劣了，這個王蛇！石龍子在心中咒罵，這樣隨意濫殺還能毫不在乎的傢伙，太惡劣了！

「還剩多久時間？」王蛇問。

石龍子瞄過手機。「不多不少，正好一個小時。」

「應該夠我逃跑了。」王蛇扔掉蜥蜴玩偶，拍拍屁股站起，毫無戒備地伸了大懶腰，還用腳踢了踢剛才坐的扶手椅。「妳這張椅子很硬不好坐，對客人不太禮貌，招待不周啊。」

「我沒邀請你，是你不請自來！」石龍子翻了個不耐煩的大白眼。

「對耶。」王蛇點點頭。「沒辦法啊，作這行的沒什麼人可以聊天，屍體又不會跟我說話。好歹我算是妳的員工，聊幾句不過分吧？是不是啊，老闆娘？」

「好好好你說的都對。剩五十九分鐘。要滾出去了沒有？」

王蛇擺擺手往門口走，邊吹著口哨邊沿途瀏覽展示箱裡的蛇類。

就在石龍子以為可以跟這個惡劣的大麻煩道別時，王蛇忽然回頭。

「幹麼？還不走？」

「獵殺命令的時限是多久？到我死為止嗎？還是殺到沒人敢再來追殺我為止？」

「結果還是想殺自己人？你真的很糟糕……。」

「沒辦法啊，不能傻傻挨打都不還手吧。我又不是耶穌，被打了右臉還順便把左臉給人打，太犯賤了吧。」

「關於期限……這個沒討論到。」石龍子有幾絲心虛。「松雀打定主意要殺死你才算數。不過……如果你不再是感染者，說不定有機會解除獵殺命令。」

石龍子發現會議的走向全部往殺死王蛇這個結論走，令她讚嘆真不愧是「那個王蛇」啊，可以搞到這樣天怒人怨，連好好先生的圓魟也贊同不已。

「好麻煩，還是把追殺我的人都殺光好了。」王蛇推開玻璃門，隨口說：「下次記得把椅子換好啊，椅墊軟一點，要挑沒扶手的。」

石龍子瞪著王蛇離開的背影，恨得想直接把門鎖上免得他又跑回來碎念。

趕緊喝冰可樂消氣的石龍子忽然想到，雖然獵殺命令是自由參加，但是狙殺首批感染者的獵殺小隊都是經過挑選的狠角色，會不計代價完成任務。

「沒關係，反正王蛇很有自信，不小心被殺死也沒辦法了。」石龍子靠倒在椅背，習慣性地蹺起腿來。「明明就很好坐，真是討人厭的傢伙。」

三 捷運站

氣溫接近四十度。

剩餘時間是五十八分鐘。

五十八分鐘之後，永生樹所有僱傭兵都會收到王蛇的獵殺命令。

雖然王蛇對自己作人失敗毫無自覺，仍明白遲早會有人找上門，也許哪天不小心吃上幾顆子彈，或是遭到埋伏後被利刃亂捅亂砍。也可能遭到刑求，凌虐到吐血失禁卻還死不了。

「我很怕痛啊。反殺也沒錢拿，真不想幹白工。」王蛇躲在騎樓的陰影迴避日晒，等待斑馬線的紅燈轉綠。

一臺競選宣傳車沿路播放吵鬧的音樂，晃過王蛇面前，不遠處同樣有其他候選人的宣傳車在製造噪音，讓整條馬路又吵又熱，不得安寧。

「會有多少人來找我麻煩啊？天氣這麼熱不想流汗，但我也不想死啊。為什麼像我這種勤奮工作的好人會被追殺咧……。」

在候選人呼喊懇請賜票的錄音之中，王蛇不停喃喃自語，旁邊提菜籃的婦人惶恐看了一眼。

隨機砍人的事件不時發生，平凡老百姓都怕無緣無故挨上一刀。婦人當然不例外，所以不管遮陽了，寧願晒太陽也要遠離王蛇。

紅燈轉綠。頂著要燙死人的灼熱陽光，王蛇在婦人緊張的注視中穿越馬路。

在馬路對面，有個叫「重陽基金會」的團體在發送傳單。王蛇經過時，其中一人塞來傳單。王蛇飛快瞄了一眼，發現是在宣傳關懷老人的活動。

「你好，你現在是上班族嗎？還是學生？我們在招募志工，有空的話歡迎一起來參加，向老人家傳遞溫暖跟關懷喔！」對方眉開眼笑的，笑容誇張得像嗑了藥。

可惜王蛇這幾天接連宰了好幾個老人，與溫暖關懷扯不上邊。王蛇更不是會在乎老人的那種人，他只顧自己的感受。

所以王蛇什麼都沒說，靈活繞開重陽基金會的糾纏，繼續走往捷運站。

出於對混亂交通的反感，王蛇在市區沒有開車跟騎車的習慣，都是搭乘大眾交通工具居多。感染後依然如此，完全沒有身為感染者要遠離群眾，避免病毒擴散的自覺。

王蛇怎麼可能在乎這種事？畢竟是「那個王蛇」啊。

雖然明知道進入捷運站會遇到更多人，遭遇老人的機率也增加，但是王蛇對於貢獻老人死亡數沒有額外感想，只是舉手之勞。

踏入捷運站，冷氣拯救了曝晒的王蛇，差點被燒熔的神經得以冷卻，倒地就睡也沒問題。但他現在還不能享受這份悠哉。

王蛇刻意低著頭，行進時只看腳前路。儘管目視範圍有限，但敏銳的他從眼角餘光就能得知周圍有多少人，並把握相對位置與距離。

王蛇發現只要不看到老人的身影或聽到老人的聲音就不會誘發殺意——這是被病毒驅使宰掉幾個老人後的領悟。

不過對於那幾個死得不明不白的老人來說，王蛇這份領悟實在來得太遲。

王蛇偽裝成是老人意外死亡。殺意是殺意，專業的殺人技術仍在，已經成為呼吸般的本能。

在月臺等車的王蛇盯緊關閉的閘門，不隨便移動視線。不遠處傳來人的交談聲，提醒他該戴上

AirPods，不僅是視覺的迴避，聽覺也要防範。

王蛇選了Marilyn Manson的〈This is the new shit〉，暫時阻隔外界的聲音。

一陣風揚起，有光逼近。捷運進站，停煞的聲音蓋過Marilyn Manson的嘶吼。反正不是老人的聲音都好，病毒沒有發作，王蛇懶散又平靜。

走進比站內更涼的車廂，王蛇安分挑了角落坐下，癱靠著椅背，視線停留在膝蓋不輕易移動。門開了又關，捷運開始移動。王蛇專心聽歌。

Blah blah blah got your lovey-dovey sad-and-lonely...

Stick your stupid slogan in...

Everybody sing along...

王蛇計算剩餘時間，還有半小時左右。他不緊張，反正傭兵要收到獵殺命令才有動作，但隨即推翻這個想法，萬一有人提前收到命令，就等公開發布後立即行動呢？

王蛇是不知道其他傭兵多想弄死他。獨來獨往慣了，只有在殺自己人的時候才有短暫交集。這只是做出一切可能的推測。

「不安全啊、不安全……。」王蛇摸了摸工作背心，眾多口袋分別藏了幾支小刀。他不喜歡近身肉搏，比起用槍的風險高太多了。但不可否認這些輕巧稱手的鋒利玩意很好用。

Stand up and admit!

Tomorrow's never coming!

胡亂猜想的王蛇哼起〈This is the new shit〉，在他悠哉哼歌時，車廂另一頭有動靜。

一個頭髮灰白的阿伯從上車坐定之後，就對坐在博愛座的女學生很有意見。

雖然此時車廂的空座位比乘客更多，阿伯還是臭著臉猛瞪女學生，兩條法令紋深深皺起，還反覆故意咳嗽。阿伯這一切動作有他的用意，是要女學生注意她正坐在不該坐的位子上。

專心背單字的女學生沒發現，直到阿伯仗著長輩妄想糾正一切的氣勢起身，站到女學生面前。

「妳什麼學校的？」阿伯質問。

女學生困惑地從單字本中抬起頭。

「我問妳什麼學校的？老師怎麼教的，博愛座是給老人家坐的妳知不知道？」

女學生左右看了看，明明座位還很多。

「把妳學號給我，我要跟妳學校的主任講，要他好好教學生。妳怎麼還坐著？快點起來啊！」只長年紀不長修養的阿伯破口大罵。

莫名遭到痛罵的女學生嚇得身體一震，淚水在眼眶裡打轉。

一開口就停不下來的阿伯繼續罵：「現在年輕人怎麼都這麼不懂事！連讓位這種基本道理都不懂！出門都讓父母丟臉！讓學校丟臉！如果我女兒像妳這樣，我一定叫她在捷運站罰跪！」

阿伯發癲般罵個不停，嚇到鄰近乘客，沒人敢出面制止。

受辱的女學生垂下頭，眼淚委屈地一直掉。

阿伯的嗓門之大，戴耳機的王蛇都聽到了。想要抑制病毒發作的王蛇立刻把音量調大。

Marilyn Manson激烈的吼唱貫穿王蛇的耳膜，阿伯沒營養的吼罵也跟著侵入。即使王蛇再想忽略，病毒還是靈敏地發作，要宿主執行它被賦予的使命。

王蛇察覺到體溫開始升高，心跳亦加快。有股難以遏止的不理性情緒在膨脹擴張，帶來最原始獸性的衝動，極欲破壞什麼，最好還要有血的腥臭味。

「不要在車廂上發作啊。被通報的話下一站就一堆警察等著開槍射我了。」王蛇試圖與病毒對抗，不要失控跑去宰了亂罵女學生的阿伯。

偏偏王蛇的手還是不由自主地探向口袋。暗藏的格鬥刀前幾天剛保養過，非常鋒利。

「現在的年輕人越來越不知好歹！沒有教養！起來！為什麼妳還坐著！」阿伯仍然不知死活地咆哮，耳機裡的Marilyn Manson也還在唱，〈This is the new shit〉來到高潮的副歌。

Are you motherfuckers ready?

For the new shit!

Stand up and admit!

Tomorrow's never coming!

「現在社會越來越亂都是因為你們年輕人只會亂搞！」阿伯繼續吼。

「搞你個垃圾老害。」王蛇猛然站起，要瞪出血絲的雙眼緊鎖阿伯不放。

罵得渾然忘我的阿伯絲毫沒注意到，比死神更加窮凶惡極的「那個王蛇」正在逼近。

王蛇握住口袋中的刀柄。不過幾個座位的距離，阿伯絕對逃不掉，王蛇要一刀封喉不是問題。

同時，捷運到站。

幾個慶幸可以擺脫暴躁阿伯的乘客迅速起身，恰好擋在王蛇面前，陸續從他身邊擦身而過。這些乘客都是年輕人，病毒對他們毫無反應。

奇妙的是，王蛇的理智瞬間被拉回那麼一些。

他趁這個稀罕的僥倖，強逼自己扭頭，跟在那些乘客身後要下車，免得當場把阿伯放血。

只是王蛇還沒踏出車廂，幾個不懂排隊秩序的大媽擠了進來，擋在王蛇面前，還不懂要讓。

「你幹麼擋在這裡？我們要上車啊。」為首的大媽大驚小怪地嚷嚷，隨後發出破嗓的尖叫。

王蛇看看大媽。大媽看看王蛇，再低頭看自己鬆垮下垂的胸部。

一截刀柄露出胸口，刀刃留在大媽體內。

大媽又抬頭看看王蛇，塗著大紅色口紅的嘴邊有血絲滑落。

旁邊幾個大媽友人好奇湊上來，驚見大媽身上插了一把刀，都是跟著尖叫。

王蛇很無奈，還以為能離開現場，沒想到這不懂先下後上的大媽再次引爆體內的病毒。

「妳為什麼不先讓我下車呢？是不是很痛？」

大媽淌血的嘴巴張得開開的，眼睛瞪得老大，傻傻點頭。

「好啦，幫妳拔出來。」王蛇拔出格鬥刀，帶起一行噴灑的血柱。

「啊、啊……痛……啊！血……要止血、停下……。」大媽慌張地哭喊

「好啦，幫妳插回去。」王蛇手中的格鬥刀又插回大媽胸口。

大媽跪倒，從肥脣溢出的髒血混著口紅滴滴答答灑了一地。

「那邊那個在幹麼？擋著不讓人上車啊！」阿伯喝斥，嫌罵女學生不夠，還伸手怒指王蛇。

王蛇嘆氣。深深嘆氣。

Are you motherfuckers ready?

For the new shit!

Stand up and admit!

Tomorrow's never coming!

王蛇大步往阿伯走去。

「你幹什麼？想跟我吵架是不是？你這樣擋著人家出入被糾正是應該的⋯⋯。」

「應你的陽痿老屌。」王蛇踏步向前，雙臂同時一劃。有風，還有唰唰的切肉聲。

王蛇雙手的格鬥刀切開阿伯的喉嚨，勁道帶動鮮血往左右噴灑，噴到被罵哭的女學生臉上，染紅沾有眼淚的單字本。

阿伯雙眼惶然睜大，下意識捂住被切裂的喉嚨斷口，還想廢話卻擠不出半個字，真實鮮血卻如廉價血漿般不斷從指縫漏出，沿著滿是老人斑的手臂滴淌。

「一直罵一直罵是在罵啥？」王蛇很煩躁。

王蛇像削沙威瑪般飛快舞動雙手，刀刃一再削去阿伯血肉。反光的刀鋒帶起鮮血噴濺、碎肉橫飛⋯⋯刷刷的揮刀聲與肉屑的沾黏聲不斷交錯。

地板天花板窗戶全濺上點點鮮紅，車廂像極了草間彌生那圓點藝術的展示空間。

〈This is the new shit〉播完了。

變成血人的阿伯也倒下了。

女學生嚇到不再掉眼淚。本來還沒下車在看戲的乘客都哭喊著衝出車廂，還有人跌倒後改成用爬的逃離。原先要上車的乘客們頭也不回跑掉。被王蛇捅了一刀……正確來說算是被捅了兩刀的大媽也被同伴硬拖出去。

回神的王蛇垂下雙手。

現場只剩那名腿軟來不及跑的女學生。

「不好意思啊，我也不想殺他，又沒錢拿。」王蛇甩掉刀刃上的稠血，把格鬥刀隨便收進口袋。

女學生整張臉發白，嘴唇還不斷蠕動，好像想說話。

王蛇拿下耳機要聽仔細。

「我剛剛……是不是應該讓座？」女學生委屈地問。

「啊？不、不用。不用讓座給那種砍一刀就死的老人沒關係。不要放在心上。」

「可是……你砍了不只一刀？」女學生小聲提醒。

「喔對，妳算術真好。」王蛇重新戴上耳機。「不好意思血噴到妳啊。」

女學生怯生生點頭。沾血的蒼白臉頰與校服另有一番風味，但王蛇無暇欣賞。

王蛇避開血跡，衝出車廂往人潮處跑去，還不斷誇張大喊：「救命啊、救命啊！」假裝自己也是驚慌失措的無辜乘客。

捷運站內一片混亂，擠滿不知所以的湊熱鬧群眾，不少人拿手機要拍下這場騷動。王蛇發難得太快，現場車站人員剛剛才通報警局，他會被警察拿槍指著的狀況還沒發生。

王蛇擠進混亂躁動的人群，以此作掩護，手上動作不停，先從口袋取出輕便的折疊提袋，把工作背心跟漁夫帽扔入，又將上衣快速反穿——原來另一面是不同顏色——最後再戴上無度數眼鏡。

途中王蛇不忘收斂視線不去亂看，免得當場又要宰人。

完成簡單的變裝，王蛇迅速離開捷運站，趕在警察到場前拚命逃遠。

四　怯鷗

某間老舊公寓裡，日光穿透滿是鏽跡的陽臺鐵窗與乾枯的黃金葛盆栽，落入悶滿暑氣的廳內。客廳沒開燈，只憑午時的日光便有足夠照明。

滿是使用痕跡的藤椅上坐著一個老婆婆，遙控器像癱軟的天竺鼠落在她的掌心，乾皺的手背有好多老人斑。

老婆婆看著無線臺的午間新聞。在主播的聲音之外，只剩電風扇轉動的嘰嘎聲。

老婆婆浮腫的眼睛恍惚半睜，微張的嘴巴淌著口水，即將落入夢鄉。門口傳來的鑰匙聲將她拉回悶熱的客廳。

老婆婆看往門口。有個二十來歲的小伙子在門口脫下鞋，換穿拖鞋後走進客廳，手拎的塑膠袋裡裝著兩個便當。

「阿嬤，吃飯了。今天是炸雞腿便當。」小伙子把便當連同衛生筷一起遞來。

老婆婆打開便當，在看清楚配菜的瞬間垂下臉。「又有三色豆……。」

「太晚去了，菜剩不多。」小伙子帶著歉意說。

老婆婆皺著眉，用筷子把綠色小豆子一一挑出，丟到原先裝便當的塑膠袋裡。「這我不愛吃。」

「阿嬤，不要浪費食物……。」小伙子按住老婆婆手中竹筷，沒想到這樣無心的舉動，引來老婆婆激烈的反應。

「你是不是嫌阿嬤老了煩了？」老婆婆扔掉筷子，自暴自棄地喊：「你是不是覺得阿嬤都在挑食，在浪費你的錢？」

小伙子慌了，心想這到底在演哪齣？

「我不是那個意思。三色豆不吃可以給我，不用丟掉。」

「你就是嫌阿嬤老了！」

「沒有啊阿嬤！」

「我就老了不中用了，沒人要了！你爸爸媽媽不要你，從小就把你丟掉不管，剩阿嬤辛苦把你養大，結果你長大就不要阿嬤了。」

「阿嬤妳想到哪邊去了啦！這只是三色豆啊？」

「我要去跟鄰居說孫子不要我了，還要問里長安養院收不收我……。」老婆婆哀嘆。

「阿嬤妳不要胡思亂想，我會養妳啦！」

「我們老人家只是希望有人陪，有人可以跟我們說說話……結果一直被嫌，比流浪狗還不如。你都不理阿嬤，阿嬤只好去基金會當志工，跟其他老人至少有伴……。」

「可是我天天都買便當來給妳，還陪妳吃飯。」小伙子無辜地聲明。

「你故意挑三色豆啊，你就是在欺負阿嬤。」

「我下次換一間沒有三色豆的買啦……。」

老婆婆掩面哭泣，說哭就哭毫不廢話。「你是不是嫌阿嬤都在找你麻煩？」

小伙子無語抬頭，已經無法招架也沒力氣再解釋了。為什麼區區的三色豆能引發這樣的鬧劇？

小伙子不明白。三色豆沒那麼糟糕，只是不好吃。

「嗚嗚、嗚嗚……。」老婆婆雙手摀臉，繼續哭、用力哭、一直哭……小伙子只能乾坐著，乖乖等老婆婆把情緒釋放。

「只有基金會的志工願意跟阿嬤說話，大家聚在一起喔，好可憐，家人都嫌我們老。」老婆婆帶著哭腔說：「我們志工約好下禮拜要去玩，因為家裡的人說不方便，都不帶我們出去……。」

「好突然？要去哪？」

「你看，你都沒有在關心阿嬤！」

小伙子語塞。心想這真的不是他的錯，阿嬤從沒提過要出去玩的事。

「大家說好要去阿里山啦，給阿嬤五千塊當旅費。」老婆婆一手仍然捂臉，另一手掌心攤開，伸到小伙子面前。

小伙子沉默幾秒，認命從拿出皮夾抽出五張千鈔。

「很好很好，你的心意阿嬤知道了。真是乖孫啊。」老婆婆快速把錢收進口袋，像個沒事人抬起頭。臉上不見一點淚痕。

原來剛才都是假哭。

小伙子見狀更是沉默。他低頭打開便當，希望灑了胡椒鹽的炸雞腿夠美味，可以撫平這份煩躁。

「怎麼有香菜？老闆什麼時候加的？我說過不要加香菜！」小伙子脫口痛罵，夾起味道濃烈的香菜就要丟入垃圾袋。

忽然的銳利視線讓他停下動作。

小伙子抬頭，發現阿嬤正盯著看。

「不是說不要浪費食物？」阿嬤責難地問。

「這是香菜，這東西不能吃。沒人在吃這種東西啦。」

「你對阿嬤管這麼多，結果自己都沒關係。你是不是在欺負阿嬤？」

語塞的小伙子把香菜放回便當盒，決定等等找機會扔掉。他夾起炸雞腿，往肉多的部分大口咬下，炸得香脆的雞皮與多汁鮮嫩的雞肉味道很好，胡椒鹽讓肉的滋味更棒，沒有過鹹而掩蓋鮮味。

小伙子扒了一大口飯，老婆婆也安分咀嚼不再耍賴。新聞仍在報，但是都沒能吸引祖孫兩人的視線，只當是背景音。

「為您插播一則緊急消息，稍早在捷運板南線發生隨機殺人事件，其中一名傷者正在醫院急救，另一名傷者不幸當場死亡。凶嫌犯案後逃離現場，警方現正循線追緝……。」

小伙子隨便一瞥，對於隨機殺人事件不是很在意。臺灣嘛，等個紅綠燈都會被人從背後捅一刀了，出門被砍有什麼好大驚小怪的？

小伙子吃得快，便當內就剩特地留下的半根雞腿，還有打死都不想碰的香菜。

正準備吃下最後的雞腿結束午餐，忽然口袋一震。小伙子拿出手機檢視。

——自由獵殺命令。

——目標：王蛇。

——期限：無限期。

——死活狀態：必須死。

——強調條件：行動時勿近距離接觸。屍體燒毀。

在讀完訊息的瞬間，小伙子震驚一抖，手上的便當盒跟著摔地。特別留到最後的半根雞腿與米粒一起噴飛。

「你現在要對阿嬤發脾氣嗎？」又想沒事找事的老婆婆馬上質問。

小伙子根本沒聽進去也聽不進去，瞪圓的眼睛盯緊手機不放，不敢相信會有這種事。

竟然是永生樹發布的自由獵殺命令！雖然不陌生，但實屬罕見。除了小伙子，所有傭兵一定都收到這則訊息。

更讓小伙子驚訝的是被列入獵殺目標的並非別人，正是「那個王蛇」啊。是那個惡名昭彰專殺自己人取樂的王蛇啊。

在訊息的最後還有附件，是王蛇的近拍與遠拍的幾張照片，以此作為辨識。

小伙子的手在顫抖，差點連手機也要跟著掉了。那個懸賞金額……他的目光無法移開，視線黏著那串數字不放。

「咕嘟。」小伙子嚥了口水。雖然不是最頂級的賞金，但也相當優渥，能讓缺錢或想賺大筆外快的傭兵蠢蠢欲動。

扣除報酬不提，光是可以弄死「那個王蛇」就絕對能讓許多傭兵手癢。

「乖孫啊，你哪時候要帶女朋友回家給阿嬤看？」嘴巴閒不下來的老婆婆問。

雖然還處在被賞金震驚的狀態，但是「女朋友」這個關鍵字冷血不留情地闖進小伙子的耳裡，把亢奮的心情打落地獄谷底。

小伙子沒多說話，整理散落的便當，隨手把雞腿跟米粒撥進便當盒。

「阿嬤妳吃完便當盒丟袋子就好。我之後再丟。」小伙子沒理老婆婆的呼喚，逕自下樓。

小伙子沉著臉，正午的灼目陽光也驅散不開臉上的陰影。

小伙子走進超商，在冷藏櫃前選飲料。旁邊正巧有個ＯＬ在無糖茶跟可樂之間猶豫不已。

他偷看ＯＬ的側臉，小巧的鼻尖跟微翹的唇，睫毛長又彎，配著韓系妝容，是很好看的一張臉。他的視線向下，快速瞄過ＯＬ掛在胸前的識別證。

ＯＬ沒發現正被偷看，顧著戰勝糖分帶來的愉悅，選了無糖茶去櫃檯結帳。

小伙子立刻拿了罐裝咖啡，跟著排在ＯＬ後面。

在排隊等待結帳的期間，小伙子表情越來越陰沉，盯著ＯＬ的後腦勺不放，就連結帳完眼裡都還有ＯＬ頭髮的殘像。

小伙子坐到露天座位區，喝了一大口咖啡。廉價的咖啡豆澀味穿過喉間，小伙子雙手有了動作，拿出手機鍵入搜尋，速度飛快地來回比對。

藉由剛才獲取的少量資訊，小伙子還是查到了ＯＬ的社群帳號。

這樣的行為，完全是噁男。

小伙子看著ＯＬ的照片與貼文，陷入更加噁心的幻想，想像與ＯＬ一起吃晚餐、一起手牽手逛街……然後在墾丁滿天星空的夜景下向她求婚……

越是想像，小伙子越是悲從中來，就差沒有落下一行清淚。

從小就被父母拋棄，只有阿嬤獨自扶養的小伙子對於貧窮的家境非常自卑。在學校時一直過著羨慕同學的生活，也因為跟不上同學之間的玩樂話題，所以被排擠跟霸凌。勢利的老師沒給小伙子好臉色看，故意用「低收入戶的同學」來稱呼，鮮少叫他的名字。

小伙子最後選擇休學，試圖在偏離所謂的「正常軌跡」的方向中另覓出路，一條能讓他走得安穩不再受歧視眼光的路。

百般摸索的小伙子幸運發現自身天賦，加入永生樹成為僱傭兵，專職跟監還有情報蒐集。雖然僱傭兵的報酬金比一般上班族還要優渥，但前提是要有足夠的委託量。

小伙子收到的委託相當有限，其中最大的原因是他的性格使然，總是瞻前顧後想太多，導致任務執行的效率不佳。

這讓小伙子得省吃儉用。早早休學的他連要找一般的工作都有困難，因為不善與人交際，所以也不認為能夠適應一般職場。

這些對他來說，都不算最難受的。

最折磨的是都來到二十四歲了，小伙子至今卻還是母胎單身。

嚴格來說，小伙子長得不醜，但也稱不上帥。長相毫無記憶點導致讓人容易看了就忘，這也是他適合跟監的原因，越不容易被注意到的，越能勝任這份工作。

雖然小伙子會像噁男查詢女生的社交媒體帳號，但從來沒有私訊騷擾也不會丟出好友申請。

他只是寂寞，想要有伴，卻不知道如何開始。最後變成偷窺狂般的變態角色。

小伙子從小就被爸媽拋棄，依稀的印象是爸媽常為錢爭吵。所以他認定錢很重要。

尤其小伙子對家境異常自卑，更加需要用錢作武裝。

他沒車沒房，沒車是因為養車麻煩、外出找車位更麻煩，所以只購入代步機車。沒房是因為房價真的蠻橫得不講理，讓他遲遲買不下手。

小伙子曾聽其他消息靈通的僱傭兵分享，政客多的是與建商有掛勾，或是本身就有營造工程的背景，要砍房價根本是拿石頭砸自己的腳，也難怪選前高喊居住正義，選後反悔說影響經濟。

投票日特地早起排隊的小伙子認為根本糟蹋了選票。他本來想當關心時事熱衷政治的良好公民，結果發現只有一再失望，吃香喝辣腦滿腸肥的都是官員與跟官員親近的財團，平民老百姓只有那麼一點點的碎肉渣能撿。

小伙子還看過一篇報導，指出這座小島擁有多項慘無人道的世界第一：世界第一的房價所得比、世界第一的空屋率、世界第一的農地價格、世界最低的生育率……

就算如此，小伙子還是想掙錢，想換間好房子給阿嬤住，有房有車也比較敢追求異性。最慘最慘，至少可以不要重蹈覆轍，重演爸媽當時為錢爭吵的悲劇。

現在就有大好機會從天上掉下來。

小伙子滑掉ＯＬ的社群帳號頁面，再次觀看永生樹發布的訊息。

——自由獵殺命令。

「咕嘟。」小伙子吞口水特別大聲，想起「那個王蛇」的種種傳言。並非武鬥派的小伙子實在沒把握能順利殺死王蛇。

小伙子苦思猶豫，轉眼間咖啡喝完了，還是得不出結論，就盯著馬路發呆。

平和的街頭仍保有不變的風景，行人來車或走或停，該轉彎的轉彎、該直行的踏緊油門、該過馬路的踩上斑馬線、該出車禍的出車禍……

習慣暴露在日光中的人們都沒察覺，在見不得光的陰影之中早已波濤洶湧，收到自由獵殺命令的僱傭兵有了各自盤算。

一群ＯＬ有說有笑走過小伙子面前，陸續進了超商。

小伙子看著ＯＬ們有如維納斯女神般的美麗背影，心中悲願再次燃燒。

為了交到女朋友，小伙子決定豁出去了。

——永生樹的怯鷗加入獵殺王蛇的行列。

五　停車場

「為您插播一則緊急消息，稍早在捷運板南線發生隨機殺人事件，其中一名傷者正在醫院急救，另一名傷者不幸當場死亡。凶嫌犯案後逃離現場，警方現正循線追緝……。」

王蛇引發的鬧劇終究上了新聞。各大電視臺搶先報導，社交媒體也瘋傳這起消息，立場相異的各路網友依照慣例，不甘寂寞地在網路上發表高見——

「沒殺到法官的家人都不會判死，關幾年就假釋出來繼續殺了。」

「唉，又是六法全書唯一死刑？乾脆換你們支持死刑的開法院算了。」

「假釋哪有那麼容易？關那麼多年出來都幾歲了是要怎麼再犯？」

「假釋不容易？要不要去查一下黃賢正、戴文慶、方金義、林啟銘、張添銘、汪体彥、楊英展、邱志明這幾個人？全都是殺人被判刑，假釋出來又繼續殺人的。他們都背了不只一條人命，還不夠多嗎？還是人命對你們來說只是數字？」

「之前就有八十七歲老榮民連續殺死兩名室友的凶殺案。八十七歲夠不夠老？想犯案的人，年齡根本不是問題。」

「你們這些法盲都應該重新念小學。臺灣的法治素養太低落，難怪一堆法盲暴民。」

「有沒有人記得陳昆明殺了兩個女童的命案？陳昆明因為精神異常減刑只關六年就出獄，出來又偽裝雇主殺死上門應徵的少婦，那個少婦的孩子就這樣沒了媽媽。只會把殺人魔放出來讓小老百姓恐慌度日，根本沒有後續的防護作為。」

「慘遭隨機殺害，被砍到頭首分離的四歲女童小燈泡命案，大家都記得吧？小燈泡的父親就說了：『我看到我的小燈泡，眼睛半開，目光停滯，彷彿在問我發生了什麼事。』『任何極刑以外的量刑，極可能將社會大眾置於被剝奪下一個無辜生命生命權的風險之上，這對人權不也是一種嚴重的戕害。』看到受害者家屬這樣說真的很難過，太沉重了。」

「一堆說要寬恕體諒殺人犯的，結果那麼拚命地痛罵、嘲諷立場不同的人，好像人家是殺父殺母仇人，太雙標太偽善了吧。說好的寬恕跟體諒呢？」

在網友激烈爭吵時，身為當事人的王蛇毫不知情，獨自走在安靜無人的停車場，不僅避開外頭烈日，也沒身陷沸騰爆炸的口水戰。一臉雲淡風輕自由自在。

再次變裝的王蛇早已不見身上血跡，卻多了一個粗麻布後背包。

他耳裡的AirPods正在播放Marilyn Manson翻唱的〈Sweet Dreams〉，這首本來帶有迷幻味道的歌曲被Marilyn Manson重新形塑，變得詭譎狂暴。

Sweet dreams are made of this.

Who am I to disagree?

王蛇跟著旋律吹起口哨，偶爾裝作不經意地回頭。

身後無人。

明明被獵殺又遭到警察緝捕，王蛇卻毫不緊張，口哨還越吹越放縱。

I traveled the world and the seven seas.

Everybody's looking for something.

隨性哼歌的王蛇手插口袋，看似在找車，卻忽然往旁一滾，迅速躲入車後。

槍聲乍響。

遲了零點幾毫秒的子彈穿過王蛇剛才的位置。

王蛇藏身在小客車後方，呈警戒的蹲踞姿態。他謹慎探頭，看往子彈射來的方向。除了幾輛車之外不見人影。對方也在隱匿蹤跡。

不是喜歡正面硬幹的類型啊，王蛇心想。

王蛇故意大搖大擺來到停車場，是為了吸引意圖獵殺他的僱傭兵上鉤。能逐一擊破是好事，騙去偏僻的地方開開心心宰掉當然更好，不過僱傭兵不是笨蛋，王蛇設餌不能太明顯。

「這樣躲著沒戲啊，為什麼不勇敢一點站出來，讓我開槍了事？」王蛇喃喃自語，藏在車後的眼睛來回掃視停車場。

對方也許會因為狙擊落空暫時撤退，也可能不在這裡殺死王蛇不罷休。都有可能。

「這不公平，人家殺我有錢拿，我殺人只是浪費子彈。我又不是搞慈善事業的，這樣當義工不好吧，人設會崩壞啊。」碎念成性的王蛇取出手槍，「如果逮住他們，逼他們拿錢換命不知道會賺呢？還是會慘賠？」

王蛇壓低身體，快速在車輛間無聲穿梭，即使被瞥見也只能看到一團黑影閃過。

對方沒有後續動作，是暫時收手了還是耐心等待？王蛇繼續猜想。

如果對方已經撤了，自己還在這邊疑神疑鬼躲躲藏藏就很可笑了。王蛇不喜歡浪費力氣。

就在猶豫之間，有醒目的人影出現。警戒中的王蛇當然不會錯過，目光隨即被吸引過去。

「喔幹。」王蛇脫口而出，知道事情要糟。

出現的是幾個普通的路人阿伯，不約而同是ＰＯＬＯ衫與短西裝褲的穿搭，鬆垮的臉皮與混濁的眼瞳都泛出過剩的油光。

這群阿伯一致挺著醒目的圓肚，看起來是剛聚餐完。但是寄宿王蛇體內的病毒不會管老人是吃飽還空腹。只要是老的，都殺。

王蛇被病毒激起殺心，大步邁出藏身處。槍口對準目標。

這群阿伯本來有說有笑，在暢談炒房跟當包租公又賺了多少，預計要拿獲利的錢去哪邊買房繼續賺，結果這個話題全都被漆黑的槍口打斷。

阿伯們呆呆看著王蛇。突然被人拿槍指著終究有些超出現實。

「對不起我也不願意。其實用美工刀就夠殺死你們了，可是我現在手上拿槍。」

嫌浪費子彈錢的王蛇扣下扳機。

站在最前面的阿伯額頭多了紅色孔洞，後腦勺噴開的稠血與黏膩腦漿濺到後方同伴。還活著的幾張老臉既遲疑又錯愕。

王蛇再次開槍。在首當其衝的阿伯率先倒地後，後頭的阿伯跟著腦袋開花。

火光迸發、硝煙瀰漫。

槍響——槍響槍響——槍響槍響槍響——

Hold your head up!

Keep your head up movin' on!

王蛇放肆殺戮時要配Marilyn Manson的嘶吼似乎成了慣例。

王蛇每開一槍，就有一個阿伯隨著發燙的子彈殼一起落地，清脆好聽的叮叮聲與肉塊撞地的悶響在停車場迴盪。

阿伯一個接一個倒下，王蛇的心痛程度也直線上升。真是浪費子彈。

剩最後的地中海禿頭阿伯了。

這個阿伯舉起雙手投降，像即將遭到爸媽毒打的小孩嚇白了臉，腿毛稀疏的雙腿內八夾住，溼了一大圈的褲襠正在瘋狂漏尿。

「不要殺我……。」

「我也不想，子彈很貴。」王蛇沒辦法留活口，病毒太強大了，讓他無從控制自己。

咖、咖……彈匣居然空了。

失禁阿伯露出逃過一劫的虛脫笑容，不料王蛇反手掏出另一把槍，秒速射爆失禁阿伯的頭。

「再笑啊。」

王蛇雙槍在手，此刻落在顯眼空曠之處，成了明顯的目標。

試圖獵殺他的僱傭兵沒放過機會，一個兩個三個人接連現身，槍口全部對準王蛇。王蛇卻像擁有蛇類般靈敏的感應器，搶先捕捉這三人的位置。

三聲槍響，三臺車沾上飛濺的血花。

王蛇的反應太快了，遠遠不是正常人能達到的等級，連這些受過訓練的僱傭兵都反應不來。

現場只剩王蛇獨自站立，再無其他活人。

王蛇沒去數這次殺了多少人，只懊悔沒留下幾個活口試試能勒索多少錢。

「唉，炒房賺的錢跟接單累積的報酬還是來不及換回自己的命啊。可憐。」王蛇感慨，但也只是說說風涼話，沒有絲毫歉疚。

王蛇從僱傭兵的屍體旁撿走槍與子彈。取走所有可用之物後，他打量僱傭兵的死狀。這些逐漸發冷蒼白的臉孔不可能安祥，更多的是來不及反應的困惑。

「這個有點眼熟？之前好像差點連他一起炸掉……嘖嘖，逃過一劫就要珍惜性命嘛，幹麼又跑出來給我殺？浪費我的子彈錢。這些槍跟子彈我拿走啦，就當扯平了。」

王蛇把玩起拾來的手槍，快速更換彈匣後瞄準。當是預先練習。在他認知裡沒有什麼是不能當武器的，不管是自己慣用的槍或是別人的都可以。反正都是工具。

Some of them want to use you.

Some of them want to get used by you!

「沒錯沒錯，」王蛇點點頭，「都是被利用的。」

他停下音樂，暫時與Marilyn Manson道別。

「下次該換其他歌了，這個吼叫聽久了太刺激。」

王蛇揉揉耳朵，躲進不容易被發現又看不見人的死角，打算確認事情鬧多大了。他用手機瀏覽網路論壇，果然有一連串討論。

[新聞]鄭捷再現？捷運板南線又傳隨機殺人。

[新聞]讓座糾紛引殺機？七旬老翁慘遭虐殺。

【問卦】老人過剩的世界還有希望嗎？

【新聞】低薪、高物價、工時長，臺灣人口「生不如死」。

【新聞】老年人口驟增，高齡社會壓垮財政。

【問卦】是不是宣傳車越吵越容易當選？

【問卦】旁邊有人被砍還堅持背單字的人在想什麼？

【新聞】決戰大選！各縣市候選人當選門檻曝光！

【問卦】老人被殺是年輕人的反撲嗎？

鬧大了，這次真的鬧大了，王蛇搔搔頭。沒想到瞬間成了這座小島的知名紅人。

本來王蛇應付自由獵殺命令還算好處理，現在警察也牽扯進來，簡直像胡亂加料的黑暗火鍋一樣惱人，更別提體內的病毒讓他隨時都會失控。

王蛇不想、也不可能龜縮不動，四處走動卻有引發騷動的風險。從理智面來講，現在的王蛇應該低調低調再低調。

這種全世界都要與自己作對的絕境感真是太糟糕了。

王蛇嘆氣，撥了通電話。

「喂？」另一頭傳來嬌媚好聽的女性聲音。

是永生樹管理者之一的石龍子。

「嗨嗨，是我啦。」王蛇笑嘻嘻打招呼。

「你怎麼還沒死？」

「來殺我的人太沒競爭力了啊。看新聞了嗎？」

「看了，只能說真不愧是『那個王蛇』啊。敢在捷運站大鬧，你瘋了？」

「都是病毒惹的禍，我沒辦法抵抗。那個老人不要亂吼我也不會注意到他，是一連串的巧合啦。妳都看見了，現在的我是危險的炸彈。」

「你一直都很危險。」

「以前妳還是收留我了不是嗎？我很在意，那個石龍子還是一樣善良嗎，還是變成管理者就冷血不認人了？能不能再給個機會？」

「什麼機會？」

「偽造我的死亡證明讓其他僱傭兵停止追殺。比起同時對付永生樹跟警察，只剩其中一邊我會輕鬆點。好不好？妳這麼漂亮又善良，會幫我吧？」

「不要臉。」石龍子斥罵。

「真傷心。」王蛇吸了吸鼻，不是因為哀傷，只是剛好鼻子癢。「完了，唯一的救命稻草就這樣放生我了。」

「一直都太縱容你了，沒有趁早制止是我的錯，但是你闖的禍要自己收拾。如果你有機會活到最後，我會記得換張椅子的。雖然明明就是你這個混蛋不懂欣賞，我店裡的椅子明明就很好坐！」

「就是難坐得要命。」王蛇捲著耳機線：「比不上妳以前小套房的破板凳。」

石龍子沉默。

王蛇沒繼續說話。

「你怎麼還記得？」

「怎麼忘得掉？」王蛇哈哈一笑：「那就這樣啦。我會努力殺光所有人，快挑椅子吧。」

沒給石龍子回應的機會，王蛇搶先掛掉。

王蛇盯著虛無的空氣幾秒，眼神有刻意裝出的漠然。

王蛇故意不在乎地吹了聲口哨，又依著習慣下意識滑起手機，陸續瀏覽其他消息，發現幾個令他在意的新聞。

——模仿效應？再傳老人慘遭殺害。

——警局驚傳槍響！疑似長期積怨，菜鳥員警憤對老前輩開槍。

「喔？」這幾則新聞讓王蛇有大膽的猜想，也許不是模仿犯。

當初被注射病毒的受試者不是只有王蛇一人，會不會是其他感染病毒的倒楣鬼被迫開殺，結果被逮到警局讓員警感染？

這機率並非是零，甚至大有可能。

王蛇回憶被注射病毒後與其他受試者一起殘殺老人的情景，那真是完完全全的腦袋空白，只剩殺死老人的唯一念頭。這輩子他不曾如此失控。

後來王蛇與其他受試者被催眠氣體迷昏，醒來時沒有其他人的蹤影，獨自被扔在公園涼亭，身上毫髮無傷，口袋多了一個牛皮紙袋，是遠遠超出當初說好作為受試者報酬的數倍。

將這些線索串起來，王蛇繼續猜測，主導這一切的人一定是希望感染者可以讓病毒擴散，才放他們回到外界自由走動。而且又殺了人，多半不敢隨意聲張，會暫時隱匿病毒的消息。

「太惡劣啦，牛皮紙袋那些錢當報酬根本不夠。」

沒辦法啦，沒辦法了，王蛇認真思考起來。現在要轉移焦點只有製造更多更大的混亂。既然自己是感染者了，就來賭賭看這個病毒的傳染性有多強。反正王蛇自認不吃虧，只是故意到人多的地方走動，再看看效果怎麼樣。幸運的話就會像感冒般傳染出去，說不定還能引發全民殺老人運動，到時候警察會忙到哭，就沒力氣管他了。

王蛇對空氣笑了笑，雖然很自私但沒關係。

「沒辦法，我還不想死啊。」

六 赤鯊

要殺死一個人有很多方式。

這是怯鷗反覆思考後得出的結論，也是給自己的安慰。

以跟監還有情蒐作為特長的怯鷗仔細歸納，明白沒必要拿自身的短處去跟王蛇的強項硬碰。

怯鷗又走進超商，買了黑色罐裝的韋恩咖啡。他慎重思考時需要足夠的咖啡因。這次沒有回到露天座位區，躲在超商內吹冷氣能減少不必要的體力消耗，讓腦袋更順暢運作。

怯鷗讓思緒精密的腦袋繼續奔馳。

「那個王蛇」的強大之處在於很會殺，而且不擇手段。為了完成委託就算波及無辜路人也無所謂，近期的事蹟是差點炸掉半條街，這樣不計後果的風格讓王蛇的委託達成率極高。

這是王蛇的優勢，也為他樹立太多敵人。

人緣極差又隨心所欲的王蛇總是獨來獨往，單獨處理委託，其他傭兵沒機會在任務中絆他一腳，也忌憚王蛇專殺自己人的名聲，還沒認真考慮要弄死他。

現在不同了。

自由獵殺命令讓早已蠢蠢欲動的傭傭兵匯聚成一股力量。怯鷗判斷，王蛇將要接連落入一對多的困境，就算王蛇再會殺，長久下來一定會體力耗弱疑神疑鬼，那將是擊殺王蛇的最好時機。

怯鷗擬定計畫，準備聯絡必須聯絡的人。

不過首先，怯鷗要離開超商。任何的對話內容都不是能被旁人聽到的。在踏出店外的瞬間，火灼似的高溫令他痛苦皺眉，一度以為全身的血液都要沸騰蒸發。

匆匆躲入建築物遮蔽的陰影裡，怯鷗毫不遲疑地撥出通話。

「赤鯊，要不要合作？我提供王蛇的情報跟位置，你殺掉他之後賞金我們六四分。我本來想談五五分的，但是你負責出手，該拿比較多。」

「硫蠍，看到自由獵殺命令了嗎？我幫你找出王蛇，至於賞金……你要七三分？不行，至少六四。現在是在講『那個王蛇』啊，就算只是揪出他也很危險，我珍惜我的命，六四分很合理。說定了？好，一定會合作愉快。」

「蝗佬，你的小隊一定準備獵殺王蛇吧？我知道那件事，他射殺你的隊員。這是復仇的好機會。我想跟你合作，我能鎖定王蛇人在哪。企圖？不，我只是希望賞金能分我一份，我需要錢。你的小隊人多，我不奢望拿到漂亮的數字，但至少要有我一份。啊？謝謝！有王蛇的消息立刻聯絡你。」

「火松鼠，還記得我嗎？我是怯鷗……你背景雜音好嚴重……你在哪？有，這樣好多了。我想問你，那個王蛇的自由獵殺……你不想殺他？喔，你對竊取商業機密比較感興趣。好吧，可惜了。不，沒事了。就這樣。」

可惜了。怯鷗繼續思考任何有機會交涉的對象。

怯鷗的盤算很單純，既然沒把握單獨幹掉王蛇，那就與其他傭兵聯手，越多越好。這是賭注，賭合作的對象之一會順利拿下王蛇的人頭。找上的人越多，機會越大。加上有通話錄音為證，就算對方想獨吞，也能讓永生樹仲裁，屆時怯鷗還是有賞金分成。

怯鷗揣了隨身肩包，內藏一把手槍與一個裝滿子彈的彈匣。他不打算全程躲在幕後，必要時會露面出手。

如果合作對象全被王蛇宰殺，而且王蛇身負重傷……這樣的時機太美了，怯鷗簡直不敢想像。

屆時他可以獨吞整份賞金。

這些講妥的僱傭兵還不夠。有個令怯鷗始終掛心的存在，針對獵殺王蛇會是非常好的一份保險。他滑動永生樹的通訊名單，定格在叫做「愚獴」的聯絡人。

僅僅是一次合作，就讓怯鷗對這名僱傭兵印象深刻，甚至可以說是異常忌憚。關於王蛇的惡名在外，怯鷗只是耳聞而沒有親自體會，但「愚獴」的手段，怯鷗是親眼目睹。

殘忍。非常殘忍。

永生樹就像是混亂恐怖的獸籠，暗藏各類不能適應正常人生活的特異存在，其中有的追求刺激、有的一心謀取更豐碩的報酬、有的單純藉此蹭飯吃……

有的，竟是只為殺戮而生。

「愚獴」就是這樣的一個存在。

怯鷗躊躇著無法撥出通話。私吞整份賞金的貪念令他遲疑，亦暗自希望這些合作的僱傭兵都能在達成消耗王蛇的目的後死去……

「愚獴」是凌駕於其他僱傭兵之外的存在。如果「愚獴」跟王蛇對上，王蛇註定非死即傷，怯鷗可能就失去給王蛇最後一擊的機會。

「都是為了錢……。」怯鷗搖頭，真是可怕的吸引力。

怯鷗來回幾次深呼吸，盡可能使焦慮的神經暫時舒緩。他告訴自己不要急。

暫且保留「愚獴」當可能的底牌，再視情況交涉……這是怯鷗決定採取的方案。

怯鷗把手機塞回口袋，抹掉額頭的汗。陽光還是毒辣刺眼，這樣充足的光線讓景物更加清晰，甚至說是無所遁形。

所以當有個背粗麻布後背包的眼鏡男人從街邊走來，經過怯鷗面前進入超商時，每一步都讓怯鷗看得仔細。

怯鷗額邊冒出有別於悶熱汗水的冰冷汗滴，強逼自己裝沒事般低下頭，還拿出剛放入口袋的手機瀏覽訊息，卻因為手抖得太厲害，差點掉了手機。

現在的怯鷗什麼都看不進去，卻能感覺到眼球因為心臟的狂跳而劇烈脈動。

剛才從面前走過的眼鏡男人竟然是王蛇。

是那個王蛇！

怯鷗在心中慌張吶喊，冷汗再多淌幾滴。

王蛇的變裝很到位，幾乎成了另一個人。幸好怯鷗有一對銳利的眼睛。

在震驚後是更多理不清的疑惑。怯鷗不知道這個卑劣的傢伙是為了當移動感染源才故意走動，更不曉得王蛇被列入自由獵殺命令是因為感染神祕病毒。

各種可能性在怯鷗腦中打轉，猜是王蛇對變裝太有自信才敢到處跑，也猜是不在乎自由獵殺命令，更不把警察放在眼裡，這樣的目中無人很符合王蛇的臭名。

怯鷗毫不費力掌握王蛇的位置。他繼續假裝看手機，實則聯絡有了口頭協議的僱傭兵。

怯鷗按照順序首先聯繫赤鯊。他要一個一個來，免得被發現同時與多人有協議，這傳出去就麻煩了。其他僱傭兵不是笨蛋，必定能發現他的真正意圖。

捎了訊息給赤鯊，怯鷗搶在王蛇踏出超商前先行離開，另外覓了可以監視超商出口的隱蔽位置。

陸續有人進出，怯鷗巧妙改變視線，不會讓人發現正在監視。

一個戴漁夫帽的男人走出超商，怯鷗立刻注意到。

在這瞬間，怯鷗莫名想起一個心理學實驗。

那個實驗是這樣設計的：讓受試者到櫃檯點餐，預先安排好的服務人員會假裝東西掉了蹲下去撿，然後由另一人頂替站起。結果多數受試者都沒發現面前的服務人員換成了另一人。

王蛇更是擅長利用人的盲點，簡單的衣飾改變就能換成另一個人。特別在現代人多數注意力都被手機瓜分之後，更加難以集中精神，不能迅速察覺周遭的細微變化。

怯鷗慶幸自己專注盯緊，沒放過任何離開超商的人，否則也將看漏。

被他鎖定在視野之中的王蛇一派輕鬆自然，還拿著咖哩雞排三明治跟藍莓三明治。

「這樣不對，」皺眉的怯鷗無法不指出這點：「甜的配鹹的太糟糕了。就像珍奶是珍奶，臭豆腐是臭豆腐，就算都是知名小吃也不能混搭在一起……。」

怯鷗心中又多了幾分忌憚。這個叫做王蛇的男人真是太糟糕了。

刻意等王蛇走遠一段距離，怯鷗才悄悄跟上。與以往的跟監不同，這次怯鷗拉開的距離特別長，更不時停下，深怕王蛇回頭就招呼一槍。怯鷗沒自信能比子彈更快。

在跟監之餘，又有新的疑問在怯鷗腦中產生。為什麼王蛇不使用交通工具而是採取步行？為什麼一再往人多的地方接近？

滿腦子疑問的怯鷗一再尾隨，途中不停向赤鯊更新王蛇的目前位置。

赤鯊一直都是已讀，讓怯鷗看了有些焦躁，該不會赤鯊臨時膽怯要抽手不幹？他甚至考慮聯絡下一個僱傭兵。

在王蛇等著過馬路的時候，赤鯊忽然有了回訊。

遠遠跟監的怯鷗快速一瞥，赤鯊只給了簡短幾個字。

——我來了。

綠燈。

手拎三明治的王蛇踩上骯髒的斑馬線。

引擎的呼嘯聲轟隆如雷，由遠而近。

一道紅色閃電闖上馬路。

隨著肉塊被撞飛的碰撞聲，咖哩雞排三明治跟藍莓三明治飛上半空，一前一後落在斑馬線外。

怯鷗看呆了。

旁邊的路人也看呆了。綠燈秒數持續倒數，無一人有動作。

一個穿著全套紅色賽車衣的重機騎士橫攔在斑馬線上，被撞飛的王蛇趴在幾公尺外，看不出是生是死，毫無動靜。

重機騎士掀開同樣紅色的安全帽，露出一對凶暴大眼。

——正是說來就來的赤鯊。

「什麼鬼東西？赤鯊在搞什麼？」怯鷗傻住。

眼前的車禍現場一片混亂，錯落的人車失去各自該有的位子。

這是赤鯊設計的獵殺場。他連人帶車像條飢餓掠食的鯊魚衝撞獵物，把王蛇活活撞飛。

如果單就針對王蛇來說，這會是成功的計畫。但僅僅是考慮殺死王蛇還遠遠不夠，這是熱鬧市區的大馬路，有太多不相干的群眾，會引起不必要的恐慌。

怯鷗能夠理解赤鯊的企圖，就像王蛇大概也沒料到除了他之外還有僱傭兵如此瘋狂。理解歸理解，怯鷗還是忍不住咒罵：「這傢伙瘋了嗎？」

怯鷗遠遠觀望。趴地的王蛇動也不動，不知是死是活，附近人車全部繞開，出於生物的本能察覺到這場車禍的不尋常。

怯鷗下意識將手探入隨身肩包，猶豫要不要掏槍？對於想多賺點錢的他來說，四六分跟賞金全吞……無疑是後者更加誘人……

面對如此豐厚的金錢誘惑，怯鷗驚覺就算要在人來人往的大街開槍也無所謂了。先拿到錢再想辦法躲到國外去，反正有錢什麼都方便。

被貪欲沖昏頭怯鷗竟然忘記了，只要赤鯊沒死，賞金必定要與他分成的事實。

「咕嚕。」怯鷗吞了好大一口口水，理智與衝動在腦袋中打架。

發難得逞的赤鯊倒是沒有顧慮，放下安全帽面罩，漆黑的鏡片深處透出殺意。重型機車的引擎咆哮作響，赤鯊大力催動油門，企圖把負傷的獵殺標的輾斃。

通體鮮紅的赤鯊與重型機車加速奔馳，捲起咆哮的引擎浪潮，狂暴地直衝王蛇。

只剩短短幾公尺的距離。

來不及了！怯鷗心中一涼，滿是錯失機會的懊悔，就算掏槍也來不及搶奪王蛇的命。

本來趴地不起的王蛇猛然翻身，對著赤鯊的安全帽就是一槍。

槍響讓旁觀的路人與汽機車開始逃亡，尖叫與逼迫前車讓路的喇叭接連大響，混亂程度加劇。竟然因此讓出一條大路供王蛇與赤鯊胡鬧。

王蛇扣下的扳機沒有制止赤鯊。被子彈正面擊中的安全帽只留下擦痕，竟然是特殊防彈材質。安全帽中槍的赤鯊微晃，車身連帶一偏，立刻轉動龍頭將車帶回原本路線。

仍然躺地的王蛇連開數槍，準心避開安全帽，槍槍對準赤鯊身體。

沒想到命中的子彈接連無力墜落，全被赤鯊那身賽車衣擋下。

連賽車衣也是防彈材質……怯鷗看傻了，要砸多少錢特製才能擁有這樣強悍的防彈效果！

重型機車呼嘯而過，刮起逼人的勁風。王蛇在危急瞬間往旁邊連滾，一時僥倖避開。

赤鯊精準駕駛重型機車，像撲空的鯊魚甩頭擺尾，再度鎖定王蛇。

王蛇搖搖晃晃站起，額角有血流淌，手肘與膝蓋則是大面積滲血的擦傷。他隨口往旁邊吐了唾沫，垂在身側的手臂仍將槍握緊。

赤鯊大催油門，壓低身體減少風阻，重型機車以更快的速度直衝王蛇。

這被正面撞上不是滾個幾圈就能了事的，恐怕王蛇要吐血骨斷、內臟破裂……怯鷗看了都害怕。

負傷的王蛇無法站挺，身體不自然地偏向一邊。可是他竟然逃也不逃，像極了不畏死的鬥牛士在迎接發怒公牛的致命衝撞。

在要被撞上的瞬間，王蛇迅速側身跳開，一手硬是勾住赤鯊的手臂，順勢坐上重型機車後座。

赤鯊試圖把這附骨之蛆般的差勁乘客趕下車，可惜王蛇出手更快，槍管已經插入安全帽與賽車衣之間的縫隙。

槍響。血噴。腦炸。

安全帽面罩噴滿黏膩的溼紅，彷彿有顆西瓜在裡頭炸開。

被爆頭的赤鯊雙手一鬆，失去控制的重型機車歪向一邊，觸地滑行直到撞上圍觀的路人才停下，被波及的路人斷了脛骨，躺地哀號。

同樣摔車的王蛇在發燙的馬路連滾幾圈，再添更多新傷。

王蛇帶血爬起，微跛著腳來到赤鯊的屍體旁。剛才赤鯊沿路濺血，安全帽縫隙像漏水的水龍頭不斷湧血，現在血流未停，頸邊積了一圈血。

王蛇彎身拉扯赤鯊的賽車衣，試圖拿走這套防彈裝備，卻怎麼也無法從赤鯊身上脫下。

王蛇本來要開槍洩憤，但想起賽車衣防彈，所以改成怒踹幾腳才悻悻然離開。

走沒多遠的王蛇突然往回走，對赤鯊的屍體吐了口水後再次走開。

太惡劣了吧……怯鷗躲在一旁，探入隨身肩包的手還握著槍，掌心已經覆滿黏稠冷汗。

怯鷗慶幸剛才沒有跳出去試圖給王蛇最後一擊，否則現在倒在地上的可能不只是赤鯊。

雖然死狀悽慘，但赤鯊達到讓王蛇負傷的作用了。怯鷗盤算，現在需要仔細挑選後續聯繫的傭兵，消耗王蛇的狀態直到他可以輕易被殺死。

到時候怯鷗就能補上最後一槍。被貪欲占領行動準則的怯鷗還沒發現，自己早就悄悄改變目標，決定獨吞全部賞金了。

怯鷗只知道必須要快，仍有其他傭兵在打王蛇的主意。不能拖也不能急……

砰——砰——砰——

接連的槍響嚇得怯鷗驚慌一瞥。

王蛇竟然在對路人開槍。

有一對老夫妻被王蛇射穿腦袋，噴出血漿與腦漿，摟著彼此雙雙癱倒。另外有一個看傻的阿伯呆站原地，提著的便當鬆手掉落。王蛇先對阿伯的大腿開了一槍，阿伯隨即倒地，壓扁了搶先落地的便當。接著王蛇行刑般對阿伯的後腦勺再來上一槍。

柏油路噴開放射狀的紅色汙漬。

怯鷗看傻了。

瘋了、真的瘋了！只用惡劣已經不夠形容王蛇了！這是濫殺無辜的惡魔！

有槍在手的王蛇沿路射殺老人，突然像回神般停止開槍，迅速移動躲藏。

怯鷗雖然嚇得要死，還是硬著頭皮緊追在後，腦袋另外撥出一大部分作思考。

目前怯鷗手中的聯繫名單，扣除死亡的赤鯊後，還剩下硫蠍跟蝗佬。除了蝗佬是以小隊行動的形式，其他傭兵都跟赤鯊一樣是單獨行動。

有點不妙。怯鷗心想，可以動用的合作對象太少了。

這使他一再想起「愚獴」。愚獴有可能也在找王蛇，像這種為了殺戮而生的特殊存在，一定不會放過這次的自由獵殺命令吧……

更糟的是如果被人搶先與愚獴合作怎麼辦？

怯鷗不斷提醒自己要保持理性，不能急躁壞了整體計畫。特別是看到負傷的王蛇冷靜異常，在行走間毫無預兆地接近隱蔽死角，再出現時已經完成換裝，就讓怯鷗明白難怪王蛇可以活到今天。

就連一路緊盯不放的怯鷗都有幾次差點看漏，失去王蛇的行蹤。

真可怕、真是太可怕了，怯鷗不得不再次佩服，永生樹真的充滿各種怪物。

七 公車站

盛夏的臺灣午後有著慣性的溼熱。雲層在遠方聚集，是煙霧般的淺灰。灰雲阻擋光照，雲下的樓房馬路被罩入悶重的陰影。灰雲之外卻還是豔陽高照的藍天白雲，彷彿世界就此一分為二。

負傷的王蛇持續走動。

他必須走。

因為可怕的高溫，密集的汗水不停冒出，一再刺激王蛇手臂與膝蓋的擦傷，既癢又痛。王蛇沒考慮穿長袖遮掩傷口，當衣料覆蓋在汗溼又帶傷的皮膚上，必定造成另一種折磨。

王蛇隨手往額頭一抹，掌心全溼，還能甩出成堆黏汗。

該死的夏天，還有該死的紅衣三寶……王蛇在心中咒罵，雖然知道是來殺他的，卻不知其名。獨來獨往又自我中心的王蛇對旁人漠不關心，也難怪沒聽過赤鯊。

這樣的行事風格導致王蛇落入各方圍殺的困境時，注定難以找到援手，少數可以求援的石龍子這條線也斷了。

王蛇的處境就像要被螞蟻群起咬食的蚯蚓般悽慘。幸好他很會殺。

殺光，全部殺光就好。

可是好累。王蛇想找有冷氣的旅館睡到吐。

王蛇走過十字路口，街頭一如既往沒有異狀。

警察怎麼還沒來找碴？王蛇納悶，就算變裝的技術再精熟，經過捷運站那一鬧還有剛才的惡意車禍，警察再悠閒也該找上門了。

在王蛇的認知裡，臺灣的警察可不像美國警察專找黑人麻煩又只顧吃甜甜圈，該拿出效率時還是很凶猛。真的走投無路的話，要不要乾脆被警察抓算了？

王蛇隨便亂想，自承有悔意再抄個聖經佛經應該有機會減刑吧？還要記得跟受害者家屬道歉，做戲要做全套才算數。

王蛇繼續盤算，腦海還真的出現滿臉鼻涕眼淚向受害者家屬下跪的畫面。眼淚絕對是假的，他是不哭的人。但是不哭的人仍然會痛，摔傷的王蛇腳正痛著，迫使他暫時在候車亭坐下，假裝等車並調節體力。

王蛇固定視線，不要亂瞄，免得看到老人。

候車亭悶熱無風，王蛇反而冒出更多汗。大滴汗粒從嘴脣滑落，他隨口一舔，好鹹。

隔著耳機，王蛇能稍稍聽到公車靠站的聲音。沒多久，視線外有龐大的影子靠近。

王蛇沒抬頭。感染病毒的他不敢亂瞄，也想避免激烈運動。砍殺老人就是激烈運動的一種。

公車靠站後不但沒有減緩噪音，反而更吵。

王蛇的視線餘光外有騷動的人影，耳機擋不住叫喊。他稍稍抬頭，想要驗證心中猜測。

只見公車的車門大敞，小帥哥司機與幾名大學生乘客聯手，把車上的老人們當垃圾紙屑扯下車，壓在路上猛打狠踹。老人的菜籃跟拐杖掉落在旁，蘋果跟綠蔥散了一地。

「這麼激動？」王蛇一時看傻。

小帥哥司機與乘客下手毫無分寸，全都殺紅眼。有人嫌徒手不夠殘暴，搶著撿起拐杖，往老人瘦弱的背脊猛搥，像搥打要扔上烤爐的肉排。嘶啞的哀叫、高亢的痛呼、激動的咆哮來回交錯。

另外有人扛起老人的菜籃車，高舉過頭後往倒地的老人砸落。鐵與肉相互碰撞，菜籃車鏘鏘響。

「下車再不按鈴啊！」小帥哥司機打得特別起勁，每天載客都要面對大批老人的他似乎有血海深仇，襯衫的鈕子在痛揍之間繃飛。

「不要擠著上車！讓其他乘客先下去！」小帥哥司機把老人的臉按在柏油路面，反覆朝臉毆打，打得老人瘀青鼻斷滿臉是血。被小帥哥司機亂揍的老人雙眼緊閉，忽然嘴巴一張，嘔出斷牙。

一個女乘客跳下車，把肩包往老人砸去，像在揮舞鏈鎚。

「真有創意。」王蛇一時成了觀摩的角色，參透所有物品都能當武器使用的真諦。

王蛇看著看著，在病毒的驅使下，不由自主起身加入全民殺老人的行列。僅存的理智告訴他不要浪費子彈，也不要拿刀，因為善後清理很麻煩。

所以他的手搭上女乘客的肩膀。

激動的女乘客猛然回頭，大圓框眼鏡下的雙眼有暴瞪的血絲。

「讓我來。」王蛇說。

兩人目光交會。

女乘客凶厲的眼神稍稍和緩，心有靈犀地點點頭，交出肩包讓王蛇接棒。

王蛇把肩包的背帶在手上纏了一圈，將肩包充當拳套使用，與小帥哥司機聯手毆打。

這些老人被團團包圍，飽受蹂躪，最終一一斷氣。

現場失控的年輕人們陸續平息殺意，衣服凌亂滿頭是汗，有些人還沾著零碎的鮮血。

激情過後，眾人你看我我看你，無人說話，只剩粗沉的喘息。猛烈的陽光照得人頭暈目眩，屍體上的血跡有油亮反光。

「怎麼辦？」一個學生顫抖問：「我們都殺……。」

「不！」把肩包當鏈鎚甩的女乘客打斷他：「我剛剛、剛剛好像被什麼控制了……那不是我的本意！你們也是吧？」

眾人又是你看我我看你，接連附和：「我不知道自己怎麼了，手跟腳自己動起來……。」「腦袋是空白的，只想殺死老人。」「你是不是要強調有聲音跟你說要殺了他？」「沒有，才沒有！沒有聲音啦！哪有這麼巧每個殺人的都會聽到有聲音在慫恿！」「不要提殺人，我們、我們不是吧……。」

「怎麼辦啦！」小帥哥司機率先抱頭痛哭。他蹲在地上，失去鈕扣的襯衫領口大大敞開，露出結實硬挺的胸肌。「我只是載著乘客開著車，突然就失手殺人了！」

「那個啊，」王蛇舉手發言：「這幾個老人都死透了，記得不用浪費醫療資源叫救護車。」

「現在還管什麼救護車？為什麼你可以這麼平靜？我們都殺人了，雙手都是血！」滿臉眼淚的小帥哥司機崩潰哭喊：「我的人生完蛋了啊！」

「沒辦法，殺都殺了。」王蛇還是那副事不關己的欠揍嘴臉，「快逃吧，躲得夠久的話，可能警察也沒力氣管你們了。」

「為什麼警察會沒力氣管我們？」另一個年輕學生問。感染病毒是一回事，沒發作的時候腦袋還是很清楚，抓出王蛇話中蹊蹺。

「這個喔，」王蛇搔搔頭，「反正你們不會是個案啦，應該會越來越多吧。」

小帥哥司機質問：「什麼越來越多，你說這是傳染病嗎？會有越來越多人看到老人就開殺？」

「嘔噁！」有個年輕乘客耐受不住殺人的罪惡感，彎腰嘔吐。

「沒事啦，多殺幾次就習慣了。」王蛇隨口說。就因為這樣隨便的態度，不僅沒有達到安慰的效果，還令人更氣憤。

小帥哥司機譴責：「你這個人一定瘋了。」

「沒有吧，我只是繳的稅比較少還沒有勞健保。你們不逃我要逃了。」懶得多說的王蛇打算要走，結果手腕一緊，被人拉住。

那名女乘客拉著王蛇，緊張詢問：「我好害怕，可不可以跟你一起走？」

「可以啊。但是跟著我沒有比較安全。」

「沒關係，我真的好害怕。」女乘客咬著下唇，驚慌的眼神還無法好好定焦，一直在自己兩腳的鞋尖來回跑。

「那就走吧。」

沒想到王蛇這一走，就跟著女乘客回到她的家。

這是常見的租賃套房，床與桌子還有衣櫃這類制式家具都沒少，另外還有窗。窗臺上種著幾盆多肉植物，在享受日晒。

女乘客在路上簡單自我介紹過了，她叫小映，很喜歡電影，可以為了看電影省錢不吃飯，只要有電影節一定都會報到。

所以除了多肉植物，房裡僅有的裝飾就是電影海報跟貼滿書桌牆面的電影酷卡。王蛇隨意打量。最醒目的兩張海報是王家衛導演的《重慶森林》跟《一代宗師》，但是他不怎麼看電影，沒啥概念。

洗完臉的小映帶著滿臉水珠走出浴室，赤腳踩在地板上。

「妳的衣服好少。」王蛇大方在屋裡唯一一張椅子坐下。

「你忘記脫鞋了。」她說。

「啊，喔。抱歉。」王蛇匆匆脫掉腳上的休閒鞋，在門邊擺好。

小映坐在床邊，已經換穿簡單的家居服，寬鬆的T-shirt上衣蓋住大腿，看起來好像下身沒穿。

王蛇有意無意地瞄向小映，看往大腿根處。小映的大腿很長，身材比例是美好的四比六。

「你在看哪裡？」小映問。因為洗臉取下眼鏡，氣質也變了，單眼皮，看起來是有個性的女生。

「我在研究床單的材質。」王蛇找理由帶過。

小映盯著王蛇看了一會兒，忽然起身向他走近。

王蛇一度以為小映會打他巴掌，但小映扭頭走向小冰箱，打開後彎身摸索。隨著小映彎腰，王蛇發現她下半身真的沒穿，就一件黑色丁字褲若隱若現。

這美好的身材讓王蛇真想吹聲口哨以示讚嘆。

「我上個月剛跟男友分手。」小映在冰箱前蹲下，繼續翻找。

「喔？節哀喔。」

「結果我發現我不能一個人，好不習慣。」小映說這話時帶著鼻音，好像要哭。

「以妳的條件只有不想交，沒有交不到吧。妳超漂亮的。」王蛇想到什麼就說什麼，毫不掩飾對小映身材的讚嘆。

「我不知道。」小映關上冰箱，終於挑到一瓶順眼的可樂。她又來到王蛇面前，扭開了瓶蓋卻不急著喝，而是凝視他。

房裡沒開燈，從窗臺透進的日光很耀眼。

王蛇抬頭，發現小映睫毛很好看。

小映把可樂舉到嘴邊，含了一口沒吞下，而是手撫著王蛇的臉，唇貼了上來。

王蛇不客氣地摟住她。

小映胡亂放下手中可樂，與他放肆擁吻。在親吻的同時，小映嘴裡的可樂流入王蛇口中。

王蛇吞下，以舌頭回敬。兩人的舌尖交纏，雙臂亦如是。

小映引導王蛇來到床邊，一邊接吻，一邊褪去彼此衣物。王蛇裸露出滿是新傷與舊疤的身體，這是幾度舔血出入生死關頭的證明。

小映的胴體渾然相反，光滑又柔軟，不帶一點疤。王蛇手探向小映身後，解開黑色蕾絲胸罩，白而圓的乳房展露出來，美好得讓人想捧起好好欣賞。

王蛇手覆在小映的乳房上，閉眼的她發出小小的呻吟。

王蛇輕輕吻著、舔著。舌尖緩緩向下探索，滑過了小映清晰的肋骨與平坦的腹部……再持續往下、再往下……

在小映無聲的許可中，王蛇褪下黑色丁字褲，輕輕撥開她柔軟的陰毛。

「等一下……。」小映想制止。王蛇先一步吻上，換來她的震顫。

王蛇讓舌尖放肆探索，小映不由自主拱起了腰，雙手緊抓王蛇的頭髮，不停揉亂。喘息與呻吟來回從她的脣中傾瀉。

隨著呻吟越來越高亢，小映的兩條長腿甚至夾住王蛇的頭。緊緊夾住。很緊很緊。

閉眼的小映忽然睜眼。不僅眼神陡變，手還探向床邊，抓著預藏的短刀就往王蛇的頭顱刺落。

刀尖卻沒有如她預期終結王蛇的性命，反而僵停半空。

小映錯愕發現身體莫名僵硬，失去控制能力。

小映還能夠活動的眼珠驚惶地看向王蛇。這個惡劣的僱傭兵從小映的雙腿間抬頭，早已看穿所有意圖的眼神直射過來。

「怎麼會……。」小映後頸泛出冷汗。無法動彈的她只能任由王蛇撥開雙腿脫身、取走短刀，再被王蛇當洋洋娃般改變姿勢平躺於床。

王蛇坐在床邊，背對著她，沒說話。

無法動彈的小映緊盯王蛇的背影，越加恐懼。現在什麼展開都有可能。小映唯一確信的是她會死，必定要被王蛇反殺。

王蛇忽然伸手，往小映頸後摸索，讓她一陣發麻顫慄。小映驚見王蛇手指之間多了一小根細針，這一定是忽然麻痺的原因，針上一定塗了什麼！

「把藥裝進可樂要再俐落一點。妳是不是在想，本來應該是我被藥控制，沒辦法掙脫？」

「對……。」小映羞恥地承認失敗。

「抱歉啦，讓妳失望了。我以前當過好一陣子的藥物試驗體，不是市面上的成藥，是專門給我們『這種人』用的，就是妳跟我這種接單拿錢的人。結果我不小心免疫了，很多毒藥對我無效。妳用的這款不好，可樂蓋不掉味道。」

小映越聽越害怕，這個王蛇到底是什麼樣的怪物？對毒藥免疫的情報從來沒流出過。駭人的可能性在小映腦中打轉——情報沒有流出一定是因為知道的人都死了。

「這裡是妳專門設計的獵殺場對吧？難怪沒有什麼生活的痕跡。不過妳還特地貼了電影海報……這兩部好看嗎？」

王蛇指的是《重慶森林》跟《一代宗師》。

「王家衛的電影都很棒。《東邪西毒》我也很喜歡，可是拿不到海報。」被問到喜歡的電影，小映還是真誠回答。

說完之後，小映想到今天就要死在這裡了，這輩子再也沒有機會看電影，無法制止地眼睛一痠，眼淚開始打轉。

小映吸了吸鼻子，克制自己不要哭。太丟臉了。最後聊到電影讓她更加捨不得，更加不想死。

「可惜我不看電影。說到好看，妳的腿很好看。妳太早出手了，我來不及往下親。怎麼保養的？有運動習慣還是睡前會抬腿？」

小映眼睛一眨，發燙的眼淚不爭氣地流了出來。

她紅著鼻子哀求：「可不可以一刀讓我痛快死掉？不要虐殺我好不好，我真的很怕……好怕死也好怕痛。真的……求你了……。」

王蛇沉默。拎起被脫下的黑色丁字褲，細心地替小映穿回去。

小映還是不能動，藥效依然強橫地作用。她知道只能任憑擺布，即使被強暴也無力抵抗。

當小映的肌膚被王蛇觸碰時，她難忍地發抖，淚水又多滾出幾滴。她不明白王蛇這樣的舉動代表什麼，難道偏好要女方穿著衣服作愛？

王蛇開始替小映穿回胸罩。她閉眼不敢再想了，不願意看到即將發生在身上的任何事情。

嗶嗶——是冷氣遙控的聲音。

小映更加不懂，難道王蛇還要關掉冷氣，要在悶熱的房間作愛讓兩人全身都是黏黏的汗嗎？

「新聞說最佳省電溫度是多少？二十八度嗎？」王蛇亂按一通後放下遙控器。「劑量沒下很重，三個小時後妳就可以動了。當睡午覺吧。」

小映睜眼一看，發現王蛇已經穿好衣服，還在門邊拎起鞋子。

「你不殺我？」

「沒辦法，捨不得。」

「等一下，你瞧不起我嗎？我哀求你太丟臉所以不屑殺我嗎？」

「不是啊，」王蛇邊穿鞋邊說：「妳的腿很好看，殺掉太可惜。」

王蛇的態度太誠懇，害小映一時無法應對。

「我這樣算不算物化女性啊？」

「可能有、有一點吧？」

「隨便啦。妳真的很正，捨不得啦。而且妳挑椅子的眼光不錯。」

王蛇站到《重慶森林》跟《一代宗師》的海報前來回端詳。

「妳剛剛說那個什麼……呃，王家衛？還會拍新電影嗎？」

「不知道，我一直很期待。」小映說的是真心話。

「等他拍新電影記得請我看，說好了啊。」

門開了又關，王蛇就這麼離開了。

日光稍弱。

雨下了又停。

窗臺的多肉植物靜謐呼吸，陪伴它們的主人。

小映躺在床上只過了一個多小時，藥效還沒消退。她想了很多，一大堆思緒在腦海中亂竄。

逃過死劫的虛脫感、可以繼續看電影的狂喜、王家衛哪時候要拍新電影的期待與困惑……

還有最印象鮮明的、一直反覆竄出來的一句話。

那是王蛇在離開前小聲說的一句話。

小映聽得仔細，發現這跟「那個王蛇」的形象完全不符啊。

就像個騙子。

她忍不住竊笑，回想那句話。

王蛇是這樣說的。

——沒有什麼不屑的，寵女生就是天經地義。

八 酒吧

「怎麼這麼痛？」

激情過後，腎上腺素開始消退，早就該發痛的傷口開始復甦，疼痛一再襲擊王蛇的神經，迫使他放慢下樓的速度。

樓梯間湧入悶沉的雷聲。王蛇從窗口看見了，外面積滿厚重黑雲，讓本來就灰暗的城市更加黯淡。風勢強勁起來，是吹過頸邊會讓人發涼的風。

王蛇目睹一道蛇狀閃電炸落，在這之後是遲了幾秒的雷鳴，在樓與樓、街與街之間迴盪震晃。雷雨將至。

王蛇真想回頭問小映能不能借他躲雨？可是再繞回去就太不給面子了，這女人可是想殺他啊。

「太可惜了。」王蛇真心感到難過。

稀疏的雨點零星墜落，巷弄被蓋印章般接連多出小圓點，頻率越漸密集，轉眼間已成滂沱暴雨。又是雷聲。

失控的雨水噴進窗裡，打在王蛇身上。

王蛇退後。眼前的灰色暴雨讓他心裡百般不願意走出去，不想淋得渾身溼透，鞋子進水更是噁心難受，偏偏這次的變裝玩意忘了放拖鞋。

在躁亂的雨聲之中，有救護車與警車的警笛前後出現。王蛇細聽，發現不只一個方向，是接連幾臺救護車與警車往不同地點出動。

可能是車禍，也可能是……

王蛇挑了不會被雨水打溼的範圍就地坐下，檢查新聞跟社群網站流通的消息。果然如他預料，仍有殺人事件傳出，受害者皆為老人。

「這鬼東西還真的會傳染。」

王蛇扣除目前的所在地，其他地區亦有消息。從被注射病毒到現在的這段時間裡，其他感染者果然有出門活動，連帶影響未遭受感染的普通人。

「還是注射病毒的混蛋又在製造新的感染者？」王蛇亂猜。「照這種速度，就算老人再多，總有一天也會被殺光。真好啊，世界大亂就沒人記得要殺我了。到時候錢還能正常使用嗎，還是該趁早換成黃金咧？」

不斷自言自語的王蛇拉住樓梯扶手，認命站起。

「哇，痛——」他按住大腿，「那個紅衣混蛋，要禮讓斑馬線行人啊懂不懂，真是一堆垃圾駕駛。他死了就算了，衣服脫不下來，不然我穿著防彈衣多好……。」

王蛇以為全身的骨架都要移位了，終於後知後覺明白赤鯊撞得有多重。

王蛇判斷現在需要養傷，肚子也呼應這個想法般發出劇烈的蠕動聲，嘴巴還有點渴，想要來點冰涼的酒精。

更重要的是，需要找幫手。

王蛇知道有個地方可以同時達成上述需求，便撥了電話叫車。

希望司機不要是老人啊，王蛇替司機祈禱。今天殺的人夠多了，他暫時不想見血。

雨勢漸歇，烏雲淡去。陽光從雲層的隙縫中透出。現在成了晴朗的太陽雨。

一輛計程車從雨中接近。經過雨水沖刷，車在陽光照射下看起來特別嶄新，車身還有微微反光。

王蛇謹慎偷瞄，真怕一上車就割斷司機的喉嚨。

「還好還好。」王蛇看出是個普通的中年人，不會引發病毒的攻擊性。

王蛇鑽入計程車，還沒坐下便急著說：「大哥啊，冷氣溫度低一點好嗎？今天好熱啊。」

司機依言調整溫度。當王蛇坐穩，計程車便駛離公寓。

「帥哥去哪？」

王蛇回憶地址，報給了司機。在行進途中享受冷氣，把握時間休息。

計程車來到某個巷區的黑色招牌前停下。

下車的王蛇打量被雨水淋溼的黑色招牌──Devil's Whisper，意指惡魔的耳語。

這是一間酒吧。

飢餓蠕動的腸胃讓王蛇推門進入。

酒吧中的燈光昏黃，桌椅與吧檯都是乾淨的黑，牆面則是紅色的天鵝絨。

酒吧很安靜。客人靜靜喝酒，只有零星幾人抬頭看了看，在發現是王蛇到訪的那一瞬間，有幾人的眼神微變，立即低頭，繼續飲酒與沉思。

氣氛還是像家裡死了人一樣啊，王蛇在心裡想著，沒說出口。

黑襯衫配紅色領結的油頭酒保沒有招呼，酷酷地扳著臉，把塊狀的冰磚削成圓球狀。

「有什麼推薦的招牌菜？」王蛇大方在吧檯坐下，讓傷腿休息。

「這裡不歡迎你這個瘟神。」油頭酒保冷冷地說。

「幹麼這樣說，就算是瘟神也會想吃好吃的跟喝酒啊。你不推薦我就自己看了。」王蛇抬頭瀏覽牆面的價目表，餐點與酒類明顯比其他酒吧來得昂貴。

「光是啤酒你就賣六百塊？難怪招牌用黑色的，黑店啊。」王蛇吐槽，引來油頭酒保一瞪。除此之外，店裡其他客人的視線也一齊射來。

王蛇不在乎這些敵意，還開口嘲諷：「還是擺一堆假客人啊，就這麼怕不知情的人誤闖？」

「嫌貴你可以滾。」油頭酒保的臉色越來越難看。

「我本來也想買路邊鹹酥雞就好啦，但懶得走了。海鮮盤來一份，還要炸薯條跟奶油義大利餃。辣烤雞翅推薦嗎？會不會很辣？」

「如果是你要吃的，我會放卡羅萊納死神。」油頭酒保說。

「那個卡什麼死神的是什麼鬼東西？」

「世界金氏紀錄認證最辣的辣椒。」

「謀殺啊你！算了，吃的這樣就好，還要三瓶黑啤酒。啤酒先上，謝啦。」王蛇想到冰啤酒越發口渴，真想喝到吐。不過臨時想起點餐還沒完全，有所遺漏。

「差點忘記最重要的。還要一杯Ecstasy，不要冰塊。」王蛇眨眨眼。

「你到底想幹什麼？」油頭酒保質問。

「飯後餘興節目啊，想看看你們家紅牌不過分吧？你們家老闆的規矩是只要拿得出錢又知道暗號的都是客人。沒錯吧？還是臨時改了？」

壓抑怒火的油頭酒保面無表情，任誰都看得出他想把笑嘻嘻的卑劣傭兵攆出去，就算拿手上的鑿子怒捅王蛇也不無可能。

「Ecstasy不要冰塊更不要稀釋。」王蛇擠出假笑，諂媚地喊：「感謝您，偉大的酒保大人。」

油頭酒保冷哼，扔掉球形冰塊與鑿子，大步走入吧檯後的內場。

「喂，啤酒先上啊！」王蛇依然故我地白目，像是沒讓酒保氣死不甘心似的。

幾分鐘後，酒保回到吧檯，把三瓶冰透的黑啤酒跟開罐器放到王蛇面前。期間正眼都沒看王蛇，像要迴避什麼糟糕噁心的事物。

王蛇不以為意，扯掉瓶蓋就仰頭灌起黑啤酒。冰涼的啤酒滑過喉間，涼爽了食道與胃。他喝得興起，直到整瓶黑啤酒都空了才放下。

「我整個人都復活了。真棒。」王蛇舔掉嘴邊的啤酒泡沫，再開了一瓶。這次放緩速度，一口一口仔細品嚐。

內場飄出香味，是新鮮的薯條正在油炸，還有海鮮煎炒的香氣。王蛇的唾沫因此失控分泌，趕緊多灌幾口啤酒吞掉口水。

餐點陸續上桌，王蛇徒手抓起剖半的龍蝦，把肥美的龍蝦肉從殼中扯出，沾了醬汁就往嘴裡塞，淡菜跟干貝也是一個接一個。他還把角蝦的頭扭開，大口吸吮蝦膏。

「燙！」徒手抓薯條的王蛇大叫，剛炸好的薯條實在太燙。他不停往指尖吹氣，又摸了冒出水珠的冰啤酒降溫。

幸災樂禍的油頭酒保嘲諷：「吃相好噁心，你是哪來的遊民？」

「真沒禮貌，我是你就算再不甘願也要認命招待的王蛇大人。」王蛇頭也不抬，懶得看油頭酒保，顧著把薯條沾滿蕃茄醬。

王蛇豪邁大嚼，終於不再徒手亂抓，改拿叉子叉起奶油義大利餃。咬了幾口後失落地發表感想：「內餡居然是包蝦肉，跟海鮮盤重疊了啊。」

安靜的酒吧就這麼多出王蛇的碎念還有叉子與盤子的碰撞聲，更別提不顧旁人的咀嚼聲。

「拜託你安靜點，吃相太糟糕了。」

「沒辦法啊，雖然你這個接待客人的酒保臉很臭，但是這些東西真的很好吃。你有吃過嗎？分你一塊。」王蛇抓起干貝，直接塞到油頭酒保眼前。

「喂！」油頭酒保猛然退後，盯緊王蛇的手，好像那是什麼危險的爆裂物。夾在王蛇指尖的干貝沾滿醬汁，黏糊糊的，怎麼看都噁心。

「幹麼？你這樣對你們家大廚很失禮啊。」王蛇一口吞掉干貝，舔了舔手指的醬汁。

「你這個人太沒規矩了，活該名聲這麼臭。連永生樹都不認你，要手下的傭兵獵殺你。」

「喔？這些瞪著我的假客人是想拿賞金嗎？」王蛇不必回頭，也能察覺不友善的視線。

「賞金只限永生樹內部的人能拿。看來管理者是希望自己的人自己收拾。老闆的立場正好是不要惹事，你要珍惜這份恩惠，那是你還沒死在這間酒吧的原因。」

「聽起來你想殺我？」

「沒有不殺你的理由。」

「別這樣，我只是肚子餓又口渴的路人。」王蛇拿起薯條，揮仙女棒般隨便比畫，「身上還帶一堆炸彈，不小心就會爆炸喔。」

油頭酒保的臉孔僵住。「你開什麼玩笑？」

「不是開玩笑。你以為我的背包這麼大、褲子口袋這麼多是為什麼？」王蛇把薯條往空中拋去，再用嘴巴接下，邊咀嚼邊口齒不清地說：「讓我好好吃飯，大家平平安安的不是很好嗎？我是不介意引爆炸彈啦，反正一堆人都在追殺我，我遲早會死。現在吃飽喝爽了剛好上路也不錯啊。是不是？」

油頭酒保語塞。

不過王蛇說的話半真半假，炸彈是真，同歸於盡是假。他怕痛也怕死。

王蛇灌完黑啤酒，重重哈出一口氣，再端起整盤義大利餃一顆又一顆送進嘴裡。

「嗝——」

最後，王蛇以宏亮的飽嗝結束這餐，一邊拿紙巾抹嘴擦手，一邊滿意地連連點頭。

王蛇放下沾滿醬汁的油膩紙巾，對油頭酒保招招手：「我的Ecstasy好了嗎？」

油頭酒保惱火地瞪了王蛇幾秒，轉身從黑色棺材似的大冰箱取物。

酒保的雙手探進冰箱冒出的冰冷白霧，抽出時手上多了一個黑色的玻璃杯，表面有猙獰人臉的浮雕。他不甘願地把空杯遞到王蛇面前，完全沒有盛酒。

「謝啦。」王蛇拿過人臉酒杯，往酒吧內移動。

「不要惹事。」油頭酒保厲聲警告。

「怎麼會咧，我哪敢？」王蛇隨口敷衍，人來到一間包廂門口，敲了敲門。

應門的人與油頭酒保的裝扮一樣，都是黑襯衫與紅領結。這人的視線沒有停留在王蛇身上太久，而是先確認人臉酒杯。

沒有廢話，那人側身讓開，王蛇繼續往前。

包廂裡不見任何桌椅，只有一個往下的通道。

王蛇直接走入，打開通道的門之後，便有沸騰的人聲。這裡與酒吧完全是不同的天地，不僅更為寬敞，還有一座八角鐵籠格鬥場。

這才是真正的Devil's Whisper，它並非酒吧，而是非法的地下格鬥場。

此時的八角鐵籠內有個少女。

她全身是血。

九 鐵籠

八角鐵籠內的少女全身是血，黑色的洋裝染得溼紅。

她仰起頭，沾血的臉龐面向打落的燈光。迷濛的雙眼半睜半閉，讓人分不清意識是停留此處，或是早已渙散飄遊。

血與鐵籠。少女與死亡。這樣的畫面極具衝突性，令人看了都要屏息。同樣衝突的還有少女的面容——生著東方人的臉孔，卻擁有一對碧綠雙眸。

豔紅色的血珠在少女的指尖凝結後滴落，落入籠內早已蔓延的血泊。

少女不是冒血的中心點。

兩個還能辨認出人形的肉塊癱躺在地，被血覆蓋的大半體表已成搗爛的絞肉，不見完好皮肉。數十根銀色鐵籤插在這些人形肉塊上，遍布各個部位，像極了飽受酷刑的刺蝟。

觀眾的喧鬧如海，淹沒八角鐵籠，人形肉塊的呻吟不被聽見，只有同在鐵籠內的少女仰頭傾聽。

八角鐵籠外的觀眾有人歡呼，起鬨要少女給予人形肉塊最後一擊，澈底將之殺害。有人要求施加更多折磨，讓鮮血遍流，讓哀號在此響徹。

也有觀眾像在看恐怖片，只敢從遮眼的指縫間偷窺，怕得發不出一點聲音。更有觀眾緊捂著嘴，深怕一張口就吐了滿地。

少女不理不動，無視鐵籠外的請求與鼓譟。

喚回少女的是同在鐵籠內的人形肉塊，其中之一在哀鳴中撐起顫抖的肉身，試圖反擊。

「啊啊啊啊！」肉塊痛叫，忍痛拔出插進大腿的鐵籤，傷口像被戳破的水袋，噴出一道血柱。

拚著最後的執念，肉塊舉起鐵籤，捅向少女。

少女綠色的眸子冷冷一轉，睥睨著搖晃接近的肉塊。她的雙脣抿緊，是心情不佳的表現。這個肉塊不安分，壞了她以為完事的心情。

少女腳尖一轉，裙擺飄晃之間，已經來到肉塊身後，無視那一片黏人的血肉模糊，制住了肉塊的手掌，將肉塊手握的鐵籤倒轉，讓鋒銳的鐵籤尖端指向肉塊的臉部。

肉塊咿啞哀叫，身處垂死邊緣的他試圖掙扎，卻被少女牢牢牽制。鐵籤的尖端逼近又逼近，刺進肉塊的眼珠子不過幾毫米的事。

觀眾們瞬間屏息。現場除了肉塊的怪叫再無其他聲音，這使得鐵籤戳入眼珠的聲響如此清楚。與刺入肉中不同，柔軟的眼球無皮無骨，鐵籤輕鬆滑入，插進眼窩。

「咿！呀！啊、啊、啊——」

鐵籤沒有隨著刺中眼球停止，反倒往眼窩深入再深入。少女最後使勁一推，一截帶血的銀光從肉塊的後腦勺穿出，鐵籤貫破了頭顱。

肉塊不再慘叫。

點點鮮血濺上少女臉頰，那對抿緊的脣微微彎起。

少女跪下，像在照顧疼愛的洋娃娃般，把肉塊的頭安放膝上。

刷——少女抽出鑲在肉塊頭顱中的鐵籤，帶起一道滴淌的紅絲，隨即往肉塊的臉反覆插落。黏糊糊的插肉聲與觀眾嗜血的歡呼交雜。

「嘔噁！」摀嘴強忍的觀眾承受不住，張口猛吐。穢物從掌心溢出，引起旁人驚呼與鄙視。在崩潰狂嘔的觀眾之外，也有人舉杯慶祝，讚嘆能目睹這樣血淋淋的殘殺盛宴。

人命在觀眾眼中毫不值錢，只是取樂的工具。這個地下格鬥場滿足了人性陰影面的黑暗需求，正如其名「惡魔的耳語」，引誘人們暴露出最原始暴力的那一面。

這裡提供的獎金更是異常優渥，吸引各路好手。報酬越豐厚，競爭越是激烈，能夠在八角鐵籠中持續生存的，無一不是異於常人的怪物。

少女便是其一。她的虐殺秀已經成為著名的表演，不只吸引追求刺激的看客，高額獎金更讓眾多選手指名與她對戰。

少女來者不拒。無論是誰進入八角鐵籠，最終只有她能安然離場。

她很神秘，能以如此纖弱的身軀殘殺眾多拳手，自帶的冷豔氣場更是表明生人勿近。

即使如此，卻已是人盡皆知。

常客都知道這個地下格鬥場，有那麼一個神祕的少女。

一個以虐殺出名的少女。

「不好意思、不好意思，各位帥哥美女借過一下。」

手拿人臉酒杯的王蛇奮力擠過人群，一路往八角鐵籠移動。

「喔幹，你怎麼吐成這樣？好臭……我才剛吃飽，嘔……。」王蛇忍住噁心，繞過彎腰嘔吐的觀眾，還有一地溼淋淋的穢物。

王蛇再往前擠了擠，終於來到鐵籠邊。

少女還在亂戳，王蛇不必親眼確認也知道肉塊必定面目全非，搞不好連親媽都認不出來。

「嗨嗨！好久不見啊峨嵋！」王蛇輕拍鐵籠，隨即後頸一麻，所有寒毛同時豎起。

——殺意。

——令人發寒膽顫的凜冽殺意。

王蛇迅速蹲下，周圍群眾爆出驚呼與尖叫。

偷偷探頭的王蛇看到有顆人頭落在鐵籠邊，被戳爛的眼窩插著帶血的鐵籤。他往鐵籠內看去，少女綠色的眼珠子似乎比剛才更加鮮綠，有股懾人魔力。

在少女腳下，有具無頭屍體。

「不要那樣瞪我，我又沒欠妳錢。」王蛇嘻嘻一笑，卻見少女手指翻轉，瞬間夾滿鐵籤，嚇得他安撫：「等等，暫停！先不要衝動！」

「不要叫我的名字。」

被喚作「峨嵋」的少女射出鐵籤。

又下雨了。

傍晚的橘色天空飄來灰藍色的雲，驟雨落入黃昏的街。

一路跟監的怯鷗撐著傘，駐足在巷區裝作是路過等人，注意力實則放在那只黑色招牌。

居然來到這種地方，王蛇在想什麼？怯鷗越來越摸不透王蛇的行動模式。

怯鷗知道「惡魔的耳語」，只要是在地下世界打滾的，或多或少都知道有這樣一個地方。這並非封閉的神祕禁地，對某些人而言更是賺外快的絕佳管道。

這個地下格鬥場來者不拒，只要拿得出錢跟知曉暗號就能入場。不僅是老闆擁有雄厚財力，許多客人的背景也相當不凡。

惡魔的耳語提供這些貴客比嫖妓跟賭博更加血脈賁張的消遣，重現當年羅馬競技場的絕命生死鬥，讓人類與生俱來的暴力本能有了發洩管道。僅僅是見證他人的生死，便能獲得滿足。

怯鷗真的不想在這裡惹事，更別提開槍了，但在外頭狙殺完全不成問題。總之王蛇必須死，怯鷗一定要拿到賞金。

怯鷗滑動手機，瀏覽聯絡人清單。每次滑過「愚獴」總是格外糾結。

真想看王蛇跟愚獴對決……怯鷗發現這跟地下格鬥場那些觀眾的心態十分相似，都是想看兩強相殺，還因為好奇誰會死在對方手上而興奮。

「算了，先不要……。」還沒做好心理準備的怯鷗繼續往下看，手機突然跳了來電通知。

是蝗佬。

怯鷗知道不能不接，只能認命。

蝗佬的嗓音異常沙啞，一聽就知道是菸齡多年的老菸槍。「有王蛇的下落了嗎？聽說赤鯊被幹掉了，還有幾個僱傭兵死在市區停車場。你該有消息吧？」

蝗佬似乎話中有話，怯鷗聽出不對勁，難道是被發現有所隱瞞？

「王蛇在不方便對他出手的地方。」

「會有這種地方？」蝗佬越加質疑。

怯鷗不打算瞞了。因為蝗佬的名聲好、分量也夠，受到大部分僱傭兵的敬重，如果被蝗佬發現怯鷗真正的盤算，這事傳開了恐怕再也沒有僱傭兵願意合作。

「王蛇進了惡魔的耳語。我不確定他的目的，所以還在監視。」怯鷗說的全是真話。

「他跑去那種地方？」蝗佬就差沒嗆明怯鷗在鬼扯。

「我也不懂，真的不懂。王蛇的行為模式不像被追殺的人，也不是刻意挑釁，有一套只有他自己才能明白的邏輯。」怯鷗誠實地說出想法。

「王蛇的邏輯不重要，重要的是還活著。只要他還沒死，我就要殺死他。你繼續監視，他如果移動了立刻通知我。」蝗佬咳了幾聲，是嚴重積痰的混濁咳嗽。

沒等怯鷗說下去，蝗佬率先結束通話。這讓怯鷗不是滋味，他自有一套計畫，不想被破壞步調。對怯鷗來說，蝗佬是目前合作對象中最糟糕的那種，因為是整支蝗蟲小隊參與進來，導致怯鷗能拿到的賞金被瓜分大半。偏偏蝗佬對王蛇有深仇大恨，因為他視同手足的隊員被王蛇宰掉，必然要趁這次的自由獵殺找王蛇算帳。

一團亂啊，真討厭。怯鷗頭好痛，真想進去酒吧來杯烈酒。

在怯鷗貪圖酒精的同時，幾人從雨中現身，來自四面八方不同位置，就連衣著也是繽紛的不同色彩，唯一的共通點是全部面向惡魔的耳語。

怯鷗發現這些人似乎不是好惹的，但也不像蝗佬的同夥，唯一肯定的是衝著王蛇而來。

我的賞金啊……不敢出聲的怯鷗在心中默默淌血。

十
峨嵋

惡魔的耳語之中的某間休息室。

這間休息室與其他選手的不同，不僅更寬敞且更隱蔽，裝潢也更加高級，光是內附的浴室就比其他休息室還大，甚至有衣帽間。

衣帽間掛滿衣物，多是洋裝一類，櫃子展示一雙又一雙的鞋，有靴子有涼鞋也有高跟鞋。這些衣裝不僅嶄新，質料與設計感也都很好，彷彿是把專櫃整個搬過來。

休息室擺著一張沙發，大得足以當床。身上有傷的王蛇大方躺下，伸手抓了邊桌的零食，撕開包裝就往嘴裡丟。

這些零食都是王蛇叫不出名字的品牌，從包裝判斷應該不便宜，所以王蛇吃得很開心。躺得無聊了也吃得膩了，王蛇把腦筋動到冰箱上。這個多門冰箱大得莫名其妙，讓他不得不好奇究竟塞了多少東西？

王蛇先打開下方的冷藏櫃，在看清楚內容物的瞬間驚呼：「喔，我的天！第一次看到有人冰箱全部塞布丁！」

王蛇也不客氣，隨手抓了幾個抱在懷裡，再打開上方的冷凍櫃。

又是驚呼。

「喔，我的天！第一次看到有人冰箱全部塞冰淇淋！」

王蛇把搜刮來的Häagen-Dazs冰淇淋跟布丁一股腦扔到大沙發，再從冰箱旁邊的磁吸掛架找到塑膠湯匙，撕開封膜直接開動。

「剛才沒吃甜點，正好現在補回來。」王蛇大口吞掉布丁，舔了舔嘴邊的糖漿，「怎麼這麼好吃？一分錢一分貨還是有道理在。」

吃完布丁，王蛇拆開Häagen-Dazs，挖了一大匙放進嘴裡。「喔幹，怎麼這麼甜？到底加了多少糖？我記得Häagen-Dazs是美國的牌子吧，美國人都愛吃又甜又油的東西，難怪肥胖問題這麼嚴重。唉，不知檢討的美國胖子。」

王蛇連連搖頭，絲毫沒有自覺自己也是亂吃一通。

在他對Häagen-Dazs品頭論足時，浴室門開了。

全身赤裸的峨嵋帶著溼答答的頭髮走出浴室，未乾的胴體布滿水珠，沿路留下溼腳印。

「妳不穿衣服的喔？」

經過沙發的峨嵋用力一瞪。「再看就戳瞎你。」

「什麼啊？是妳不穿衣服跑出來，以為我想看？以為我對妳這個發育不良的貧乳女會有興趣？我看妳是太天真了，像我這種成熟的男人，才不會對貧瘠的胸部心動！」

峨嵋停下，低頭看了自己的胸。

「我沒說錯吧？相當平坦……喔幹！」王蛇話還沒說完，已經連同整張沙發被峨嵋單手掀翻。

王蛇從翻倒的沙發下爬出，還要撥開灑了滿地的布丁空盒跟Häagen-Dazs紙杯才能清出一條路。

「妳不能這樣對待傷患，我全身是傷禁不起折磨。」王蛇乾脆賴著不起來，但手沒閒著，另外開了新的Häagen-Dazs挖著吃。

峨嵋沒理他，逕自走進衣帽間，在衣櫃前抱胸考慮。最後挑了墨綠色的洋裝直接套上。

王蛇毫不避諱地看峨嵋全程更衣。擁有骨感身材的峨嵋比例相當好，是完美的衣架子，配上剪裁良好的墨綠洋裝，活脫是從時裝雜誌走出的模特兒。

王蛇納悶地舉手：「不穿內衣？」

「不穿。麻煩。」

王蛇吹了口哨，再度引來峨嵋的瞪視，那雙綠眼珠看起來像貓。一隻滿是怒意又帶著戒心的貓。

「喂！」王蛇迅速縮回沙發底下，躲避峨嵋扔來的高跟鞋。確認安全後，王蛇又從沙發底下爬出，把高跟鞋扔回衣帽間。

峨嵋正掀起洋裝下擺，把裝有鐵籤的皮套纏綁在大腿上。這讓王蛇知道要小心說話了，高跟鞋好躲，但鐵籤扔來會死人。剛才在格鬥場時幸好有鐵籠擋住，王蛇又躲得快，不然早就額頭插著鐵籤被人抬出去扔掉。

「妳過得還好吧？有專屬的休息室，很豪華喔。其他選手沒有這種待遇。」

沒穿鞋的峨嵋臭著臉，拎起短靴與襪子來到沙發旁，只使用單手就把沙發翻正。王蛇毫不訝異，還笑嘻嘻地搶先坐上沙發。

峨嵋喝斥：「下去。把垃圾收好。」

「垃圾等等再收，先敘舊不好嗎？」

「不好。」峨嵋把短靴放在腳邊，蹺腿坐上沙發，刻意保持與王蛇的距離。

王蛇依然嘻皮笑臉。「在生我的氣？」

峨嵋別過頭，不願意正臉看他。

王蛇雙手一攤。「沒辦法啊，比起照顧人我更懂殺人，把妳帶在身邊不好。想殺我的人又一大堆，要是找妳麻煩怎麼辦？」

峨嵋沒說話。

所以王蛇繼續說。

「妳在這也能發揮專長。妳的虐殺秀讓我想到有些小屁孩會抓螞蟻來玩，把螞蟻的頭拔掉再拿美工刀把腳都割了，就是這種單方面的虐殺。」

峨嵋還是沒說話。

「最怕空氣突然安靜。我再會自言自語也沒辦法一直講下去。」王蛇收斂笑臉，「這又不是日本動漫，不會有路邊撿到落單少女展開甜蜜同居生活的發展，這種故事都是拿來騙包莖處男的。就算重來一萬次，我還是會做一萬次同樣的選擇，我還是會先把妳托給惡魔老爺子照顧。他認為妳長得很像他的孫女，至少可以提供一定的保護。我只是接單賺錢的僱傭兵，這方面我敢說自己很專業，但是其他一概不懂。」

「你一次都沒來看我。」峨嵋終於轉頭。這是王蛇來到地下格鬥場後，峨嵋第一次正眼看他。

「你丟下我？」

那對綠色雙眸飽含複雜的情緒，有質疑有怨懟有哀傷，還有急切想要得到解答的渴望。

白目慣了的王蛇難得嚴肅。「有句話怎麼說的？不打擾是我的溫柔？妳過得不錯，還打聽到妳的虐殺秀很出名。這樣很好。」

「現在又為什麼找我？」峨嵋彷彿力氣放盡，啞聲問：「在那麼久以後？」

「問得好，我就開門見山說清楚了。現在不只是永生樹追殺我，連警察都要找麻煩。我需要妳的幫助。」王蛇眨眨眼：「怎麼樣？有沒有發現這些跟剛才講的完全衝突，是在自打嘴巴？沒有錯，我就是這麼自私。」

「追殺你的理由？」

「我什麼單都接，連偽裝受試者接受藥物實驗的委託也接，結果被注射病毒。」王蛇不得不回憶當初情景，「那個病毒絕對是故意製造出來要毀滅世界的。世界毀滅沒關係，但我被追殺很麻煩。今天就順手殺掉了……呃，一、二、三、四……反正殺了很多人，一路殺來這裡找妳。」

「什麼病毒？」

「我還沒弄清楚到底是什麼鬼東西，只知道感染以後看到老人就會想動手宰掉。我在捷運站砍死一個很吵的阿伯，就是因為這樣被警察盯上。」

峨嵋皺眉質問：「會不會傳染？」

「問得好，妳真會抓重點，很會問問題喔。經過我的細心觀察，應該是會傳染！新聞都有在報啊，除了我還有別的倒楣鬼在亂殺老人。像妳跟我坐這麼近搞不好就被傳染了。」王蛇用力點頭，隨後領子一緊，被峨嵋用力揪住。

「你說什麼？」峨嵋臉靠得好近，綠色的眼珠奪去王蛇所有視野。那副狠勁就算當場掐死王蛇也不奇怪。

「說不定傳染性沒這麼強，不用緊張。」王蛇知道要糟，想矇混過去。「可是妳靠這麼近就不好說了……等一下，先不要動手動腳！」

王蛇口頭勸阻無效，被峨嵋用力推開。峨嵋身負的力量非比尋常，就連王蛇這樣的成年男人都跌下沙發。

被牽動的傷處引發劇痛，讓王蛇倒抽一大口涼氣。他沒有嘗試爬起，乾脆趴倒不動。

「裝死？」峨嵋無情地問，好像在檢視被踩踏的蟑螂是否死透。

王蛇抬頭，額邊滲有細密真實的冷汗。「沒死。只是痛得不想動。有個神經病為了殺我竟然騎重型機車撞過來，人生第一次被撞飛就在今天了。」

王蛇垂下頭，繼續癱倒不動。這不是裝的，傷勢的嚴重程度是他起初沒料想到的。大腿骨與脛骨雖然沒斷，但極有可能裂了。肌肉的瘀傷不只限於表層，而是深入肉中，伴隨不適的鈍痛，臟器大概也有受損。

王蛇發現這樣趴著休息真不錯。地毯真柔軟、冷氣又涼快……王蛇忽然有睡意。儘管峨嵋凶悍又凶殘，王蛇仍然安心。

峨嵋來到他身旁，抱著膝蓋蹲下，安靜地打量。

「妳聽得出我沒有說謊。」王蛇頭也沒抬。

「嗯。」峨嵋維持一貫的冷淡表情，像在抗拒，不想輕易對王蛇伸出援手。「你有其他選擇，可以找其他人。」

「只有妳沒理由害我。」王蛇挪動傷腿，忍痛不要發出悶哼。「也許妳恨我，也可能想殺我，這沒關係。我在講什麼……就是不想死才找妳幫忙，又前後矛盾了。反正妳懂吧？」

王蛇知道峨嵋不僅擁有異於常人的力量，還能聽出人的心跳，以此分辨說謊與否，甚至可以感應到脈博的頻率與體溫變化。

無論話語如何包裝，對峨嵋都無效。她聽的是心。

因為峨嵋是祕密實驗室製造出來的「掠顱者」，是為了執行暗殺而生的人造人。在祕密實驗室遭到破壞，研究員與警衛都被屠殺後，脫逃的「掠顱者」從此不受管束，四散各地。

王蛇就這麼剛好遇到峨嵋。

歷經一整天的折磨，現在的王蛇疲困得只想就地睡著，但傷處的疼痛一再拉住意識，連幾秒的淺眠都辦不到。

王蛇聽到峨嵋的動靜，是衣物與地毯的摩挲聲。他稍微一瞄，發現峨嵋在旁邊坐下。

「你偷看什麼？」峨嵋臭著臉問。

「看妳會不會嫌我煩，拿鐵籤把我插成串燒。」

「剛洗好澡，不想弄髒手跟衣服。」

「妳可以洗第二次，這次我會遮住眼睛不亂看。」

「屍體要怎麼亂看？」

「我會不會變成屍體的決定權在妳。」王蛇將話題拉回原先的請求：「我需要妳當我的眼睛跟耳朵，注意周圍有沒有想幹掉我的人。本來想問妳接不接受僱用，但這邊的收入讓妳不缺錢了。」

「你說病毒會傳染。有沒有檢驗方法？」

「我只知道唯一一個方法，如果看到老人會無法克制想宰掉，那就是中標了。連感染後多久會開始發作都不知道。我是直接被注射進血液裡的，該死的藥物實驗，這種方法應該是必中。妳只是跟我聊聊天，機率可能一半一半吧。」

「怎麼能確定？」

「我猜的……痛！」王蛇的耳朵被峨嵋揪住、扭轉、拉扯。「會掉、我的耳朵真的會被扯掉！」

「不要你猜。我要解藥。」

峨嵋鬆手。王蛇還來不及喘口氣，就被峨嵋揪住領子，整個人被拉了起來，腳掌在沒預期準備的情況下觸地，身體的重量壓在傷腿上，讓王蛇倒抽一大口氣。

「我不接受你的請求。」峨嵋拒絕。「我要你跟我走，去找解藥。」

「是怕誤傷惡魔老爺子，還是為了治療我？」王蛇改不了油嘴滑舌。

峨嵋拉起洋裝下擺，飛快從大腿纏綁的皮套抽出一根鐵籤。鐵籤的尖端反射休息室的燈光，看上去更加鋒利，可以輕易捅出血洞。

王蛇乖乖閉嘴，舉起雙手投降。

「走吧。」峨嵋手中鐵籤指著王蛇，示意他乖乖配合。

「記得穿鞋。」王蛇提醒。

峨嵋冷眼一瞥，套上襪子再穿好短靴。她綁著鞋帶，突然繃出一句：「你記好，不是為了你才去找解藥。」

「哦。」王蛇複誦：「明白了，絕對不是因為擔心我。」

「對。」

王蛇忍不住笑了：「以殺人機器來說，妳還滿溫柔的。」

峨嵋愣了幾秒後回罵：「以僱傭兵來說，你沒死真是可惜。」

「放心啦，我沒那麼容易死。有妳同行我很安全。」

王蛇確定不是看錯，峨嵋的臉頰泛起很淡的紅暈。

「快走。早點找到解藥，早點擺脫你。」峨嵋收回鐵籤，搶著開門走出休息室。

「喂喂，走太快了，我是傷患啊！」王蛇嚷嚷。

看著峨嵋倉促走開的背影還有搖晃的髮絲，王蛇低聲說：「抱歉啊，茫茫人海偏偏遇上我，算妳倒楣了。」

十一　小丑魚

八角鐵籠的對戰暫時休止，幾名酒侍裝束的服務人員正在善後，不僅屍體需要裝袋抬出籠外，血淋淋的籠內也得清理。

自從峨嵋降臨這個地下格鬥場，鐵籠的地板逐漸覆蓋一層清洗不掉的淡淡棕紅。她的虐殺秀總是搞得血流成河，讓地板長期浸滲鮮血。

王蛇尾隨峨嵋穿越地下格鬥場，昂首的峨嵋只看眼前路，無視周遭客人。

閒聊飲酒的客人看到她忽然現身，都有大動作的反應，有人驚喜地盯著瞧，讚嘆能在鐵籠外一睹「拷問女王」的風采，也有客人惶恐讓開，就怕峨嵋一個不開心抽出鐵籤捅人。還有人與旁邊的同伴交頭接耳，悄悄話內容必定是以峨嵋為主題。

即使峨嵋長得一副姣好外貌，也無人膽敢上前搭訕。不僅因為那副生人勿近的冷豔臉孔與氣勢，更因為「拷問女王」的威名與戰績，讓賓客識相地保持距離。

峨嵋像是盛放但銳刺駭人的玫瑰，只能遠遠欣賞，無法輕易近身。

王蛇觀察眾人反應，就差沒笑出來，沒料到峨嵋會令人這樣懼怕，明明就是溫柔的好女孩。

「偷笑什麼？」峨嵋不必回頭就能得知王蛇的反應。

王蛇大驚。「這樣妳也能發現？」

「只要是在我能夠感應的範圍之內，所有情緒都逃不掉。」峨嵋說得稀鬆平常，但這是堪比讀心術的強大能力。

「也就是說，待在人多的地方會讓妳很煩躁吧？不請自來的雜訊一直往身上跑。」

峨嵋沒有回話，王蛇當是默認了。

這簡短的對談讓其他客人注意到王蛇，詫異有人能從容與峨嵋閒聊，紛紛猜王蛇是什麼來歷？王蛇也學峨嵋當沒看見。他一定要當沒看見，就怕有老人闖進視線，要當場開宰。

兩人上樓回到酒吧，油頭酒保發現峨嵋偕著王蛇現身，一張臉立刻垮下來。如此戲劇性的表情讓王蛇放聲大笑：「哈哈哈哈哈！你這到底什麼臉？」

「小姐，妳怎麼會跟這傢伙在一起？他是不是騷擾妳？我馬上把他手腳砍掉攆出去。」油頭酒保盡可能壓抑對王蛇的嫌惡，先禮貌向峨嵋詢問。

「我有個小旅行，這幾天的鐵籠戰先取消。」峨嵋交代。

「旅行？請妳稍等，怎麼這麼突然？是要跟這傢伙？」油頭酒保越加錯愕，就差沒有倒退三步手捂胸口。他怒指笑嘻嘻的王蛇：「這傢伙是『那個王蛇』啊！找不到手段比他更惡劣、名聲比他更差勁的人了！他現在還被永生樹追殺，千萬不能跟他扯上關係。」

「知道。以諾，我知道。」峨嵋強調。

王蛇插嘴：「原來你有名字？早說嘛，我之前都叫你臭臉機掰人耶。」

「你不要隨便幫人取綽號！」以諾怒拍桌面，衝出吧檯挽留：「小姐，妳這樣會讓老爺子很擔心。老爺子不會希望看到妳跟這種人來往，永生樹正在獵殺王蛇，妳被波及該怎麼辦？如果妳有個萬一，老爺子一定會很心痛。」

搬出惡魔老爺子果然讓峨嵋動搖，但她就是怕感染病毒誤傷老爺子，才執意要走這一趟。

「幫我向老爺子打個招呼，我很快回來。」

以諾臉色鐵青，轉而質問王蛇：「你做了什麼？是不是想誘拐小姐？我警告你，不管有什麼企圖都立刻打住，不然連惡魔的耳語也要追殺你。我現在就能弄死你！」

「跟王蛇沒關係。」峨嵋解釋，「如果他亂來，我會毫不猶豫捅死他。還會聯絡你收屍，屍體留給你洩憤，或是最後一口氣留給你收尾。」

以諾聽到峨嵋這樣說，發現或許是不錯的提議，而且峨嵋的確有這本事。但他還是無法放心：「與這種人同行……小姐，再多考慮吧。」

「不必考慮。我走了。」峨嵋不願再聽以諾多說。

以諾並非不懂看臉色的笨蛋，知道峨嵋的決定無法輕易動搖。「小姐，請稍等。老爺子有東西寄放在我這。」

以諾奔回吧檯，彎身摸索後取出一張嶄新的提款卡。他上半身越過吧檯，恭敬地遞給峨嵋：「信用卡需要簽名核對身分，對妳不方便。這張提款卡是老爺子事先準備的，雖然是老爺子的帳戶，但裡面的錢全部任妳使用。」

王蛇吹了聲口哨：「太爽了吧，我也想要一張。」

「吃屎吧你！」以諾瘋狂飆罵，額頭與頸子都冒出青筋。「你這垃圾東西狗養的王八蛋，如果小姐有個萬一，你準備被剁成肉泥種花！」

王蛇舉起雙手懶懶地投降：「拜託，她是峨嵋，誰能輕易傷到她？還是你對你家的『拷問女王』沒信心？」

「遇到你這種陰險不要臉的人，怎麼會不擔心？你最好閉嘴，不要再廢話。」以諾又彎下身，這次取出一把黑傘。

「你到底藏多少東西？等等是不是要掏火箭筒出來？」王蛇嘴賤亂問。

以諾壓抑怒氣，暫時先無視王蛇。

「這也是老爺子寄放在這裡的，外頭下雨，小姐帶把傘吧。」以諾將黑傘遞給峨嵋，意有所指地補充：「這把傘不只能擋雨。」

「我知道了。」峨嵋接過傘，揣在懷中。「替我向老爺子打招呼，我真的很快回來。」

「我會轉達的，妳放心。」以諾微微鞠躬，假客人們亦向峨嵋致意，不忘釋放對王蛇的敵意。

「快走吧，這裡太不歡迎我了。再待下去會被殺啊。」王蛇看不出一絲緊張，更像故意挑釁。

峨嵋握住門把，還沒拉開，便先示警：「有人。心跳鎮定，都是專業的。」

王蛇白目地回頭，對酒保說：「你看吧，服務態度太糟糕，客人要來尋仇了。」

「從來沒人敢找這間酒吧麻煩。是找你的，自己出去面對，不要連累小姐！」幸好以諾手上沒拿任何物品，否則必定往王蛇的臉怒扔。

「不行啊，我怕痛更怕死。不如來一杯冰啤酒，讓我喝酒等他們走了再說？」

「想都別想。我再重複一次，吃屎去吧你！」

在王蛇與以諾顧著鬥嘴時，峨嵋已經拉開門，獨自踏入雨中。

「別出來。」門關上時，從門縫溜入峨嵋簡短的提醒。

埋伏雨中的四人齊一望向峨嵋。

這是來自永生樹的僱傭兵小隊，意圖捕殺王蛇的「珊瑚礁」。

「珊瑚礁」的四名僱傭兵身著顏色各異的防水外套，並以顏色作為代號，分別是白、黃、綠、紅小丑魚。如此鮮豔的色彩在陰雨的夜裡仍然顯眼。

小丑魚們錯落站開，阻住所有去路。他們不願意在惡魔的耳語駁火，在外等待是更好的選擇。

「我看過妳，妳的虐殺秀很精彩。」白小丑魚首先稱讚，白色防水外套的帽沿半遮住她的眼。

「我也看過妳。今天的鐵籠戰妳一定又贏了。」黃小丑魚是一名高壯男人。

「為什麼瞪我們？」綠小丑魚不明白。

「不要亂來。我們要找的不是妳。」紅小丑魚嗅到危機的可怕氣味。

不理不答的峨嵋打開黑傘，傘柄輕靠在肩，漆黑的傘面替她擋去雨水。傘下的綠色雙眸逐一停留在四名小丑魚身上。在打量、在評斷。

峨嵋將飽含雨水氣味的空氣吸入肺中，屏息後牢牢封住。靴尖踏前點地，在水窪盪出細小漣漪。

——人不見了。

眨眼間，峨嵋連人帶傘向最角落的紅小丑魚疾奔。

紅小丑魚暴露狂般扯開紅色防水外套，抓起預藏的雙槍，子彈射穿重重雨幕。

峨嵋架傘護在身前，子彈紛紛彈開。

小丑魚們因為這把傘的防彈功能而吃驚，開槍的紅小丑魚更是短暫愣住，隨後不死心地開槍再開槍，彷彿試圖驗證子彈比傘更加強橫。

黑傘將子彈一一擋下，漆黑的傘面越來越近。

峨嵋抽出幾根鐵籤在手，冷冽的銀光一閃，像瞬間劃過的流星，落入紅小丑魚的喉頭。

遭鐵籤刺喉的紅小丑魚發出急促的啞叫，峨嵋抽出鐵籤，帶起噴灑血柱。

紅小丑魚仰頭倒地，像被扔上岸的魚，嘴巴開合不停，頸間傷口像破洞的水管陣陣湧出血來。

峨嵋撥開濡溼的瀏海，看也沒看，黑傘飛快往身後一掃，精準擋住偷襲的子彈。

峨嵋翩然轉身，黑傘又擱回肩上，一副雨天散步的清閒模樣，唯獨冷豔的臉龐盡顯凌駕眾生的肅殺氣勢。

這就是專為殺戮而生的「掠顱者」。

雨水從峨嵋微翹的唇滴落，吐氣閉氣，靴尖再次踏散水窪。

三名小丑魚都在提防，誰都可能是被攻擊的目標，彷彿在玩拿性命當賭注的死亡遊戲。

綠小丑魚發現自己被鎖定，驚嚇地往旁撲倒，掀起飛濺水花。她一度以為躲開攻擊，但眼前突見黑影掃來，遭到峨嵋重踹。

這一腳命中下顎，引起綠小丑魚的腦內震盪，讓她短暫失去肢體的控制能力。也就是這短暫的癱軟，讓峨嵋足以重創綠小丑魚。

鐵籤落下。

綠小丑魚緊摀脖子，失卻起身的可能。

短短不到三分鐘，珊瑚礁小隊只剩兩名小丑魚還能站著。

峨嵋佇立不動，彷彿在無聲宣示黃小丑魚與白小丑魚隨時都能動手，反正對她不成威脅。這樣極富自信的態度以及輕鬆寫意的武力展示，果然令剩下的兩隻小丑魚失卻戰意。

「我們不是妳的對手。」白小丑魚垂下雙手，試圖交涉：「我們會立刻撤退，請讓我們把同伴帶走，他們需要接受治療。」

黃小丑魚也安分不動，不作抵抗，更無進攻意圖。

峨嵋聽得出這兩個小丑魚的心跳，毫無說謊的徵兆。他們是真的不想再戰，只想救同伴的命。

峨嵋同意了。

兩隻小丑魚點頭致謝，跪在同伴身旁緊急止血，血和大雨一併溼透了掌心。

峨嵋放下傘，盯著落下的雨滴發呆。直到以諾呼喚她。

「小姐？結束了嗎？」

「去找醫生。」峨嵋吩咐。

以諾看了持續搶救同伴的小丑魚，明白峨嵋的意思，隨即聯絡專屬的黑市醫生，又回頭叫酒吧內的員工幫忙搬運負傷的小丑魚。

他們將小丑魚帶到酒吧斜對面的古董店，後半店面即是私密診療所。惡魔的耳語既然是地下格鬥場，當然會為選手提供醫療服務，醫治小丑魚不過是舉手之勞。

以諾並非刻意展現友好，只是遵從峨嵋的吩咐，也避免流血的小丑魚留在酒吧外引人注意。雖然開槍就夠棘手了，幸好雨勢夠滂沱，足以掩蓋大半槍響。加上仗著惡魔老爺子誇張的財力，這條小巷內的建物全都安排給自己人經營或居住，而且峨嵋出手夠快夠狠，還未有尋常市民注意到。

以諾與幾名酒吧員工領受峨嵋的命令，匆匆帶小丑魚去接受治療，現場忽然就剩峨嵋一人。

她仍然不撐傘，只顧著淋雨。

「有傘幹麼不撐？學文青耍浪漫啊？」嘴賤的王蛇破壞了峨嵋淋雨的興致，引來她皺眉的瞪視。

王蛇毫不在乎被瞪，反正他無時不刻都在惹惱人。

王蛇撐傘來到峨嵋身邊，替她遮雨。「小心感冒，人造人。」

「你記得嗎？」峨嵋看往巷子的盡頭。那裡除了灰色的雨，什麼都沒有。

「什麼？記得什麼？」王蛇一頭霧水。

「沒事。」峨嵋撐起傘，撇頭就走。

王蛇在後追趕，一邊嚷著：「太快啦，體諒一下傷患！」

王蛇與峨嵋的互動都被怯鴟看在眼裡。

從「珊瑚礁」出現後，怯鴟便躲得老遠，藉著傘與大雨的掩護，以小型望遠鏡監視酒吧外。

「咕嘟。」怯鴟習慣性地用力吞嚥口水。

放下小型望遠鏡的他遠遠跟在王蛇與峨嵋身後，撥了通電話。

「蝗佬，是我。王蛇正在移動，我還在監視。剛才有人搶先出手了。不，沒有得手，都被王蛇幹掉了。」怯鴟隱瞞部分事實，沒向蝗佬告知峨嵋的存在。

「我必須先掛了。你快到了？不行，千萬不要！一群人行動太醒目了，一定會被王蛇發現。要直接面對面對決？拜託不要……蝗佬你先冷靜，等等一定給你消息。」

怯鷗趕緊掛掉，還把手機調成無聲模式。果然蝗佬一再回撥，讓怯鷗慶幸作出正確的舉動。現在跟蹤的怯鷗拉出更長的距離，因為王蛇身邊多了雙眼睛，一有不慎，被發現的機率更大。怯鷗說什麼都不敢冒險，卻沒有放棄跟蹤。

他一直盯著黑傘下的墨綠人影，看得都入神。

怯鷗忽然起了大膽念頭——他真想取代王蛇，並肩走在那個少女身邊。

「剛剛看到她的眼睛……好像是綠色的？是混血兒？」

那張冷豔的臉蛋深深刻在怯鷗的腦海裡。原因並非峨嵋過於危險需要防範，而是另一個更與怯鷗貼切的理由。

那就是——母胎單身二十四年的怯鷗，正陷入前所未有的一見鍾情！

雖然峨嵋出手如此凶狠，但她最後放過珊瑚礁小隊。這份天使與惡魔、善良與殘暴並存的反差，讓怯鷗更是無法自拔。

他多想同時領受峨嵋的糖果與鞭子！

這也是怯鷗刻意不向蝗佬提及峨嵋的理由。他可不希望蝗佬找王蛇報仇時連峨嵋一併算進去。這樣美好的女性，怎麼可以捲入醜陋的私怨鬥爭呢！

踩著不由自主輕快起來的腳步，怯鷗從專業跟監的角色澈底蛻變，化身為發情的跟蹤狂。跟蹤的目標就是那個綠眼少女。

王蛇突然不再重要了。

被炙熱戀情沖昏頭的怯鷗，義無反顧踏上了愛之道。

十二　公園

雨還在下。

無人嬉鬧的公園裡，王蛇獨自待在涼亭。多虧了不停歇的雨，讓公園變得清靜安寧。

王蛇把傷腿擱在涼亭的座位上，不時有雨水打入，他不在意，就當自然的冷氣。

王蛇滑起手機建立新歌單。現在需要新的音樂，不是嶄新的流行歌曲，而是在Marilyn Manson之外的選擇。這個被視為驚世駭俗的樂團很棒，王蛇很喜歡，但更愛變化。

在王蛇顧著挑歌時，撐傘的峨嵋回到涼亭，遞來裝有食物的速食店紙袋。

「感謝感謝，真是太感謝了。讓妳跑一趟真不好意思。不知道為什麼我受傷後餓得很快，明明在酒吧才大吃一頓的。」王蛇把食物跟飲料都拿出來，迫不及待吸了一大口激浪汽水，嘖嘖地說：「激浪喝起來的味道真的很奇妙，說不上好喝，但會讓人上癮。」

峨嵋把傘面的水珠朝涼亭外甩掉，才收起傘坐下，刻意讓速食店紙袋與食物隔在她與王蛇之間。

「快點吃，吃完找線索。」峨嵋命令。

「不要急，人又不會跑掉。應該是不會啦。」王蛇有那麼一絲心虛。

「如果弄不到解藥，就殺你洩憤。」峨嵋威脅。

「妳忍心？」王蛇把辣薯球沾滿蕃茄醬，再往嘴裡扔，又咀嚼又說話的他實在口齒不清：「我比誰都想治好，這樣永生樹就沒理由繼續執行自由獵殺命令。現在有兩個方向，一個是回去我接受藥物實驗的地點找線索，但早就清空的可能性很大。」

王蛇把脆洋蔥牛肉堡的麵包打開，放入好幾顆辣薯球，再擠光整包烤肉醬。

峨嵋嫌惡地皺眉：「好噁心。這樣能吃？」

「能啊，有什麼不能？這個烤肉醬味道很特別，不知道加了什麼東西，剛入口有點像中藥，後面才有其他香料的味道冒出來。」

王蛇咬了一大口。峨嵋捂嘴，不敢想像這是什麼混亂滋味。

「嗯嗯、嗯嗯……真不錯……。」大嚼特製漢堡的王蛇心情很好。

「別顧著吃，你還沒說完。」

「第二個方向呢，」王蛇舔掉嘴邊的烤肉醬，「就是去找他媽的委託人。我真是越想越不對勁，那個陳教授一定知道藥物實驗有鬼，才故意找人假扮受試者。我真是太天真了，以為除了原本的報酬，還能賺一筆藥物實驗的薪水，沒想到搞成今天這樣。」

「你活該。」峨嵋挪動位置避雨。她雙手抱胸，這是帶有防衛與不信任味道的姿態，在提防王蛇。即使如此，她還是與這個惡劣的僱傭兵同行了。

「妳這樣是檢討受害者。努力賺錢有什麼不對？錢很棒啊。妳看，有錢我就能買一堆垃圾食物來吃，還不用擔心繳不出帳單。」

「又扯太遠了。要先從哪個方向下手？」

「真是好問題。」王蛇放下漢堡，盯著漆黑又結滿蜘蛛網的涼亭屋頂，陷入短暫的思考。「先找陳教授。這個可以用電話搞定，不用特地跑去實驗室。跑一趟其實沒關係，但收穫應該不大……喔，實驗室對妳來說是敏感詞？」

王蛇注意到峨嵋的表情變化，是不自然的僵硬。

「不是。」峨嵋在嘴硬。

「不要去想那些。製造妳的實驗室不是毀掉了？妳親眼看到設備都被摧毀，連研究員都被殺光了。只要不遇到其他掠顱者，就不會有人知道妳的身分。想想真可怕，掠顱者到處亂跑，不要說一般路人了，連我這種專業的都沒把握能夠對付，當初遇到妳的時候差點被妳幹掉。」

「你還記得那天？」峨嵋不信任地問：「以為你早就忘記了。」

「那天的雨跟今天很像啊。」

「那你是故意裝傻？在酒吧前問你記不記得，你還反問我？」

「喔！原來是要問這個。妳給的線索太少，哪知道要問我記得什麼？可能性太多了好不好！」

峨嵋臭著臉，用力捏了王蛇手臂。

「喂！痛！真的會痛！」王蛇大呼小叫，以為肉要被峨嵋扯掉。

好不容易峨嵋洩憤完了，王蛇趕緊抽回發紅的手臂，緊緊縮在胸前。「好啦，我的大小姐，笑一個，不要愁眉苦臉的。我跟妳說，人生痛苦的事情太多了，要放過自己。我的建議是吃點速食，辣薯球跟雞塊都可以分妳，不過薯條我要自己吃。」

「不要。你碰過了，好髒。」峨嵋嫌惡撇頭。

「什麼髒？給點尊重啊！」王蛇吞下最後一口漢堡，打了充滿烤肉醬味道的飽嗝，拿紙巾抹手。

「吃飽了，來辦正事吧。讓我打通電話。」

石龍子經營的兩棲爬蟲店雖然還是燈光明亮，門口卻再度掛起CLOSED的打烊牌子。反正雨勢正大，少有客人會在這種時候上門。

石龍子坐在櫃檯，屁股下還是那張被王蛇嫌難坐的椅子。她捧著金屬灰的平板電腦，檢視永生樹的內部回報訊息。

隨著王蛇的自由獵殺命令發布，短短一天折損數名僱傭兵，清單上幾名僱傭兵的頭像就此轉為黑白。這讓石龍子想起開會時圓缸所擔心的——獵殺王蛇恐怕會造成巨大的內耗。現在印證了圓缸的料想沒錯。

石龍子重重嘆氣，輕撫頸邊的玉米蛇。玉米蛇乖巧又溫順，任其撫摸。這讓石龍子不禁感嘆，就連寵物蛇都比人類懂事！

好像故意要激怒她似的，令人生厭的「那個王蛇」恰好在此時來電。

「我的天啊，饒過我吧！」石龍子看到來電顯示，無法克制地翻了大白眼。

她真的不想接，但不免好奇王蛇的意圖。能弄清楚王蛇想幹麼，至少能稍稍心安。

鬧哄哄的響鈴不停，石龍子只能投降。

「到底想幹麼？我不可能幫你偽造死亡證明。」石龍子沒好氣地說。

「妳還在想這個喔？」王蛇的口氣總是那樣欠揍，讓石龍子真想把手機狠狠扔飛。無法體會到她有多憤怒的王蛇繼續說：「我要聯絡委託人，就是騙我去接受藥物實驗的那個陳教授。」

「你打去罵他也沒用。」

「陳教授有病毒製造者的情報吧？我要找那傢伙弄出解藥。就算我再會殺人，這樣下去還是沒完沒了。來找麻煩的傭兵都像蒼蠅，我殺得很煩。」

「你決定不殺了，改從解藥下手？」

「怎麼可能不殺，有人來找麻煩還是得意思一下，舉手之勞而已。給個機會吧，這樣是雙贏局面不是嗎？我不用被追殺，永生樹也不會再死人，很划算啊。萬一真的被我殺光，管理者就要親自下海接單了喔。」

「不用你操心。只要地下市場還有需求，隨時都能補充傭兵。」

「其實我沒那麼擔心妳啦，又正又強就是拿來形容妳這種漂亮女人的。弄出解藥誰都不吃虧吧，怎麼樣？考慮一下吧？」

突然被誇的石龍子不知道該怎麼回應。她習慣性地撫摸玉米蛇，冰涼滑溜的鱗片意外有讓心神鎮定的效果。「我不能讓你跟陳教授碰面，頂多電話往來。」

「這樣就夠了。反正他可以說人話、可以好好溝通吧？都當到教授了，腦袋應該沒問題吧？」

「至少比你還懂得聽人說話。」石龍子真不懂王蛇哪來的臉嫌棄別人。

「那我就放心了。給我號碼吧。」

石龍子滑動平板電腦，從永生樹的加密資料庫找到陳教授的資訊。「我先聲明，絕對不准外流。這次是因為情況特殊才破例分享給你。」

「知道啦，我外流又能流去哪？Pornhub嗎？這又沒影像。」

「再亂說話我就放生你。」

「對不起，偉大的永生樹管理者石龍子小姐，我錯了。我深深反省過了。」

「閉嘴。現在給你號碼，記好了。」

「收到。真是幫了大忙。不過如果偉大又漂亮的石龍子小姐不嫌麻煩，還是可以順手偽造我的死亡證——」

石龍子直接掛斷，不再與王蛇糾纏，甚至把手機調整成靜音無震動的模式。她認為這樣還不夠，乾脆把手機扔進抽屜，不願多看一眼。

她拿了擱在桌邊的電子菸，深深吸了幾口，莓果味的菸油化成大片煙霧吐出，籠罩煩悶的俏臉。石龍子仰頭一再吐煙。

真是惱人的孽緣，那個叫王蛇的混蛋……

「不過如果偉大又漂亮的石龍子小姐不嫌麻煩，還是可以順手偽造我的死亡證……啊，被掛掉了。」王蛇露出惡作劇得逞的笑容，對於被掛電話完全不在意。

峨嵋冷眼看他，像在打量鼻涕蟲般的生物。「是女的？你講話好噁心。」

「這是幽默感，講話要有幽默感啊懂不懂？總之弄到電話了。」王蛇打了呵欠。「我不會立刻行動。太晚了，而且傷口需要處理。」

「你想說什麼？」

「我要先找地方休息。妳很少出門吧？就當到處走走，妳不是跟以諾說有個小旅行嗎？」王蛇眨眨眼，結果被峨嵋揪住耳朵。「等、等等，鬆手，不能這樣對待傷患！」

「沒有時間讓你浪費，快問出情報。」峨嵋的手用力扭轉，讓王蛇痛叫出聲。掙扎之餘，僱傭兵忽然掀起衣服，引來掠顱者的喝斥：「你幹什麼！」

王蛇忍著痛楚說：「妳看。」

峨嵋順著一看，只見王蛇的腹部與肋間有大片瘀青，底下嚴重滲血，很可能裂了幾根肋骨。

「我忍著這些傷在走動。不是要拖時間，我也想趕快解決這些鳥事，可惜人類的肉體是有極限的。」王蛇故作從容地眨眨眼。

峨嵋鬆手，沒想到王蛇表面輕鬆自在還能一直講垃圾話，實際上受這麼重的傷。

「找地方休息，我會立刻打電話。」王蛇放下衣服，藏住嚴重瘀傷。

「剛才你應該接受治療。」

「絕對不可以。」王蛇否決。「以諾會很樂意分享我受傷的消息，這會讓其他僱傭兵以為占了優勢，然後像下水餃一個又一個跳下來。我是不介意多殺幾個人，但現在累了。人呢，就應該日出而作日落而息，現在天那麼黑了，要找地方好好睡覺。」

峨嵋明顯動搖。王蛇看她還有些遲疑，撇起不以為意的輕佻笑容。「希望妳不會問怎麼不去民間的醫院。我可是在捷運站砍人，警察還沒忙到會放過我。我對自己的自然痊癒能力還是有點信心的，至少讓我休息一個晚上。」

「好吧。」

峨嵋投降，只能先順了王蛇的意。

十三　旅館

王蛇與峨嵋在計程車後座各據一邊，擱在兩人之間的黑傘成了小小的屏障。雨水以誇張的態勢擊打在窗，彷彿計程車正要穿越瀑布，車內都能聽見滂沱雨聲。

「有豪雨特報。」司機簡短地說。

打從王蛇與峨嵋上車，司機問了目的地就一路保持安靜，看到雨勢驟變才出聲。

王蛇頭靠著冰涼的車窗，兩眼看似無神放空，實則在忍耐痛楚。在腿傷之後，軀幹的撞傷與瘀傷帶來的疼痛開始加劇，像要趕回被壓抑的進度。所以現在盡可能節省體力。

這輛計程車是麻煩峨嵋在路邊招的，王蛇特別警告要找年輕的司機。峨嵋至今沒有病毒發作的徵兆，不像王蛇必須時時小心，這讓兩人的關係猶如盲人與探路的拐杖。

峨嵋端坐在旁，配上剪裁得宜的墨綠洋裝，像教養良好的小淑女，也確實有幾分那樣的氣質。在地下格鬥場之外的峨嵋無疑是迷人的女性，但在地下格鬥場內也有一股異樣的風采，是揉和病態與死亡的奇特美豔。

峨嵋冷冷注視前方的擋風玻璃。在這樣的雨天，行車的速度被迫趨緩，前面的車開開停停，從擋風玻璃落下的雨水讓前車的紅色車燈變成模糊的光團。

但塞車的原因不只是大雨。

王蛇搭乘的計程車終於經過前方的擦撞現場，一臺車撞到另一臺車的車屁股。那裡有一老一少，也不管阻礙其他車輛前進，只顧著扭打在一塊。淋溼的他們像在雨中廝鬥的犬隻。

「哇。」司機發出簡短的驚呼便把車繞開。

因為司機的驚呼，王蛇注意到這場鬥毆。雖然可能是行車糾紛引發的普通鬥毆，但時間點過於敏感，王蛇不免猜又是感染者，但考量到臺灣人處理車禍糾紛常常充滿激情，就算年輕駕駛掏出球棒往老人猛搥，也讓王蛇無法輕易斷言是否與病毒有關。

支撐不住的老人率先跪倒，雙手無力地扶著引擎蓋。年輕人高舉球棒，重重往老人的頭顱砸落。老人倒在又溼又黑的柏油路上，再無任何動靜。

「真狠。」司機說完還是專心開車。

王蛇佩服這份淡定與省話。

在雨中行駛四十分鐘，終於抵達目的地。這是王蛇挑選的旅館，位在鬧區但價格適中，櫃檯不會太刁難人，方便王蛇躲藏。

櫃檯的接待小姐用制式的親切詢問：「請問兩位住宿還是休息？」

「住宿。我要兩張單人床的雙人房。」王蛇看了看峨嵋。她沒表示意見，只是拿傘站在一旁，全權交給王蛇處理。

櫃檯小姐彎身操作電腦查詢空房。王蛇補充：「房間位置不要太偏僻，也不要距離電梯太近。」

櫃檯小姐複誦王蛇的需求：「不要離電梯太近……樓層有要求嗎？」

「六樓以下都可以。」

「好的。麻煩您的證件借我作登記。」

王蛇拿出偽造的證件，順便用現金付清住宿費用。在櫃檯小姐遞回證件時，峨嵋搶先一步拿走。

櫃檯小姐不免吃驚，但看峨嵋與王蛇是同行的，也不方便多說什麼，依然是制式的親切招呼：「祝您住宿愉快。」

王蛇接過櫃檯小姐遞來的房卡，順便問峨嵋：「大小姐妳看夠了嗎？不要憋笑。」

峨嵋緊抿雙唇故裝鎮定，但彎起的眼角出賣了她，一直到電梯門關上後才輕笑出聲。

「你以前怎麼這麼醜。」

王蛇試圖拿回證件，但峨嵋不給，彷彿發現什麼天大的笑話看個不停。

「不是醜，是不懂打扮。這是我小時候的照片，屁孩就是長這種樣子，又蠢又笨。」

「好像猴子。」峨嵋一開口差點又要笑出來。她反覆端詳證件上的照片，不斷憋笑。

「想笑盡量笑，這張蠢照片可以讓妳開心也滿好的。」王蛇挨著電梯間的牆，實在又累又懶，還開始嫌棄身上帶的工具實在太多，或許沒必要把每個口袋都塞滿。

所以王蛇蹲下，對電梯的扶手動手腳。

「你在做什麼？」

「沒什麼，減輕口袋重量。」王蛇往扶手後方摸索。

「有必要做到這種地步？」峨嵋看懂王蛇的企圖。

「不是什麼麻煩事。」

房間位在六樓，電梯很快抵達，王蛇的速度也夠快，在電梯門開前完成所謂的「減輕重量」。

王蛇循著房號找到今晚的房間。殺過的人太多，不怕再多得罪誰，省去習俗敲門打招呼的步驟，刷過房卡就推門，開了燈直接往床撲去。

後頭的峨嵋脫下靴子，放在門邊整齊排好，再從衣櫃找到紙拖鞋換上。至於黑傘則是拿在手上，這個具有防彈功能的道具，適合隨時放在身邊。

她走進寬敞的雙人房，看到王蛇趴倒在床，隨手把假造的證件扔過去，再往另一張床坐下。

峨嵋提醒：「該打電話了。」

「能不能先讓我睡十分鐘？」

「不能。」

「五分鐘？」

「不能。」

即使一再被拒絕，王蛇還是閉上眼。

「起來。你說過到飯店就打電話。」峨嵋用傘尖戳了戳王蛇。

「我發現一件事。」王蛇沒睜眼，只說話：「我看到車禍的老人被打居然沒衝下車跟著圍毆，是因為看出來他會被打死所以決定省力，還是因為受傷不想浪費力氣？」

「聽起來一樣，都是調配體力。」

「差多了，一個是知道結果，另一個只是懶。該不會病毒的作用減弱了吧……。」王蛇翻出手機，懶洋洋地湊到耳邊，「我打就是了，但是我要趴著講。」

「隨便你。開擴音，我也要聽。」

王蛇輸入石龍子給予的號碼，在漫長的響鈴後傳來無人接聽的系統音。他掛斷後重撥，如此反覆幾次皆是同樣結果。

「都不接，這個陳教授該不會死了吧？」王蛇抱怨。

「繼續打。」

「打那麼多通了，會接早就接了。」

「繼續打。不然換我來。」峨嵋伸手，示意王蛇交出手機。

「好啊交棒。」

突然的來電中斷了王蛇的動作，正是陳教授回撥。

王蛇與峨嵋互看一眼，無須言語的默契讓他先行接聽。

一按下通話，王蛇搶先說：「嗨，還記得我嗎？為你假扮受試者的僱傭兵。」

「記得……。」另一頭是聽起來有些年紀且膽小的男性聲音，「我真的很抱歉。」

「你是應該感到抱歉，酬勞至少要多三倍，才能勉強打平這份委託帶來的麻煩。我現在被警察通緝，托你的福，讓我感染這個莫名其妙的鬼東西。」

「對不起……。」

「不要說對不起，口頭的道歉對當事人完全沒有安慰的效果，只是減輕你的罪惡感讓你自己好過一點。怎麼樣？現在你是不是覺得舒服多了？」王蛇不留情地嘲弄，峨嵋臉色有些難看，無法認同他所說的。

王蛇故意對峨嵋眨眨眼，她冷哼撇頭。

「你找我是為了什麼？要我彌補嗎？」陳教授緊張地問。

「彌補當然要啊。」王蛇順勢說：「報酬金提高到當初的三倍吧，都匯到指定戶頭。不用擔心，我很好說話，可以延長匯款時間，記得補利息。」

峨嵋不耐煩地打斷：「不要廢話。問重點。」

「真心急啊。」王蛇脫口說。

「心急？你知道了？」陳教授掩飾不住心虛。

「知道什麼？」王蛇反問。

陳教授連忙轉移焦點：「我真的拿不出錢了。」

陳教授向永生樹發出的新委託幾乎花光剩餘的存款。委託內容正是除掉所有接受實驗的感染者，當然包括王蛇。

這點王蛇仍不知情，還以為被追殺的起因是管理者們的決策。

「給我實驗負責人的情報。正確來說是製作這個病毒的始作俑者，你知道的全部情報都要交代，不要有任何隱瞞，對你我都好。」

「你要復仇？還不能動斐先生，他很可能握有解藥的關鍵……。」

「原來叫斐先生啊。」王蛇說，峨嵋聽到時眉頭一皺。王蛇沒注意到她的異狀，顧著與陳教授周旋：「你說的對，我就是要弄到解藥。看來你也想要？怎麼樣，要不要再僱用我？我弄到解藥，你出錢買下來。如何？」

「這……。」

「就說我很好商量了。你說你手頭沒錢，應該有房地產或股票債券吧？還是黃金？我等你脫手變現。我真的很好商量，你再也找不到這樣好說話的僱傭兵了。還在猶豫？沒關係，先告訴我更多關於斐先生的情報，還有要去哪才能找到他？」

「我不知道。」陳教授頹然地說，連王蛇都能感覺到那有多氣餒，知道所說不假。「斐先生撤掉原本的實驗室，你接受實驗的地點也棄置了。斐先生一定料到會被盯上，早一步轉移據點。」

「真是狡猾的人。你就知道這些？」

「斐先生另外有些生意，跟器官交易有關。我只知道這些了，你可以再打聽……。」

王蛇發現陳教授有個習慣，不知道是肺活量太差還是太膽小，說話到末段時會越來越小聲，飄搖得像被吹遠的風箏。這讓王蛇有些不耐煩，但也認為這是適合敲竹槓的蠢貨。

「現在就剩兩個問題，第一個是你要不要僱用我？第二個是你在掩飾什麼？」王蛇沒有輕易被糊弄，陳教授不正常的反應都聽在耳裡，現在來個回馬槍，果然讓以為矇混過去的陳教授心虛不已。

陳教授陷入沉默，遲遲沒有說話。

「親愛的陳教授，」王蛇故意用禮貌得令人發毛的語氣說：「你該不會害我感染病毒還不夠，另外還要找麻煩？不說話就當你默認了。聽著，這幾天我殺了很多人，都是不請自來找死的。我很累很煩，但不介意多殺你一個。不要懷疑，就是在威脅你。在僱用契約沒有成立前，你對我毫無價值，無法給錢的人死不足惜。」

「不是故意的！真的不是故意要害你。斐先生太危險，一定要提防他，所以才僱用你假扮受試者。拖累你真的很抱歉，我不知道研發出來的病毒這麼可怕……我好後悔，我當初一定是瘋了，為什麼會認同斐先生的理想，為什麼輕信他的鬼話！什麼讓世界變得更好……都是謊話，斐先生說謊！」

「很委屈？」王蛇壓低聲音，展現更明顯的威脅性：「只要你肯出讓人滿意的報酬，這一些都可以一筆勾消。真的。我說過我很好商量。」

「不！」陳教授突然大吼。王蛇反射性把手機拿遠，只聽到陳教授嚷著：「我真的不能僱用你，就這樣了！真的很抱歉，不要再打來了！」

陳教授掛斷通話。

「交涉失敗，少賺一筆。」王蛇扔開手機，調整趴床姿勢，舒服地面朝峨嵋。「唉，這個委託人膽小歸膽小，該拒絕的時候還是不會客氣。」

峨嵋臉上已經沒有王蛇的醜照片帶給她的歡樂了，反倒有點憂鬱。

王蛇隨口安慰：「不要這麼難過嘛，還是有機會揪出斐先生，到時候妳就可以開開心心回去找惡魔老爺子了。」

峨嵋澀聲說：「我可能認識斐先生。」

「什麼？世界這麼小？那就簡單了，等我睡上一晚恢復體力，明天就去找他。」

「我不知道他在哪。」

「我的大小姐，別逗我玩了，白開心一場啊！」

「掠顱者其實是失敗的實驗體，要全部撲殺。」峨嵋掉進往事的漩渦，「是斐先生多管閒事放出掠顱者。後來掠顱者不只殺了研究員跟警衛，還互相殘殺。」

「地下格鬥場的選手強得亂七八糟，還不是被妳插成肉串。以殺人機器來說，掠顱者是頂尖的，跟失敗扯不上關係吧。」

「掠顱者有很嚴重的缺陷。」峨嵋說明：「情感狀態不穩定，容易失控，還有很多瘋子。有一對叫昇龍、降虎的雙胞胎明明也是掠顱者，卻在追殺其他人。他們在惡魔的耳語出現時，我甚至要停止出場，只能躲。我知道我會被殺。」

「我聽妳提過。有這種缺陷難怪妳的脾氣那麼差。」王蛇取笑。峨嵋沉著臉沒反駁，散發的陰鬱氣息足以讓人起雞皮疙瘩，但王蛇一派自在，還挑釁似地盯著峨嵋看了好一會。

「再看就挖出你眼睛。」

王蛇眼睛睜得更大：「妳就要一輩子幫我指路了。不好吧，這樣耽誤妳的人生？」

「連心臟一起挖出來就不會耽誤了。」

「太可怕了，真是太殘暴了。」

「你到底還要看多久？」峨嵋拿起黑傘，作勢要戳王蛇眼睛。

「妳怎麼會是失敗的實驗體？」王蛇無視傘尖，避也不避：「妳很好的啊，不是嗎？」

傘尖停在王蛇眼前。

「是你瞎了才看不出來。我是失敗的，連被當工具使用的資格都沒有。是應該被廢棄的。」

「別這樣說。多的是該死的人，還輪不到妳。」

「我不是人，是人造的產物。跟手機還有雨傘沒有不同。」

「差多了。」王蛇用手肘撐床起身，遲緩地坐好。他正對峨嵋，無比認真地說：「當人有這麼稀罕的嗎？人類脆弱得要命，我有一百種以上的方法可以把人殺死，能殺死妳的方式卻不超過十種。」

「一定要用容不容易被殺死來評論優劣？在你眼裡，每個人都被換算成接單的報酬吧。」

「真了解我。難怪妳說妳不是人，原來是我肚子裡的蛔蟲。」

「噁心。」峨嵋用力一戳，傘尖刺中王蛇的肩膀。這是故意避開要害，只是抗議。王蛇也知道。

「我的大小姐。」王蛇抓住傘尖，故意往胸口挪，直到頂住左胸心臟的位置。「雖然怕痛又怕死，我還是想拿性命擔保。我不認識其他掠顱者，但是妳這個叫峨嵋的傢伙，雖然脾氣很差，但妳其實超棒的。是擅自把你們當廢棄物的那些白痴不懂欣賞。」

「少來。」峨嵋要抽回雨傘，發現王蛇抓得死緊。

「等我弄到解藥，有沒有興趣放幾天假到處玩？整天窩在地下格鬥場會悶壞吧。至少我無法忍受以諾，脾氣差又嘮叨，像更年期的鸚鵡。」

「你才吵。吵死了。放手，不要弄髒老爺子的傘。」

「我怎麼到哪裡都被嫌棄呢，好慘喔。」假哭的王蛇放開雨傘，躺倒在床。「器官生意是吧？至少有線索了，再來就是時間跟耐心，一路挖出裴先生逼問解藥。」

「如果沒有解藥怎麼辦？」

「逼他做出來。反正有妳這個『拷問女王』在，應該夠威脅他了。等等，妳說你們認識，妳會捨不得下手嗎？」

「不會。」

「那真是太好了，我的大小姐。」

「不要那樣叫我。」峨嵋抓起枕頭，往王蛇砸去。

十四　委託人

「我真的不能僱用你，就這樣了！真的很抱歉，不要再打來了！」

陳教授迅速掛斷，手掌不斷發抖，胸膛隨著喘氣劇烈起伏。

這個年老男人的皮膚呈現不健康的蠟黃，皺紋積著冰冷的汗粒。這副虛脫的模樣不全然是因為與王蛇通話，而是天生體質虛弱。

廳裡的燈光偏弱，老舊的燈泡亮度有限，還不時閃爍，讓瘦削的陳教授看起來更乾癟，比實際年齡老上幾歲。

陳教授坐在凌亂的小廳，被靠牆擺放的書櫃圍繞，每格都塞滿書籍或文件，不留一點縫隙。

這些艱澀專業的生物學書籍與論文不是常人可以消化的，陳教授是這方面的專家，因此被斐先生招募。直到陳教授從種種跡象發現斐先生的險惡陰謀，才澈底退出。

可惜太遲了，真的太遲了。陳教授身為學者的偏執，讓他輕信斐先生描繪的美好藍圖，以為真會是所謂的新世界……

陳教授曾經如此狂熱，一股腦栽入計畫。直到初期幾次試驗，失敗的受試者不分目標無差別地殺戮，最後更自毀掏挖出自己的眼睛，陳教授才真正醒悟，這樣的強制淘汰機制太殘暴了。他本來以為會是更理性的、帶有規劃與智慧的，沒想到只是讓人退化成野獸……

錯了、都錯了。這不會是什麼新世界！只是單純野蠻的暴行！陳教授懊悔不已，發現斐先生不是推動時代演變的先驅，而是不能用常理衡量的瘋子。

陳教授立即退出計畫，試圖從外部尋找管道阻止斐先生，開啟他接觸永生樹的契機，還得知斐先生成功製造病毒，正在招募受試者。

儘管陳教授試圖阻止斐先生，可惜晚了一步。

當時情景歷歷在目。

那是看似平常的某一天。陳教授照慣例外出散步，過馬路時忽然有人衝來，他詫異一瞥，發現是一名陌生的高壯青年，咧開的白牙與血絲大眼像條瘋狗，充斥失控的殺意。

高壯青年手拿菜刀，陳教授嚇得忘記要逃，眼睜睜看著高壯青年舉刀從斑馬線另一頭衝來。

在陳教授發出慘叫之前，在他面前的老婦先行哀號，被高壯青年一刀砍倒。陳教授目睹高壯青年連砍不停，猙獰的臉孔不斷染上血汙。

一刀接一刀，剁肉聲與骨裂響讓陳教授以為身在市場，肉販正在肢解豬屍。

「嘔噁！」陳教授就地狂吐，連滾帶爬逃離。

躲回家的陳教授不敢出門，整日與新聞作伴，不尋常的虐殺事件讓他知道是斐先生的傑作。

陳教授認為只找上永生樹還不夠，必須採取更多行動，為此聯絡了唯一信賴的政府官員。

「不好意思，耽誤好多時間。」陳教授摀嘴咳嗽，連連道歉。

坐在陳教授對面的，是個沉穩親切、擁有良好面相的男人，目測年齡四十歲左右，穿著簡單的白襯衫，沒繫領帶，兩邊袖口簡單捲起。這看起來並不隨便，反而更容易使人親近。

這名男人是現任立委，擁有與氣質衝突的姓氏——令人聯想到殺生的「屠」。

「教授，您還好嗎？看起來碰上麻煩。」屠立委問。

「小屠，你不要在意剛才的電話。」陳教授說。面前的屠立委曾經是他指導的研究生，有師徒情誼。「麻煩你跑這趟，快選舉了一定很忙吧？可是這實在太重要，不能再耽誤了……。」

陳教授面前攤開眾多紙張，都是他苦心收集來的資料，全部與斐先生的研究有關，其中包含王蛇臥底的貢獻——特別是解開病毒的謎底。

「您不想談，我也不多問。您剛剛說到這陣子的隨機殺人事件，都與病毒有關？」屠立委的身體微微前傾，視線落在陳教授收集的資料上。

老舊的燈泡閃爍幾次，陳教授抬頭看，「舊了，該換了啊……。」他又咳了幾聲，才緩緩說明：「這是企圖消滅老人的病毒，會強制使感染者攻擊老人。你可以向警察調閱凶手的證詞，立委有這權限嗎？或是你有其他管道？不管怎麼樣，感染者無從控制自身行為，會任由病毒驅使。」

「目的是什麼？您說的那位斐先生為什麼要製造這種病毒？我看不出這能帶來任何好處。」

「你看不出來是正常的，斐先生有病啊……他認為老人是沒有競爭力與生產力的群體，要被淘汰掉。斐先生就是這樣變態瘋狂的人！他一定認為只要所有人感染病毒，消滅老人就會成了正當的行為。當所有人都瘋了，就沒有不正常了……世界將因為斐先生的陰謀淪陷！」

陳教授懊惱抱頭，沉痛地閉緊雙眼。「我錯了，大錯特錯！當初怎麼會協助他……什麼進化、什麼物種的演變……。」

「您不要太自責，您提供的資料很寶貴，可以拯救很多人。」屠立委將桌面上的紙本資料堆疊整齊，收入文件袋。

「交給你了，都交給你了。我力量太有限了，只能指望你了。小屠啊，你從來沒讓老師失望。」

屠立委起身，謹慎地拿起文件袋，然後伸手輕拍陳教授的肩膀。「您放心。」

「希望來得及。我親眼看到有人被殺，就在我面前……。」陳教授想起那名老婦被砍得血肉模糊，又是反胃想吐。

「我會立刻聯絡相關單位進行調查，在情況完全失控前阻止。這件事請您暫時保密，不要對外聲張造成不必要的恐慌。這些資料您有交給其他人嗎？」

「沒有。小屠，我們真的太久沒見了，你忘記我是不會輕易信任政府的人。官字兩個口，都是用嘴騙人的。」陳教授說。

在政壇打滾的屠立委露出會心微笑：「我比您還要感同身受。先告辭了，這件事要趕緊處理。」

「雨很大，有帶傘嗎？」

「有。老師您早點休息，不必送我了。有消息會馬上告知您。」屠立委點頭致意，獨自離開。

陳教授望著屠立委端正挺拔的背影，雙手合十，閉眼後禱念：「親愛的主耶穌，請你摧毀斐先生的詭計，不要讓他的惡意橫行在這片無辜的大地。斐先生是魔鬼，是撒旦的化身，請你賜福每一個與他對抗的勇士。請你保護我們。求你用杖牧養你的子民，牧養你產業的羊群……。」

陳教授禱告時，燈泡不時閃爍，發出劈啪聲。

「主啊，請你特別庇佑我的學生小屠，他是為人民為世界行動的人。阿們。」禱告結束。陳教授額頭抵著合十的雙手，仍未睜眼。

老舊的燈泡無聲熄滅。

黑暗包圍了陳教授，閉眼的他沒看見。

屠立委撐著傘，穿越大雨和水窪回到停車處。

一名穿著套裝的年輕女性撐傘等在車外，她是屠立委的貼身助理。雖然看似文職，但藏在套裝下的身軀敏捷有力，受過充分訓練。

助理一見到屠立委回來，立刻露出甜美的笑容，替屠立委打開後座車門。待他坐入車內，才回頭坐進副駕駛座。

負責駕駛的司機是健壯的年輕男性，身穿成套整齊的西裝，短短的頭髮打理得乾淨。乍看禮貌客氣，但眼神微冷，額邊有青筋微微浮起。司機盯著車內後照鏡，等待屠立委的命令。

屠立委的思緒都被恩師提供的情報占據。他端詳文件袋，裡頭有飽滿的機密。雖然雨勢驚人，但文件袋被保護得很好，不見一點水漬。

「委員，您的表情好凝重，發生什麼了嗎？」女助理回頭問，紮起的俐落馬尾跟著甩晃，「是不是被威脅了？」

屠立委詢問：「甜馳，在永生樹之中，妳認為還有哪些可用的傭兵？」

「看您需要哪類專長的傭兵，我來替您整理名單，或是幫您安排與管理者會面？」

女助理俏麗的臉蛋仍然掛著甜美笑容，兩頰泛起深深的酒窩。這是她刻意練習得來的武器，足以讓大部分男性鬆懈，甚至為之著迷。

她不僅是屠立委的貼身助理，也是來自永生樹的傭兵。

屠立委眼中有什麼悄悄閃過。他望向司機，吩咐：「把陳教授處理掉，查他的通聯記錄，這幾天有往來的人一併處理。要做得乾淨，不要再搞砸了。」

「明白。」司機簡短回應。

「是吹哨者？要施壓媒體不要報導任何消息嗎？」甜馳問。

「不是吹哨者。」屠立委說：「是恩師。」

甜馳聽出屠立委話中有話，乖巧不多問了。

「回辦公室吧。」屠立委命令。

車開了。屠立委把文件袋放在膝上，緩緩閉上眼睛。

屠立委當然注意到近期頻傳的殺人案，太不尋常了。隨著選舉接近，社會裡的任何脈動都必須注意，這可能關係到最後的投票結果。

多數犯案的人宣稱遭到控制，看到老人時產生攻擊的衝動。由於口徑太一致，有人猜測背後是組織性的行動，部分民眾偏激地認為這是故意嘲笑思覺失調才產生的說詞。

現在屠立委得知真相，在昔日恩師的解釋後，屠立委不由得想起黑死病，那是人類歷史上的重大災難，將近七千五百萬人因此死亡。

這次的神祕病毒可能也要在人類的歷史重重畫上一筆，幸運的是受害者多數會是老人。

老人真的太多了，屠立委心想。他粗略計算所屬政黨內的大佬，以及卡位等著爬上去的野心分子，多的是有年紀的。屠立委跟這些腦滿腸肥的老不死相比，實在太年輕。

這個病毒對屠立委無疑是天賜的禮物。只要順利爆發，屆時黨內這些老人都有極高機率被殺死，可能是隨扈下手，也可能被一般民眾殺害。

等到既有的秩序崩解，局勢混沌不明，早有預謀的屠立委就能出面收割，順勢鞏固地位。

屠立委不怕混亂，甚至急切地渴求混亂。亂世是重新洗牌的大好機會。唯有老人死盡，才能有正常的流動、才會產生健康的循環。

所以屠立委要守住這些消息，盡可能封鎖，為了讓病毒有充分時間作用。為了爬上去，昔日的師徒情誼根本無足輕重。

都是為了往上爬。屠立委與黑道往來、從永生樹找來僱傭兵，都是為了擴充手邊的可用之兵。現在替他駕駛車輛的司機，就是閻山組的成員。

前陣子屠立委命令閻山組弄來器官交易的名單，想藉此威脅利誘名單上的政客跟商人，不料名單沒弄到，還鬧出一堆人命。

這次屠立委不想再有閃失，一定要利用情報優勢，提前布局。

無情如屠立委也不得不佩服斐先生的野心，看得夠遠也夠狠。

有機會真想跟那位斐先生見面，屠立委心中有無比的欣賞。

同一個雨夜。

那個貼有電影海報的房間。

小映把微皺的床單拉直，拍打枕頭幾次後仔細放在床頭，然後抓起棉被的兩角，來回甩動幾次。細小的棉絮緩慢飄散，她伸出長腿，用腳尖點下開關，讓掃地機器人清理地板上的灰塵與棉絮。

在雨聲的陪伴中，小映將房間整理好。這是她精心安排的狩獵場，像隱密致命的蛛網，將粗心愚蠢的獵物一一毒殺。

可惜蛛網太脆弱，抓不住王蛇。

小映蹲在冰箱前，空手模擬把毒藥摻進可樂的手法，試著做得更快、更不著痕跡。來回反覆幾次，自認技術足夠純熟的小映還是不明白，究竟是哪裡露出破綻被王蛇發現？

無論如何，這個自稱小映的女人失敗了。在她最得意的狩獵場中失手。

沮喪之餘，小映回想實際與王蛇互動後，發現這傢伙沒有傳言中那麼可怕，甚至有點……溫柔？

小映的手段專門拿來對付男人，見識過諸多醜陋愚蠢的嘴臉，其中不乏裝模作樣空有一張嘴的，這使她得以辨認王蛇並非演戲。

真是可怕的傭兵，還有可怕的反差。小映發現越來越在意王蛇了。

小映看向牆面的電影海報，想著如果王家衛拍了新電影，王蛇也還平安無事的話，便找他去看吧。最好是衝首映場。

「都是因為一路上，一路上，大雨曾經滂沱，證明你有來過……。」小映哼起歌，是王菲的〈百年孤寂〉，有網友將這首歌搭配王家衛的《東邪西毒》，發現莫名合襯，小映也就愛上了。

小映發現心情輕快起來，不敢肯定是因為想到王家衛可能拍的新電影，或是奇妙的約會……除了王蛇，小映另外有非常在意的事。

在搭乘公車移動時，小映不知道為什麼要與乘客們一起攻擊老人。打從有記憶以來，她從未如此失控。雖然擅長暗殺，但不是嗜血的狂人，更別提那些老人與委託無關，沒有出手的價值。

真是太恐怖了，小映心想，彷彿遭到集體催眠。

沉浸在思考的小映聽到房外有粗暴的撞門聲。她聽出這聲響大有問題，像有肉塊接連往門撞擊。

小映瞄了一眼窗臺，這裡樓層偏高，跳下去不可能毫髮無傷。樓下說不定另外有埋伏。她迅速作出決斷，從床底拿出預藏的手槍，解開保險對準門口。

撞門聲隨之停止，忽然安靜，連雨聲也沒有消息。

雨停了。所有聲音都靜止了，小映只聽見自己的心跳。

她沒放下槍，食指始終靠在扳機上。

還是那麼安靜。

有鄰居暴躁地打開門，嫌吵的吼罵很倉促，隨即被慘叫取代。

隔壁房間傳來桌椅掀倒與玻璃摔碎的雜亂聲響，肉塊一再重擊牆面，讓小映這邊的牆也咚咚響。

哀號如燃燒般蔓延，在外頭走廊掀起痛苦的火海。

那種叫法像是遭受極大的折磨，彷彿活生生地將肉從身體扯下……

小映握槍的雙手開始發抖，回頭看向窗臺。求生的小小聲音在問：會不會破窗逃離是更佳選擇？

撞門怪客又回來了。

斷斷續續的哀號蓋不住撞門聲。

小映的食指持續壓在扳機上。這次手不發抖了，而是雙腿。那雙被王蛇不斷誇讚的長腿。

慣於暗殺是一回事，能夠無懼面對超乎想像的怪事又另當別論。滯悶恐怖的氣氛彷彿有了實體，不斷擠壓小映，迫使她僵立原地，只能依靠鐵鑄的子彈作保命符。

門終於被撞開，重重撞上牆邊。鐵質的門板竟有深深的凹陷。

小映食指連扣，槍聲與近在眼前的慘叫重疊。子彈嵌進肉中，鮮血濺灑在房。

等到子彈用盡，倉皇開槍的小映終於看清楚撞門怪客的真面目。

是一名臉孔異常白皙的女人，戴著刻意壓低帽舌的藍色棒球帽，似乎是為了遮光。純黑未染的長髮一直覆蓋至腰間。女人穿著黑色運動背心與牛仔褲，露出纖瘦的腰，身形看似弱不經風，但各有一名成年男人被她舉在身前充當肉盾。

兩個男人動也不動，像無力的懸絲木偶，幾乎不見生命的氣息。四肢與身體覆蓋大小傷口，其中有好幾個冒血彈孔，全是小映剛才瘋狂開槍的傑作。

男人的五官支離破碎，臉像被輾過的破爛蕃茄——竟是被扒了臉皮！

小映大駭，迅速檢視眼前情勢。這個棒球帽女人衣著輕便，唯一可見的武器是褲腰繫著的兩根粗硬鐵鉤，讓小映想到屠宰場將豬屍倒掛的場景。

小映下意識重新裝填彈匣，忽然眼前一黑，一名男人被扔飛過來，她急忙往旁撲倒。墜地的男人動也不動，只有鮮血無聲積聚成圈，同時露出背脊的恐怖創口。

小映差點嘔吐。

男人背後的衣服破爛，被棒球帽女人徒手扯出大洞，甚至能看見肉中的脊椎骨。

小映再也顧不得裝填子彈，抬頭看向窗臺。這是僅存的逃生希望。

棒球帽女人再扔出另一個男人。小映本想撲向窗臺，但這次扔擲的速度極快，力道更是大上幾個檔次。小映身體剛動，便被狠狠撞倒。

遭到重擊的小映不僅呼吸一滯，還被男人壓住，阻斷後續動作。

棒球帽女人幽靈般迅速近身，長髮隨著步伐揚起的風飄開。染血的雙手比盛開的花更加豔紅，銳利的鐵鉤已經握在手中。棒球帽女人帶著血絲的眼珠往下一轉，瞪住小映。

小映渾身顫慄發冷，動彈不得。

棒球帽女人雙臂重重落下，劃出紅色殘影，鐵鉤貫入小映的頸子。

小映嗚咽一聲，下意識想摀住喉部傷口，但棒球帽女人迅速抽出鐵鉤。破裂的頸動脈噴出激烈血柱，濺到小映寄望逃生的窗臺，染紅她細心照顧的多肉植物。

小映愕然望著從頸中噴灑的血雨，在生命流失之時，想起傭兵間的傳聞：據說有個神祕的傭兵手段異常凶殘，使用的武器更是詭異，居然是鉤子。

小映逐漸失焦的眼睛緩緩轉動，勉強望著棒球帽女人手中滴血的鐵鉤。

——不就是這個人嗎？

——代號「愚獴」的殘暴傭兵。

失血恍惚的小映眼珠微抬，望見牆上的海報。

在鐵鉤最後一次落下之時，她發現，好像沒機會約王蛇去看電影了……

十五 蝗佬

怯鷗也來到旅館。

義無反顧踏上愛之道的怯鷗一路尾隨，憑藉過人的謹慎與耐心才沒跟丟，就連超出常理的暴雨也無法冷卻他的熱情。

來自永生樹的怯鷗，母胎單身二十四年，正深陷單戀的泥沼無法自拔！

可是，怯鷗目睹王蛇與峨嵋肩並肩踏入旅館。

「這個世界都在懲罰純情的好人！」雨中的怯鷗落下兩行清淚，還要假裝自己沒哭、假裝滑過臉上的都是悲傷的雨水。

怯鷗不明白，為什麼好女孩都會被壞男人拐去？

「那個王蛇」既危險又惡劣，怎麼看都是會玩弄感情的渣男，峨嵋跟他在一起太危險了。情感上受的傷，有時候要比肉身所受的折磨更致命。峨嵋這樣好的女孩子萬一被王蛇玩弄，從此不再信任男人怎麼辦？

怯鷗不停胡思亂想，遠遠望著旅館大門拿不定主意，不知道是該一起入住，還是在外繼續監視。

讓峨嵋脫離王蛇的魔掌，成了怯鷗此刻最重要的課題。

先想辦法入住就近監視，最好能弄清楚峨嵋住在哪間房。怯鷗盤算，如果能住在隔壁房間最好，不知道這間旅館隔音怎麼樣？

怯鷗開始害怕，萬一聽到了什麼不該聽的聲音、萬一峨嵋那間房的床一直撞著牆……如果那些聲音持續整個晚上，他該如何自處？

又是兩行清淚。怯鷗後悔不該有多餘的想像。

「幹麼站在這裡不進去？」一隻大手拍上怯鷗的肩頭，力道之沉，讓怯鷗差點跪倒。

怯鷗愕然回頭。

一個染著油膩金髮又挺著水桶肥肚的中年大漢近在身旁，衝著怯鷗咧嘴笑，飄出濃重蒜味的口臭。大漢上排的四顆門牙全是金色假牙，犬齒則完全空缺。

「蝗、蝗佬……你怎麼會知道這裡？」

「我當然要知道。你消息給得太慢了，慢得讓人不爽。你在隱瞞什麼？」

蝗佬的大手按在怯鷗肩上，壯碩的前臂跟怯鷗的小腿一樣粗，可怕的體格帶來極大的威嚇力。

怯鷗本來就不是武鬥派的，遇上蝗佬只有被痛揍的份。何況蝗佬還擁有一支蝗蟲小隊，就算他不出手，交給小隊成員也足夠讓怯鷗下半輩子都撐著拐杖走路，說不定還得坐輪椅。

「我正打算聯絡你。」怯鷗心虛地說。

「等到你聯絡，王蛇早就跑了。我另外找人替代你了，這個人給的情報更快更準確。」蝗佬咧嘴笑，金牙閃閃發光，眼睛也有凌厲的凶光。

「你跟我有口頭協議在先，不能毀約！」

「你說啥傻話？沒有毀約啊。約定是你提供王蛇位置，我們殺了他，你能分到部分報酬。現在不是你找到的，所以賞金不必分你。怯鷗啊，你太看得起自己了，不是只有你能掌握王蛇的行蹤，永生樹多的是行家。」

「這……那我們的協議呢？我的報酬怎麼辦？」

「當然是撤銷了。你好像很不滿？我新找來的行家給了我一些有趣的情報。」蝗佬的手指按入怯鷗的肩頭肉，扣住他的肩膀，「你跟其他傭傭兵訂下一樣的協議，像是重機迷的赤鯊？」

怯鷗臉頰一陣熱一陣冷，無比困窘。他不是沒思考過可能會曝光，但未免太快了！蝗佬新找的傭兵實在可怕，獲取情報的能力相當強悍，連這種私下協議都能撈出來。

怯鷗隨即想到說不定是赤鯊洩漏的，會在大白天騎著醒目的重型機車，還配上紅色賽車衣在鬧區撞人的，絕對是不懂得低調兩個字怎麼寫的白痴。

「我都明白，傭傭兵不都是為了錢嗎？只有愚獴那樣的神經病例外。」蝗佬故作親暱地拍了怯鷗的肩，力道卻相當粗暴，震得怯鷗彎腰膝軟還岔氣咳嗽。「不過啊，比錢還重要的東西太多了。」

「像、像是什麼？」怯鷗以為內臟要被拍碎了。

「當初王蛇殺死我的隊員，這些都是我最重要的血親。今晚就要向王蛇討回來。」蝗佬朝後點點頭，幾名撐傘路人接連走過蝗佬與怯鷗身邊，進入旅館。

雖然看似普通路人，但怯鷗對其中幾人有印象，是蝗佬率領的小隊成員。他們偽裝得極好，看起來像打算住宿的普通客人。

「去找其他賺錢機會吧，這不是你能吃的飯。」蝗佬哈哈大笑，跟著走入旅館。

被留下又被看輕的怯鷗不免惱火。在憤怒之餘，他發現比拿不到報酬更重要的事。

——綠眼少女會被波及！

深陷戀情漩渦的怯鷗不能坐看峨嵋被牽連。等蝗佬跟他的小隊成員都搭上電梯後，怯鷗趕緊衝進旅館大廳。

「您好，請問是住宿還休息？」櫃檯小姐是不變的制式親切。

「休息。」怯鷗看著電梯的樓層數字不斷上升，直到停在六樓。「請給我六樓的房間！」

「好的，麻煩您的證件……。」

怯鷗不斷看著電梯，胡亂往口袋摸索，好不容易掏出證件。

拜託，一定要趕上！怯鷗祈禱。

浴室熱氣瀰漫，飄出沐浴乳的香味。嘩啦啦的水聲停歇，一身溼的王蛇踏出淋浴間。

「現在的我香噴噴！」王蛇伸手亂撥溼漉漉的頭髮。

因為峨嵋嫌汗味重，王蛇被趕進來洗澡，沖去一身臭汗跟血汙。

王蛇仔細用吹風機將身體吹乾，讓傷口保持乾燥。在炎熱潮溼的夏天，能待在涼爽有冷氣的室內對傷口是好事。

把吹風機掛回牆上，王蛇抓來旅館提供的浴袍穿上，仔細把腰帶繫緊，這才踏出浴室。

峨嵋坐在床邊看電視，發現他洗好只是瞥了一眼。「這樣好多了，你要注意衛生習慣。」

「我很注意啊，可是哪有人受傷逃亡還記得洗澡的。妳在看新聞？別吧，看新聞不如關掉不看，看久會變笨。」

「現在所有人都認識你了。」峨嵋正眼都沒看王蛇，因為電視上正好出現王蛇的影像片段。

新聞畫面是王蛇在捷運站砍殺老人的片段。那名逼女學生讓座的老阿伯被當成沙威瑪削，不僅打上馬賽克，因為飛濺的鮮血過多，畫面還轉為黑白，但是王蛇的臉卻沒被完全遮住。

「樓下櫃檯竟然沒認出我。社畜真是太辛苦了，連看新聞的時間都沒有。」王蛇懶懶地躺上床。「好笑嗎？」

「是真誠的感嘆好嗎？旁邊的跑馬燈怎麼回事？怎麼這麼多案件，殺人馬拉松喔？喔！這些公車乘客我認得！」

接續的新聞畫面是王蛇跟公車乘客聯手把老人活活打死的片段，有部分是圍觀的路人拍攝後放上網路，被記者擅自取用。

「怎麼又是你。」峨嵋一臉「這傢伙在搞什麼鬼？」的表情，還拿遙控器扔王蛇。

王蛇沒躲過，被遙控器砸到手臂。「會痛。我的大小姐，能不能請妳體諒傷患。雖然妳是殺人機器，但尊重包容友善真的不難，可以從現在開始好好對待我，讓我安心休養。」

飛來的枕頭砸中王蛇的臉。

「你再廢話我就扔椅子。」

王蛇舉雙手投降，把嘴巴抿緊。

兩人繼續觀看新聞，除了王蛇大鬧捷運站還有在公車站參與乘客的痛毆，另外有幾起遍及各大地區的暴力衝突事件，死傷者的數量超出歷年平均。

王蛇發現其中的不對勁。雖然近日頻繁發生這類事件，但今天忽然大量爆發，時間點大多聚集在傍晚之後，究竟是真實的感染者還是模仿犯？

為錢任意接受各種委託的王蛇，明白整個社會不如表面上看起來的治安良好，多的是找上他們這些傭兵進行非法活動的委託人。

不管是暗殺或綁架勒索或竊盜跟監，都像太陽東昇西落每天固定發生。這正是永生樹能坐擁一定影響力的原因，有需求就有供給，永生樹是這個循環的供給方之一。

也因為碰慣了這些見不得光的事，王蛇明白多的是心理異常的人，這邊指的並非精神疾病，而是懷著私欲妄自橫行的存在，因此有模仿犯也不奇怪。若真是模仿犯，數量未免太龐大。雖然吃飽太閒的人很多，但不至於到這種程度。

因此王蛇能夠肯定，這些案件絕大多數是感染者所為。

「可喜可賀、可喜可賀，病毒開始擴散了。」王蛇拍拍手。

「還不是因為你到處跑。」

「我沒有這麼大的影響力。感染者又不只我一個。」

砰砰砰！房間的門板突然激烈作響，有人在猛力敲門。

王蛇與峨嵋互看一眼。

「不可能是客房服務。」王蛇壓低聲音說。

「我去確認。」峨嵋拿起雨傘，脫下紙拖鞋後迅速換回靴子，無聲來到門口附近，凝神細聽。

砰砰砰！砰砰！——又是敲門聲，還越來越粗暴。

峨嵋悄悄回到床邊，小聲說：「有四個心跳。很鎮定，頻率相近。是長期合作的團隊。」

王蛇試著思考可能的仇家，卻發現太多了無從鎖定。「沒完沒了，不給人休息的。是不是該在門口掛個牌子寫打烊了明天再來啊？」

「你想吃子彈就去開門。」

「說不定人家拿刀咧。」王蛇從換下的工作背心掏出手槍，慢條斯理地裝填彈匣，「傍晚妳表演過了，現在讓我來吧。」

門板忽然像脆弱的保麗龍片噴飛進來，砸中電視。一個肉坦克般的金髮壯漢衝進房內。

「找到你了。」披頭散髮的蝗佬咧開大嘴，猛瞪王蛇。

「你有點面熟啊。」王蛇舉槍。

峨嵋忽然打開黑傘，搶先擋在王蛇面前，不到一秒的時間差，幾名蝗蟲小隊的成員隨即衝入房內，連發的子彈猶如密集驟雨，不斷打在傘面上。

藉由峨嵋掩護，王蛇就地臥倒在她的雙腳之間，從傘下的縫隙開槍。

槍聲之中傳出哀號，一隻蝗蟲被王蛇射中腳踝，隨即摔倒。惶恐的雙眼與王蛇對視。

王蛇的槍口瞄準這隻蝗蟲的眉心，但蝗佬飛快抓起門板，狂暴地往黑傘扔砸，力道之凶猛竟然震退峨嵋，連帶使王蛇暴露在傘外。

「喔幹。」失去黑傘掩護的王蛇知道要糟。

幸好峨嵋速度更快，揪住王蛇將他往後拖。射來的子彈只在地毯留下冒煙彈孔，沒有命中王蛇。

「被妳救了一命。」

峨嵋沒回話，專心用黑傘抵擋子彈。面對蝗蟲小隊的密集射擊，假如峨嵋是獨自一人，要脫困不成問題，現在要顧及王蛇反而讓兩人都被困住。

王蛇察覺到這點，知道自己正在當拖油瓶，當下決定採取險招。

「這傘可以擋炸彈嗎？」他問。

「你別亂來。」

「放心。這是特製炸藥，火力拿捏過。」王蛇手上突然多了一個微型炸彈，「來試試看這傘的防護力多猛吧！」

「住手！」峨嵋讀懂王蛇的心跳，正處在瘋狂與冷靜之間的奇妙地帶。

王蛇飛快拋出炸彈，隨即將峨嵋抱入懷內，試圖用肉身作黑傘後的防線。

爆炸的衝擊波震破窗戶，玻璃碎片遍灑四處，劇烈的火光與迸發的煙硝吞噬視線。現場所有人耳內都產生尖銳的耳鳴，被觸動的煙霧偵測器不停發出警報，對耳朵造成另一波折磨。

峨嵋發出難受的呻吟，受刺激的雙眼不斷流淚。掠顱者敏銳的感官能力將爆炸產生的噪音與強光放大數倍，一時之間喪失視物的能力與聽覺，任由王蛇趁亂帶她離開。

這樣的騷動引起同層房客注意。當兩人逃到旅館的走廊，不少房間有疑惑與訝異的人頭探出，狼狽的王蛇與峨嵋成了注目焦點。

峨嵋勉強睜眼，臉上都是溼潤的淚痕。她狼狽抹臉，發出難受的喘息。

「我的大小姐，妳還好嗎？反應怎麼這麼大，這算是掠顱者的弱點嗎？」王蛇調皮眨眼。

「再囉唆就弄啞你。」

「想說氣氛太緊張，緩和一下嘛。」

「不必。你少講幾句。」

「好，我不講話。雖然想等妳狀況好點再走，不過現在還是快離開這裡吧。」王蛇領著峨嵋往逃生出口移動。

視力逐漸恢復的峨嵋這才看見，王蛇的後背扎進爆炸時噴飛的碎片，正在不停流血。

「你的傷……。」

「沒事。我們配合得真好，一扔炸彈妳就知道我想趁機逃出房間了。」王蛇雖然臉上輕鬆沒事，但身體不自然地歪向一邊，還跛著腳。這都讓峨嵋更加憂心。

「王蛇！」追殺而來的蝗佬竄上走廊，雖然多了些黑灰，但整體沒有嚴重的傷勢。

蝗佬的咆哮嚇得其他房客一震，等到蝗佬扛起散彈槍，所有的房客都像縮洞的地鼠躲回房裡，不敢再湊熱鬧。

「到底哪來的神經病啊！」王蛇撞開旅館逃生出口的鐵門，急拉著峨嵋下樓。

「不堵住門？」

「堵也沒用，根本擋不住。這不是打了針就是吃了藥吧！」王蛇依然拉著峨嵋的手腕不放。

「不必逃。我可以殺死他。」峨嵋拉住王蛇，雙雙在樓梯停下。

現在已經不是被困在死角遭到火力壓制的局面。在一對一的前提下，人類不會是掠顱者的對手。

「不是這樣說，鬧太大啦！殺不殺他無所謂。等到警察還有其他僱傭兵出現，就真的走不掉了。那傢伙拿的還是散彈槍，射擊範圍大，妳跟他拚近身太危險了。」王蛇邊說邊喘，身上劇烈盜汗。

「你放手，我可以自己走。」

「啊。抱歉。」王蛇鬆手。「我怕不小心失散啊。」

「你也不是第一次丟下我。」

「什麼？我才不是……。」

「王蛇！我今天一定要殺了你，替我隊員報仇！」蝗佬仍在追趕，像失控的暴躁巨獸。

「這種臺詞到底從哪邊聽來的？拜託你換有創意點的好不好？」王蛇逃歸逃，不忘抬頭回罵。

「別廢話了。」峨嵋揪住負傷的王蛇，將他扛在肩上。沒想到竟比王蛇自己走更快。

「妳力氣有這麼大？」

峨嵋懶得解釋。掠顱者本來就擁有超乎一般人類的力量，要扛起成年男性不是什麼困難的事。

兩人身後的牆面被碎散的子彈打中，炸開，噴出水泥碎屑。蝗佬竟然追到只剩一段階梯的差距，王蛇甚至能看到蝗佬粗壯的雙腳。

「有沒有這麼想殺了我啊？」

峨嵋飛快瞄了一眼，反手對蝗佬擲出鐵籤。冷冷的銀光閃爍飛射。

「哈！」蝗佬不屑地嘲笑，反手用槍托打掉鐵籤，隨即轉動槍身讓槍口再次朝前。射出的散彈像煙火爆發，又毀了一面平滑的牆，發燙的子彈滿地亂滾。

「確定不殺他？」峨嵋下樓的速度正在逐漸減緩。

「快到一樓了，不要耽誤逃跑的機會。等等，前面那是誰？帥哥，這裡不能走喔！喂你怎麼也有槍啊！」

迎面跑上樓的，正是為愛狂奔的怯鷗！

十六　怯鷗之二

因為電梯被蝗佬的蝗蟲小隊控制，心急的怯鷗被迫改走樓梯，從逃生出入口一路往上急奔，就這麼遇見逃下樓的王蛇與峨嵋。

「是妳！」怯鷗脫口而出，沒料到會遇見使他陷入狂戀泥沼的綠眼少女。

起初怯鷗在樓梯間聽到蝗佬的咆哮與王蛇的叫囂，以為是僱傭兵的單獨對決，沒想到綠眼少女還是被捲了進來。

「你實在太可惡了！」怯鷗怒指王蛇。這個卑劣的混蛋不只拖累無辜的綠眼少女，還要如此柔弱的綠眼少女扛著他逃，真是不懂珍惜女性的垃圾！

怯鷗的怒斥被峨嵋無視。她扛著王蛇奔過怯鷗身邊，緊追而來的蝗佬滿是怒火，同樣無視怯鷗。

一再被忽略的怯鷗獨自站在原地，手還僵在半空，指著面前的空氣。

不對！不是這樣！不該被忽視的啊！怯鷗跟著跑下樓，沒想到這樣命運般的巧遇，竟然像嘍囉般無人在意，從頭到尾跟他搭話的只有王蛇。

「蝗佬，你冷靜一點，不要把無辜的人捲進來！那個女生是被王蛇拐騙的！」怯鷗邊跑邊喊。

蝗佬不理會怯鷗，顧著吼罵：「王蛇你是蛇吧！為什麼要像鼠輩一直逃！」

王蛇回嘴：「那只是代號！你叫蝗佬也沒有長得像蝗蟲，更像油膩的金髮豬！」

「你有什麼意見！」蝗佬再轟一槍。

「該洗頭啦！金髮豬！」混亂的槍聲中有王蛇的叫嚷。

竟然還能鬥嘴？這就是頂尖僱傭兵才能展現的從容嗎？怯鷗身為只能偷偷摸摸收集情報的角色，深刻發現自己的不足。

但是怯鷗現在擁有相對充足的體力，還能追上蝗佬。手拿散彈槍的蝗佬殺氣極重，如此張狂的氣勢讓怯鷗不敢靠近。

峨嵋因為扛著王蛇奔逃，消耗了一定體力，此刻速度減緩。一想到峨嵋若被蝗佬追上必定凶多吉少，就讓怯鷗握槍的手不停顫抖。

要阻止蝗佬要阻止蝗佬要阻止蝗佬要阻止蝗佬要阻止蝗佬……這個念頭像失控的跑馬燈穿梭在怯鷗腦中，甚至隱約看見幻覺。

——要阻止蝗佬！

怯鷗回神過來，不知何時已經舉槍，槍口還冒著煙。

中彈的蝗佬緩緩回頭，暴瞪的眼睛滿是血絲。

蝗佬一個字一個字緩慢而凶惡地質問：「你在搞什麼？」

始終把怯鷗視作己方陣營的蝗佬，完全忽略怯鷗可能帶來的危險性，甚至從沒將他放在眼裡。因為怯鷗的形象與懦弱無害畫上等號。至少大多數時候是如此。

怯鷗眼看蝗佬回頭，散彈槍更即將對準自己，當下慌了。

——會死、會死、會被打成蜂窩！

嚇壞的怯鷗腦袋一片空白，再次失控：「對不起！對不起！對不起！對不起……。」

怯鷗說的對不起與扣下扳機的次數互相契合，也與蝗佬身上新增的彈孔數量相符。

蝗佬龐大的身軀轟然坐倒，衣服被血染溼。一雙無法理解的大眼怒張。

「怯鷗你這……。」

「對不起！」怯鷗閉眼，擊發最後一顆子彈。

現場沒了聲音。怯鷗兩側太陽穴劇烈跳動，能聽見噗通噗通的脈動聲。他遲疑睜眼，看見死不瞑目的蝗佬歪垂著頭靠牆坐倒，牆面有一道塗開的血跡。

「嘔噁！」怯鷗雙手一鬆，槍從手中掉落，接著跪地狂嘔。第一次殺人帶來的反胃感超乎想像。

怯鷗知道槍與子彈是毋庸置疑的致命，也知道人很脆弱，可以輕易殺死。但實在太莫名其妙了，有槍在手的他竟然能趁人不備，這樣輕鬆取命……死在槍下的還是老練且倍受敬重的蝗佬。

怯鷗挨著樓梯扶手，彎身撿起槍，移動發軟的雙腿繼續下樓。他得找到那名綠眼少女，拯救她脫離王蛇的魔掌。

雖然第一次殺人很可怕，但深陷狂戀泥沼的怯鷗依然全速前進！

ALL FOR LOVE.

這就是愛啊。

下樓的怯鷗終於碰見王蛇與峨嵋。與其說是怯鷗追上他們，不如說是王蛇與峨嵋躲在安全門後，沒有進入旅館大廳。兩人將門拉開一小道縫，正在窺探門外。

「王蛇！」怯鷗舉槍。雖然子彈用罄，仍有威嚇作用，而且王蛇不知道沒有子彈的事。

「帥哥，你很眼熟喔，剛剛是不是見過你？槍聲很激烈喔，你殺了蝗佬？」

怯鷗聽到蝗佬的名字，反胃感再度湧上。他強自忍住，怒聲質問：「你怎麼可以把無辜的人捲進來？小姐，妳放心，已經沒事了。王蛇不會再要脅妳了，快離開他！」

峨嵋與王蛇互看一眼，都露出「這個白痴在鬼扯什麼？」的困惑表情。

「為什麼？妳快離開他身邊啊！為、為什麼？你們……難道是我誤會了？」

「我是不知道你想到哪邊去啦，不過可以不要吵嗎？外面有警察，你還帶著槍，不會想被抓到吧。」王蛇指了指門外。

「不，當然不想被抓。」怯鷗說歸說，但沒有放下槍。「你真的沒有要脅這位小姐？」

「就憑他？」「就憑我？」峨嵋與王蛇同時回答。

這樣的默契讓怯鷗心頭遭受重擊，完完全全不是滋味。

這就是失戀的感覺嗎？怯鷗苦澀地說：「原來你們是這種關係，真是對不起……可是我要勸妳，王蛇真的很危險，永生樹都想殺了他。妳很可能會受牽連……。」

「你也是永生樹的？」王蛇問：「可是你拿槍看起來很生疏耶？剛入行？」

「什麼這種關係？」峨嵋不悅地皺眉。

「關係？我想說你們是……喔對，我叫怯鷗，我……。」

王蛇眼睛一亮，看怯鷗的眼神就像盯著肥美的肉排，嚇得讓怯鷗後退。「這個代號我好像聽過，你是不是擅長收集情報？」

「對，那個我、我不是說你們是那種關係……。」怯鷗試圖向峨嵋解釋，卻連個屁都擠不出來。

「太棒啦！」王蛇奸詐地笑著：「怯鷗同學，你能不能幫忙調查一個人？」

「同學？不是，我已經二十四歲了……。」自報年齡的怯鷗不禁想起母胎單身二十四年的殘酷事實。他再看看眼前的王蛇，名聲那麼糟糕卻有峨嵋相伴，讓怯鷗真想對天呼喊這世界太不公平。

「沒關係啦同學只是個稱呼，相逢就是有緣嘛，出外靠朋友。既然大家都是永生樹的人，互相幫忙是不是很美好啊？幫我找一個叫斐先生的，他在搞器官交易。這樣的線索夠嗎？不夠也沒辦法了，沒有其他資訊了。」

「為什麼我要幫你？」怯鷗槍口對準王蛇。「你是不是也沒把我放在眼裡？我手裡有槍，可以殺你拿賞金！」

對了！賞金！怯鷗說完才發現王蛇穿著浴袍，多半沒有武器在身，更重要的是明顯負傷。這是幹掉他的好機會！

「咕嘟！」怯鷗吞嚥口水的聲音還是非常大聲，隨後想到子彈都打光了，現在更換彈匣又太明顯，恐怕王蛇也不可能給他機會。

重點是怯鷗對於更換彈匣很不拿手。

「你在心虛。」峨嵋出聲：「沒子彈？」

「當然有！不要亂來，我真的會開……。」怯鷗話來不及說完，峨嵋已經迅速走來，任憑槍口指著她的左胸。

「開槍。」峨嵋說。

「很危險！不要這樣！」怯鷗垂下槍，不料峨嵋又再走近。

「開槍。」

「不！我沒辦法……。」怯鷗乾脆把槍藏在身後。

「找出斐先生。我會付你錢。」峨嵋說。

「這……。」怯鷗好想說不要錢，只希望峨嵋能跟他約會。但在那對貓眼般的綠色雙眸逼視之下，這句話只能哽在喉嚨。

「錢不是問題。」峨嵋強調。

問題不是在錢！怯鷗在心中吶喊。最後只能默默點頭，認了這份委託。

「既然講好了，那該閃人了。警察真多，得讓他們分心。」王蛇挨在安全門旁，往門縫窺探。

「你穿這樣，不管到哪都很顯眼，一定會被發現。」怯鷗挖苦。比槍不行，至少能逞口舌之快。

「還不是因為那頭金髮豬突然衝進來，連穿衣服的時間都不給。對了，峨嵋，還記得留在電梯的東西嗎？」

「你確定？」峨嵋懷疑地問。

「炸彈裝了就是要引爆啊。」王蛇不知道從哪摸出引爆器，這讓怯鷗看傻了眼，這才發現王蛇是如此會藏東西，沒帶武器說不定只是假象。

怯鷗還來不及問炸彈裝在哪、危不危險？王蛇已經按下引爆器。大廳傳來巨響與尖叫，有什麼重重墜落，地板的顫晃從腳掌一路傳上來。

「那是什麼？」怯鷗傻問。

「電梯啊。」王蛇仍在窺探大廳：「太好了，警察的注意力都被吸引過去了。趁現在溜吧。峨嵋，妳招臺計程車吧，記得不要……。」

「不要找老司機。」

「哈哈，對，不要老司機。」

「這有什麼好笑？」峨嵋質問。

「沒事，走吧！」王蛇推開安全門，拉著峨嵋匆匆離開藏身處。

居然直接拉小手！怯鷗再次遭受重擊，差點嘔出幾口血。他也好想拉拉峨嵋纖細的手腕……

「發呆什麼？跟上。」峨嵋回頭提醒。

「喔好！」怯鷗趕緊把槍塞回隨身肩包，跟著離開。

三人衝入雨中。峨嵋迅速招了臺計程車，淋雨的他們鑽入車裡。怯鷗運氣不好，只能坐在副駕駛座，無緣坐在峨嵋身邊。

「去哪？」司機問。

除了怯鷗之外，王蛇跟峨嵋都發現這聲音相當耳熟。

「又是你啊！司機大哥，太巧了吧！」王蛇驚嘆，居然又是剛才載他們來旅館的省話司機。「怎麼稱呼？太有緣了，一定要好好認識一下。」

「我叫John，花生醬的John喔。」省話司機回答。過時的諧音笑話就連冷淡如峨嵋也頭皮發麻。

王蛇沉默幾秒，誠實地感慨：「司機大哥，你還是不說話的時候最帥啊。」

除了王蛇，同樣需要養傷的還有珊瑚礁小隊。

從被峨嵋重創到讓以諾收留，珊瑚礁小隊的小丑魚們都待古董店偽裝而成的祕密治療所，這是惡魔的耳語旗下附屬的機構。

在每天的固定時間，穿著唐服的醫生會出現，診斷小丑魚的傷勢。

對小丑魚們來說，這是難得的寧靜日子。在見識峨嵋的身手之後，他們果斷放棄追獵王蛇的行動，這都是因為深知性命有多寶貴。

負傷的兩名小丑魚躺在病床上，因為喉嚨受傷無法說話，只能聽同伴閒聊，眨眨眼睛附和。

「能活下來真是太好了。那個女生好危險，沒見過這種類型。」一個小丑魚說，所謂的「那個女生」當然是指峨嵋。

「世界真大噢，那把防彈傘很不得了，真想弄一把。」

小丑魚漫無邊際閒聊，其中一人眼角餘光瞥見門邊有人影，以為是醫生來檢查傷勢，隨口說：「順便問哪時候能康復吧，在這邊都待得膩了。」

小丑魚正想發問，隨即看清楚來的並非醫生，而是一個戴棒球帽的女人。女人將棒球帽的帽舌壓得很低，幾乎遮住雙眼，只能看到蒼白的鼻尖與薄唇。

棒球帽女人的腰際掛著兩把鐵勾……小丑魚們發現她手上的東西相當眼熟。

——是醫生的頭顱。

醫生無神的雙眼半睜，從嘴巴吐出的舌頭往一邊歪垂，頸部的斷口持續有血滴灑。隨著棒球帽女人站定，滴下的鮮血匯聚成圈。

棒球帽女人昂起頭，藏在帽舌陰影裡的雙眼掃過四名小丑魚。其中一名小丑魚搶先開槍。

棒球帽女人竟然更快，子彈與醫生的頭顱同時落地，棒球帽女人如飄移的幽靈，眨眼間來到小丑魚面前，鐵勾由下往上穿進小丑魚的下顎，再撞斷門牙從口中刺出。

「鐵、鐵勾？妳就是那個……。」另一隻小丑魚還未說出棒球帽女人的真實身分，另一根鐵鉤已經穿進他的額骨。

棒球帽女人用力一扯，硬生生扯下小丑魚的臉皮。

以諾發現古董店醫生失去聯繫，前來查看。

一推開門，敏銳的以諾便聞到淡淡的血腥味。他沉著臉，低聲撥打電話：「古董店有狀況。」

通知完畢的以諾取出隨身槍械，迅速上膛。

在紅檀木椅上，醫生無頭的屍首癱坐在那。以諾皺眉，發現有滴灑的暗紅色液體，一直延伸到店舖後半的診療處。

以諾控制腳步，無聲深入。

以諾循著血跡來到病房，幾具無頭屍歪斜倒地。

矗立在屍首之中的棒球帽女人雙手是血，茫然仰頭。

以諾還來不及有動作，棒球帽女人陰森的眼珠子迅速轉動，先一步發現他。

「該死的。」以諾開槍。

棒球帽女人的身影消失。

十七 峨嵋之二

「John叔，謝啦。希望下次還會遇到你。」下車的王蛇對再次巧遇的省話司機很有好感。

「不客氣。這個如何？I am John，8+John的John，我剛剛想到的。」John叔對這個以八家將作為諧音的冷笑話相當有自信。

「呃。」王蛇等人面面相覷。

雙方在沉默中道別，John叔的計程車奔馳在雨夜，紅色的車尾燈像兩團幽火，消失在馬路盡頭。

「John叔人真的很不錯。」王蛇感慨。

「前提是不要講冷笑話。」峨嵋依然頭皮發麻，受不了這種大叔式幽默。

「來吧，往這邊走。」怯鷗開始帶路。

乘車途中經過討論，決定借用怯鷗目前的居所。王蛇的邏輯是現在找旅館投宿是麻煩事，剛從爆炸逃脫的兩人說有多狼狽就有多狼狽，他跟峨嵋這副德性不會有旅館敢收，不如借怯鷗家使用。

至於王蛇不回自己家，是確信地址必然被其他僱傭兵掌握，回去極有可能遇到「熱烈招呼」。

「萬一找來我這邊怎麼辦？我不要被你拖累。」在商量時，怯鷗如此抗議。

「你就說你被挾持吧，頂多我對你開幾槍看起來更逼真。」

「憑什麼啊！」

峨嵋說：「只要幾天就好。有人找上門我會解決的。」

「怎麼可以？為什麼妳要替王蛇收拾殘局？王蛇你不要偷笑，自己的責任自己扛好嗎？」

「我沒笑啊，我不講話就是這張臉，我也沒辦法。」

「你就是偷笑了！啊！算了，你要來就來吧。但是如果有個萬一，不管是其他僱傭兵找上門或是任何狀況，絕對把你推出去，不要拖累到我們。」

「人與人之間的關係真是太淡薄了啊。唉，真傷心啊。」

「你這個專殺自己人的混蛋沒資格講這種話。」

經過一番舌戰，怯鷗被迫妥協。

怯鷗的家落在大學學區，住戶單純且租金相對便宜。這是怯鷗另外找的居所。他沒有跟外婆同住，僱傭兵的工作不適合跟非相關的人待在同個屋簷下，避免洩漏任何資訊。

帶路的怯鷗拿鑰匙開門，隨著燈光亮起，王蛇與峨嵋看清楚客廳的全貌。

客廳的擺設相當簡陋，就放了一張塑膠桌跟塑膠椅，好像路邊麵攤會見到的景象。這個家沒有生活感，沒有用心打理的跡象。

怯鷗從客廳旁的房間翻出短袖上衣跟海灘褲，扔給了王蛇。

「換上吧。你看起來好猥褻，像暴露狂。」

「我是那麼端正的人，怎麼會像暴露狂？」王蛇說著要脫掉浴袍，立刻被峨嵋揪住，也沒少了被狠瞪。「喔……差點忘了。廁所在哪？」

怯鷗指了客廳旁的一扇門。王蛇溜進去，留下峨嵋與怯鷗兩人。與峨嵋獨處的怯鷗坐立難安，侷促地拉開塑膠椅招呼：「請坐。」

峨嵋瞥了一眼，怯鷗以為她嫌髒，趕緊拿桌上的衛生紙擦拭。

「請、請坐。」怯鷗再次邀請。

廁所傳來沖水聲，王蛇只穿著海灘褲就走出來。他上身赤裸，因為在旅館受了爆炸波及，背部的傷還在出血，所以省了上衣不穿。

王蛇調整褲腰，「你好瘦，這褲子穿起來好緊。有沒有碘酒或生理食鹽水？讓我消毒傷口。」

「沒有。」怯鷗顧著注意峨嵋。見到峨嵋坐下，怯鷗稍稍放心了，心想幸好沒那麼排斥他。

王蛇來回走動：「有沒有冰箱？好渴。」

「你要求真多，怎麼有這麼討厭的客人。不，不是，峨嵋妳不要誤會……不是說妳。」

峨嵋同意：「這個人真的很討厭。」

「對、對！怎麼會有這麼我行我素的混蛋！」被認同的怯鷗開心得奔跑起來，匆匆溜到廚房，從冰箱拿了礦泉水跟柳橙汁。

他把礦泉水扔給王蛇，然後客客氣氣地把柳橙汁放到桌上，還預先轉開瓶蓋。「請用。」

王蛇連連搖頭，痛心地說：「怯鷗同學，你這個差別待遇太明顯了，就算是我也會受傷的。這個世界怎麼這麼殘忍？」

「少廢話了，你有得喝就很好了，不要抱怨。」怯鷗靠牆蹲下，進入思考狀態的他極度渴望咖啡。「我來歸納現在狀況。王蛇你要養傷，我要查出斐先生。那……峨嵋呢？」

峨嵋說：「我等你有消息才能行動。另外希望你不要近距離接觸王蛇。」

「我也不想跟他有交集。為什麼提出這種要求？」

「王蛇身上的病毒有傳染性，不要靠近他。」

「病毒？什麼病毒？」

王蛇漫不在乎地說明：「一種看到老人就想宰掉的病毒啊。最近有沒有看新聞？一堆凶殺案都是這種病毒搞的鬼。」

「你在開什麼玩笑？怎麼可能有這種莫名其妙的東西。你的垃圾話太多了，沒有說服力。」

「是真的。」峨嵋接續說明：「現在要找出斐先生。他是病毒的製造者，也是解藥的關鍵。」

連峨嵋都跟著說了，讓怯鷗無法懷疑真實性。「我看過新聞，還以為是巧合……這是王蛇被列入自由獵殺的原因？」

「不錯喔，怯鷗同學反應很快。不要那樣瞪我，我是被委託人騙了才染上這種鬼東西。說起來我也是受害者啊。」

怯鷗的臉垮了，想起曾經目睹王蛇當街射殺老人。「你殺了多少人？我是說老人。」

「沒數。」

「搞什麼東西？到底在搞什麼東西？殺了那些無辜的人很好玩嗎？就這麼樂在其中嗎？」

王蛇依然輕浮地嘻笑：「會被殺死，是被殺的人的問題。你不懂這個道理？」

「你鬼扯什麼？那些老人都好好的啊，惹到你了嗎？他們犯了什麼錯嗎？他們都是有家人的，有家人在等他們回去啊！結果被你殺了！你還一點歉意都沒有！」

憤怒的怯鷗朝王蛇走近，直到被峨嵋阻止：「你不要再靠近了，會被傳染。」

怯鷗停下，無法抑止地怒瞪王蛇。「你一定沒有親人才可以講出這麼冷血的話。我有外婆啊，從小爸媽不要我，是外婆把我帶大的！連這麼偉大的人你都會殺嗎？」

「為什麼不殺？」王蛇理所當然地說。

「你這混蛋！」

失去理智的怯鷗衝上前揮拳。臉挨了一拳的王蛇站得穩穩的，盯著怯鷗看，沒有其他動作。

「還手啊，回嘴啊！」怯鷗的拳頭懸在半空。

「僱傭兵有資格擔心別人的生死？你以為報酬是哪來的？是僱傭兵幹下一狗票爛事換來的。你以為永生樹是怎麼運作的？你現在的表情很棒喔，終於想起來了？」王蛇衝著怯鷗獰笑：「至少你這個白痴說對一件事，我沒有親人。我什麼都沒有。開心了嗎，怯鷗同學？」

怯鷗無法回話，王蛇一反常態的猙獰讓他只能語塞。

「如果你還是不開心，槍拿出來，看誰先殺了誰。贏的說了算。怎麼樣？掏槍啊。」王蛇彷彿一條森然而立的蛇，危險且致命。

「咕嘟！」怯鷗用力吞了口水，平常就沒有把握能夠戰勝王蛇了，何況是現在。

眼前這個惡名昭彰的僱傭兵明顯被激怒，或者說被刺中某些痛處。

「不要怕，我會給你時間裝子彈。你他媽彈匣根本空了吧？」王蛇反手抽出暗藏的格鬥刀，「我拿刀就好，很划算吧？來啊，怯鷗同學，來證明除了出張嘴之外，你還能有什麼實際作為？宰了我這個濫殺無辜的混帳，你一定會爽到高潮吧？來啊。」

王蛇不斷叫囂，怯鷗遲遲沒有動作。擅長浴血殺戮的人與只能躲在暗處的人，兩者之間的鴻溝如此巨大，怯鷗無法跨越，失去對峙的勇氣。

王蛇逼人的氣勢讓空氣凝滯，怯鷗還沒投降，峨嵋卻先滑落椅子，重重跪倒。

「峨嵋？」怯鷗吃驚轉頭。

峨嵋頭垂得好低，用雙手環抱自己，發出肉眼可見的顫抖，彷彿被困入了冰天雪地。

怯鷗撇下王蛇不理，搶著關心峨嵋的狀況。「妳在冒冷汗！我現在就找醫生。」

「不要。」峨嵋低垂著頭拒絕。

怯鷗看不清楚掠顱者的臉孔，全被髮絲遮蓋。「妳看起來不太對，很不對勁！一定要給醫生看看。我認識的醫生很專業可以信任，口風很緊不會亂說話。」

「不要。真的不要。」峨嵋只能發出虛弱的氣音：「快找出斐先生。不要理王蛇……。」

「妳真的、真的沒事嗎？」

不斷發抖的峨嵋再次強調：「不要管我。找出斐先生。」

「好吧。」怯鷗猶豫後掏出一串鑰匙，放在桌上。「這是備用鑰匙。這裡暫時留給你們使用，報酬記得要補貼房租。」

怯鷗從側肩包拿出彈匣作更換，沒試圖將槍口對準王蛇，而是妥善收好。在臨走前他警告王蛇：「好好照顧峨嵋，不然就把你的情報分享給所有僱傭兵。你受傷的消息一定會讓人很興奮。」

王蛇擺擺手表示知道。從峨嵋發生異狀後，他一直安靜不說話，保持距離看著。

不放心的怯鷗又多看了峨嵋幾眼，才捨得離開。

等到門終於關上，王蛇來到峨嵋面前，蹲下來仔細觀察她。

「現在好點了嗎？」

虛弱的峨嵋微微點頭。

「可憐的掠顱者，對人的情感變化太敏銳，反而對自己有害。對不起了，我沒顧慮到。」

「你為什麼有這麼可怕的……。」峨嵋思索適當用語，最後還是挑了最好懂的：「情緒。我沒體會過，就連掠顱者在實驗室互相殘殺時也沒有。」

「沒有那麼可怕，是妳今天到處奔波太累的錯覺。站得起來嗎？」

峨嵋試著起身，才剛站起就搖晃失衡。幸好王蛇立刻扶住她。

「不是太累。」峨嵋的後頸還在滲出冷汗，「好絕望的情緒……我以為自己被抓進冰冷的深潭，沒辦法呼吸，連血都變冷。為什麼你平常能裝出這麼討人厭的樣子，像個痞子一直開玩笑？」

「因為很多事很好笑，想不嘲笑都難啊。」王蛇靠近峨嵋，心思被掠顱者讀懂。

「不要！」峨嵋發出驚呼，被王蛇橫抱起來。「放我下來！」

她伸出拳頭要搥打王蛇，但讀懂了王蛇的心跳，知道毫無惡意，所以也就遲遲沒有落下拳頭。

「我的大小姐，不要亂動。我是傷患啊，傷口很容易出血。」王蛇抱峨嵋進去客廳旁的房間，裡頭同樣沒有生活的痕跡，怯鷗似乎只當這裡是旅館般單純落腳的場所，沒有投入心思整理。

王蛇把峨嵋放上床，讓她平躺休息。開了冷氣又翻來毯子替她蓋上。

「這間給妳，我去另一間。妳不會想被我的打呼聲吵整晚。」

眼看王蛇要離開房間，峨嵋脫口叫住他：「又要丟下我？」

「我沒有丟下妳。」

峨嵋臉色蒼白，但眼睛睜得大大的。碧綠色的雙瞳像隻貓。一隻擔心受怕的貓。

王蛇嘆氣，在床邊坐下。

「這樣可以吧？我的大小姐，滿意了嗎？」

王蛇的褲腰一緊，是峨嵋用手指輕輕勾住。因為王蛇沒穿上衣，峨嵋無法抓他衣角。她看到王蛇的背部那幾道傷口，是在旅館扔小型炸彈時被雜物碎片波及的。

這樣血肉模糊的傷口讓峨嵋看了不忍。

「你的傷……。」

「消毒後包一包就好，這點傷口我還能處理。抱歉啊，毀了惡魔老爺子的防彈傘。如果不用顧慮我的話，妳可以輕鬆殺翻那群人的。先別戳了，會癢。」

峨嵋的指尖停下，指甲淺淺地陷入王蛇的肉中。似乎非要與他有碰觸才安心。

「我想睡一下，幾分鐘就好。你會不會偷偷消失？」

「我就在這裡，盡量睡吧，想睡多久就睡多久。好啦，手收回去放好，毯子蓋好才不會著涼。」

王蛇側過身，要替峨嵋蓋好毯子。

峨嵋抓住他的手。眉頭微皺，眼裡隱約有淚水打轉。「我在實驗室的時候，跟一個研究員很好。我把她當……當成是母親。她會帶我出去走走，離開實驗室那種冷冰冰的地方。」

王蛇知道這是峨嵋提過關於掠顱者的「固錨」，因為掠顱者的精神層面太不安定，需要有能使之安心穩定的人存在，才能避免掠顱者澈底崩潰。

峨嵋一定是與這名女研究員之間產生了「固錨」。

王蛇猜到後續。

「可是她突然消失了，留我在實驗室。再見到她是好久好久以後。我不管她另外接手什麼研究，我不管研究有多重要。她丟下我。你也是。現在又把我撿回來，你到底在想什麼？」

峨嵋越說越哽咽。「我好不想承認，可是跟你待在一起的時候，我變得安定。像那時候。」

「妳是說實驗室，還是我撿到妳的時候？」

「都有。為什麼我會是這個樣子？為什麼我是被製造出來的？為什麼我要被當成工具使用？為什麼撿到我的人都要丟下我？」

「我沒把妳當成工具。」

「你出事才回頭找我。」

「這沒錯。但是我從來沒有……。」王蛇重重嘆氣：「這比較像找朋友幫忙。」

「你只是覺得我很好用。一個精準冷血的殺人機器，可以當你保鑣、可以幫助你找到斐先生、可以……。」

「停下。」王蛇打斷。「要認為我在利用妳沒關係，要認為我是自私的垃圾也沒關係，因為我就是『那個王蛇』。只有一點妳要記住，妳不要當自己是工具。永遠不要這樣。」

「為什麼要照你說的做？你憑什麼決定我的想法？」

王蛇笑了。「看吧，就說妳不是工具。工具才不會提出質疑。妳不是工具，妳要記得妳不是。」

峨嵋沒接話，在消化王蛇說的內容。

王蛇繼續說：「那是值得懷念的平靜小日子嗎？那段時間到底拉著妳吃了多少垃圾食物啊？妳不會變胖真是太神奇了。這是掠顱者的優點嗎？」

「什麼平靜小日子？」

「撿到妳之後，一直到把妳交給惡魔老爺子之前。」

「我不知道。」

「至少不是否認，這樣的答案就夠令人開心了。」王蛇眨眨眼，「至少我還是有盡到基本的照顧責任嘛。不過呢，該說一切都是那麼巧嗎？我接到委託得去惡魔的耳語一趟，想說順便讓妳看點不一樣的有趣東西，所以帶上妳一起出門，就那麼剛好讓惡魔老爺子發現妳，還那麼剛好，妳長得跟他孫女一模一樣。」

「湊巧得讓我到現在還以為一切都是你設計好的。」峨嵋話裡有抱怨與失落。

「換作我是妳，也會這樣想。一定會想著『哇，這麼費心設計想擺脫我這個大麻煩，真是太辛苦了，原來我是這麼讓人討厭的東西』，對吧？」

「對，你真的很讓人討厭。噁心。」

「是啊，讓人討厭的是我，不是妳。」王蛇順勢接話。「喂，還是要跟妳說清楚，真的是湊巧，那時候除了把妳交給惡魔老爺子照顧，我實在想不到更好的辦法。現在妳也看到了，跟我扯上關係就是那麼危險，我仇家真是太多了。」

「你活該。」峨嵋飛快瞄了一眼王蛇血肉模糊的後背，無法再多看，隨即別開目光。

剛才王蛇與怯鷗爭執所釋放的情緒，至今仍像子彈殘留在峨嵋的精神層面之中，讓她飽受震盪，陷入相當虛弱的狀態。

「你為什麼這麼絕望？」她問：「我知道你喜歡裝瘋賣傻，可是你怎麼藏得住？」

「不算絕望吧，誰心裡沒有一點髒東西？我的大小姐，床邊故事說夠了，妳該把眼睛閉上好好休息，這樣輪到我睡覺的時候才有人守著，避免我莫名其妙被打出幾個彈孔。」

「你不想說？」

「我會說的，一定讓妳知道。現在我們都需要休息，妳先。就這麼單純。快睡吧。」

「如果你又丟下我，下次見面會殺了你。」峨嵋拉了毯子，把眼睛以下都蒙住。

「我是傷患，走不動啦。我就待在這個房間哪裡都不會去，不要胡思亂想。」

峨嵋不放心地看了王蛇好一陣子，才緩緩閉眼落入睡眠。

在半睡半醒的朦朧之際，峨嵋聽到王蛇在唱歌。

莫名其妙的生日快樂歌。

十八　王蛇之二

又是那道電梯與長廊。

電梯持續向下。

到達定點的過程不像穿越走廊那般漫長。

他的思索還沒得到結論，鐵柵門已經開啟。

什麼都沒有的他看著電梯外的景象。

迎接他的不是魔鬼，所見亦非地獄，處處一片祥和。

——至少看起來如此。

對他來說，樂園地獄何者都無差別。

什麼都沒有的人，亦無悲喜嗔怒癡。

他離開電梯。

峨嵋也做了夢，無法脫身。

她回到那段還在實驗室的久遠時光，尚且稚嫩的時候。

當時的小峨嵋可以說是遇上生命中最好的一段日子，與一名年長的女研究員非常親密，情同母女，更順利產生掠顱者特有的「固錨」，這讓小峨嵋長期以來混亂不安的精神狀態趨於安定。

也因為小峨嵋如此安分，破例可以在平時與女研究員一起外出，比如陪著女研究員去其他機構參訪。即使小峨嵋對於這些科學狂熱分子所聊的話題既沒興趣也聽不懂，但可以陪在女研究員身邊就非常開心。

小峨嵋見過很多奇奇怪怪的實驗，原來除了掠顱者的超級人類製造計畫，還有很多見不得光的計畫在暗地裡進行。

有些試驗體因為接受實驗，外貌變得相當恐怖，勉強剩下人形輪廓，看上去卻沒有想稱之為人的念頭，更像是怪物。

在破碎的夢境片段裡，小峨嵋重回被一名試驗體嚇到的情景。那個試驗體的毛髮脫落，只剩幾撮稀疏的頭髮黏在頭皮上。面頰與四肢乾癟得可憐，活脫像具乾屍。

小峨嵋因為好奇，來回遠遠打量。

那名試驗體垂頭不動，彷彿死去般沒有動靜。小峨嵋膽子慢慢大了起來，開始接近。忽然試驗體冷不防抬頭，露出幽深恐怖的漆黑眼瞳。

小峨嵋尖叫。

王蛇被掠顱者的尖叫驚醒，睜眼前一秒還停留在那道不斷向下的電梯。

王蛇作了與實際情況不同的夢，柵門沒開，反倒一路向下再向下，直到周圍沒有任何一點光，直到黑暗吞噬一切。

「爛夢。」王蛇低聲咒罵。

他回頭確認峨嵋的狀況。這個飽受情緒震盪的掠顱者睡得很不安穩，像受驚的孩子。

峨嵋不是快樂的人，王蛇知道。

「誰說的，人非要快樂不可，好像快樂由得人選擇……。」王蛇哼起了阿桑的〈寂寞在唱歌〉，歌詞很適合描述峨嵋。

這讓王蛇想到該更新歌單了，Marilyn Manson很棒，但想換個口味了。是英文歌好？還是日文或韓語？中文歌怎麼樣？王蛇想了想，亂滑播放軟體的推薦歌單。反正峨嵋需要睡眠，他需要守著，找音樂是打發時間的好消遣。

王蛇戴上耳機，看到順眼的就點來試聽。

背後的創口與腿傷一再作痛，王蛇沒顯露任何不適，跟向峨嵋強調自己是傷患時的窩囊德性不同，現在看上去相當從容。

傷勢一定程度影響王蛇行動的順暢，但這點疼痛對他來說無關緊要，他承受過更恐怖的折磨。

「我什麼都沒有，只是有一點吵……。」王蛇這次哼起〈你愛我像誰〉，是首老歌。

王蛇的褲腰突然一緊，回頭發現是被峨嵋抓著。仍然沉睡的峨嵋發出小而微弱的痛苦呻吟，似乎被捲入惡夢，下意識伸手亂抓。

王蛇伸手輕觸。就如同每個少女的手掌柔軟且光滑，但掠顱者的掌心是冰冷的。他悄悄握緊，將峨嵋的手牢牢握住。

「快了，再一點時間就好。」

僱傭兵悄聲低語，凝視掠顱者半藏在棉被裡的睡臉，想起那一夜。

那是峨嵋惦記的雨天。

解決一樁委託的王蛇走在夜歸的路上，沿路亂踩水窪，順便把手伸出傘外，洗去沾染的硝煙味。雨水從王蛇的掌間灑落，混進路面積水漂來的詭異棕紅。

他順著水流的軌跡看去，發現藏在防火巷的黑影。

「蹲在這種地方睡覺？」王蛇隨口說，「太早了吧，現在是吃宵夜的好時間啊。」

那團黑影動了起來，艱難抬頭，似乎是在防範王蛇。就著遠處路燈散射的光，王蛇看見一張沾滿血和雨的臉孔，與帶著敵意的雙眼。

隨著距離更近，王蛇看得更加清楚，是一個靠牆而坐的少女，淋溼的頭髮一束束遮在臉上。她穿著黑色的衣物，衣服下擺不斷有鮮紅滲流。

「哇，妳怎麼全身是血？看起來是沒機會跟我去吃宵夜……喔？妳眼睛是綠色的……。」

王蛇話剛說完，面前突然銀光閃爍，他迅速蹲下。

鏘、鏘！兩根鐵籤射過王蛇頭頂，若是差個幾秒反應，那些鐵籤恐怕要插進眼珠或喉嚨。

「滾開……。」防火巷裡的少女說，聲音倔強又充滿警戒，手上又抓出幾根鐵籤。

「知道啦知道啦，現在男生真可憐，說個幾句就要被當噁男趕跑。唉唉，可憐喔。」王蛇擺擺手，「這就走啦，不要再亂扔東西了。」

那雙像貓兒般警戒的綠眸死瞪不放。

王蛇面向少女，慢慢退後，等到確定距離足夠安全才轉身離開，讓少女繼續與無盡的雨聲作伴。

防火巷外終於沒有人了。

少女垂下頭，發出虛弱的喘息，作為武器的鐵籤夾在手指之間，但她的指尖比鐵籤更加冰涼，蒼白得嚇人。她又溼又冷，無處可去。

外面的世界如此寬闊，但對少女來說無比陌生。她好不容易擺脫與掠顱者同類的互相廝殺，卻落得傷重的下場。

血還在流，少女越來越冷。冰冷的雨水不斷打在臉上，本來還會痛的，現在卻已經麻木無感。

恍惚之間，少女的眼皮幾乎闔上。意識反覆中斷幾次。在一次驚醒時，她發現雨停了。

少女抬起頭，看見的不是防火巷的狹小天空，而是黑色傘面。她一時不能理解，直到發現蹲坐在旁替她撐傘的王蛇。

「你！」少女立刻刺出鐵籤。

「別這樣啊，我不想死。」王蛇抓住她的手腕，鐵籤尖端差了幾公分便要刺中他。若不是少女現在過於虛弱，普通人類根本難以抵抗，更遑論抓住她的手了。

那雙綠瞳圓睜，盡是怒意。

「放手。」

「我是很想放手啊，但妳一定會殺死我。」王蛇負責撐傘的另一手放開傘柄，把傘擱在肩上，從少女沒看見的身側拿出塑膠提袋。「打個商量好不好？我請妳吃麥當勞，妳不要把我捅成蜂窩……喂怎麼是這種眼神，拜託這麼晚了，有開的店不多了，還是妳喜歡吃超商？」

「不關你的事。」

「先別這樣說，搞不好跟我有點關係。我呢，其實是僱傭兵。怎麼又是這種眼神？怎麼了，一定要當工程師或醫生嗎？聽我說，我什麼委託都接，只要給我錢或是報酬合理都好談。」

「講重點。」少女嘴角不開心地撇起。她不僅疲憊還傷痕累累，實在不想聽連篇廢話。

「僱用我吧。我可以幫妳找醫院、找地方住宿、外送宵夜，比健達出奇蛋還厲害，不只三種願望都能一次滿足。」王蛇抖了抖肩膀，擱在肩上的雨傘跟著晃動。「還可以幫妳撐傘。厲害吧。」

少女別過頭，受不了王蛇的嘻皮笑臉，不想直視他。

「我沒錢。」少女說，「我什麼都沒有。」

「哇，那真是太剛好了。我也是什麼都沒有，只是有一點吵。」

「才不是只有一點吵。」少女罵得嫌棄。

在這你來我往的鬥嘴之間，掠顱者的本能讓少女聽懂王蛇的心跳。

「我沒有東西可以給你。」少女坦白地說：「只能幫你殺人。」

「妳說妳會殺人，那正好，拿我這條命當報酬。」

「什麼意思？要我殺你？」

「差不多意思，不對，或者該說正好相反？妳放過我，不要殺我。」王蛇說，「作為交換，我找專業的幫妳處理傷口，順便幫妳找不用淋雨晒太陽的地方休息。怎麼樣，很划算的交易吧？」

少女猶豫，沒有回答。

「看起來有商量的空間……我現在要放開手，拜託，如果真的想殺我，至少等談判破裂再說，不要直接捅過來。我很怕痛。」王蛇慢慢鬆開手。

少女立刻抽回手，冷哼一聲。

「好啦，趁著這難得的和平時間，來吃宵夜。」王蛇打開紙袋，拿了一個漢堡給少女。「能吃牛肉嗎？不要跟我說妳不吃牛，這樣的人設很奇怪。」

少女遲疑接過，打開漢堡的包裝紙。試探地聞了一下，同時注意王蛇的心跳，確認一切沒有問題，不是設計的局。

王蛇從紙袋裡拿薯條吃，同時注意很仔細，替少女好好撐傘，也全程看著少女雙手捧起漢堡好奇咬了一口，接著眉頭皺得很緊。

「喂怎麼啦？妳真的不吃牛？」

「味道好奇怪……我沒吃過這種東西。」

「沒吃過麥當勞？哇，那妳真的很可憐，該不會連我剛剛說的健達出奇蛋也沒吃過吧？」

少女沒答，故意扳起的臉孔透出幾分落寞。

「抱歉啦，又說無聊的話。」王蛇搔搔頭，「吃不習慣牛肉漢堡的話，還是有其他選擇啦。考慮得怎麼樣？該僱用我了吧？」

「你是說，拿你的命換你的命……這什麼？好拗口好奇怪。」

「讓我打岔一下，妳最好趕快決定。妳一定不是普通人，血流成這樣還能跟我聊天。」王蛇突然煩躁嘆氣：「受不了啦，給我起來！」

「什麼？」

「好啦，直接當妳答應僱用我了。這個傷口真的是不處理不行……。」王蛇扶著牆面站起，他的衣褲跟少女一樣都弄得溼答答的。

僱傭兵伸出手，「來吧。」

少女仰頭看著他。

那對綠眸是王蛇這輩子所見過的，最澄淨不帶雜質的東西了。

撐著舊傘的怯鷗獨自在雨夜徘徊，越走越孤單，越想越悲憤。

「可惡，房子明明是我租的，為什麼要讓給王蛇……這樣不就讓他們兩個獨處了嗎？」

怯鷗還想到，既然這陣子需要跟王蛇往來，就代表有被傳染的可能。為了親近峨嵋，他很願意承擔這份風險。

「啊，阿嬤怎麼辦？」怯鷗驚覺這點，思考是不是該另外僱人照顧？

怯鷗接著考慮到，外面有感染病毒的人在流竄，萬一自己幸運沒被傳染，反倒是僱來照顧阿嬤的人帶有病毒該怎麼辦？

陷入兩難的怯鷗努力思考，阿嬤一定要顧、峨嵋的小手也一定要牽到，缺哪個都不可以！

「對不起了阿嬤，妳也說想看我帶女朋友回家，一定能體諒我吧。」怯鷗繼續找理由，說服自己還是那個孝順的孫子。「要找時間打電話給阿嬤，提醒她這陣子不要亂跑……三餐叫外送就好，然後千萬不要跟外送員碰面，萬一外送員已經感染病毒……。」

怯鷗一路碎碎念，有家歸不得的他找了二十四小時營業的速食店待著，想著雖然心靈受創，至少能用高熱量食物撫慰腸胃。他點了麥香魚套餐，基於報復性進食的心態，不只加點玉米濃湯，還多要一份蛋捲冰淇淋。

付完帳拿了找零，怯鷗猶豫該不該再加一份雞塊，手機突然發出鈴響。

「什麼啊？不會又是王蛇那個混蛋吧？到底有完沒完，他怎麼會有我的號碼……。」怯鷗啐罵，把零錢胡亂塞進皮夾。

「喂？」怯鷗不耐煩地接起通話。

聽清楚對方聲音之後，怯鷗瞬間傻了，嚇得說不出話。

店員叫了怯鷗的取餐號碼，但是他沒聽見，腦袋盡是空白，只能傻傻聽著電話另一端的人說話。

再後來，怯鷗連餐點都顧不得拿，匆匆離開速食店，竄進黑暗的雨夜。

十九　管理者

永生樹的管理者有了另一次的線上會議。

更準確來說，是石龍子私下發起的祕密會議，只邀請貓頭鷹與圓魟。

現在時間已晚，過了多數商店的營業時段，石龍子獨自留在經營的爬蟲專賣店，店內燈光都已關閉，只留下一盞燈。

燈下的石龍子眉頭皺在一塊。筆電的視訊畫面上，圓魟正在分享珊瑚礁小隊遭遇的變故。

「王蛇他竟然找到幫手了，四隻小丑魚差點被殺光。」圓魟說得心有餘悸，彷彿在現場目睹全部過程。從背景看起來，怕熱的圓魟是在旅館這類有空調的涼快地方，但鼻頭還是有凝結的汗粒。

圓魟繼續說：「小丑魚都是用槍。我知道槍不是無敵的，可是對方只用鐵籤就放倒兩個小丑魚，讓另外兩個小丑魚被迫投降……這真的太奇怪了。」

「知道對方來歷嗎？」石龍子問。

「好像跟惡魔的耳語有淵源，希望不要牽扯到惡魔老爺子，真的不想跟那個可怕的人打交道。」

圓魟的臉像誤食極酸的食物，難受地皺縮起來。

「對方是近身對付小丑魚？」貓頭鷹問。

「對的，全程都是近身，而且手段……小丑魚回報對方似乎很擅長刑求，是針對要害，但沒有立刻讓人死去……啊！還拿了可以防彈的雨傘。惡魔老爺子的財力又讓他開發出奇怪的玩具了。這些還不是最恐怖的，小丑魚說對方預測了所有動作，都被搶先一步。」

貓頭鷹說：「王蛇的危險程度倍增了呀，需要重新衡量是否有必要派出小隊對付王蛇了。我另外得到情報，不少試圖對付王蛇的僱傭兵都被殺了。王蛇真是名不虛傳的專殺自己人呀……。」

石龍子嘆氣：「不只是自己人。先不提在捷運站引發的恐慌，他光是被赤鯊襲擊時就在大馬路上連殺五人……我都不能肯定是被病毒影響，或是已經濫殺成癮了？」

「石龍子妳提到濫殺，近期有些異狀讓人很在意。」貓頭鷹說。

「什麼異狀？」

「有幾個傭兵在自由獵殺命令發布後，陸續失去聯繫。聯絡不上。」

石龍子斷言：「是被王蛇幹掉了吧。他一定是見人就殺。」

貓頭鷹擔憂地說：「情況還是不太對勁。是上了年紀的多慮嗎？那些傭兵之前的動向很正常，其中不乏非常具有耐心的類型，不會魯莽出手。我甚至認為，他們不會加入獵殺王蛇的行動。」

「我也有這種感覺！」圓缸附和：「我也發現有傭兵默默消失了，還在想會不會是打算低調退休所以不告而別，可是聽貓頭鷹這樣說……石龍子妳呢？有沒有什麼情報？」

石龍子無法不心虛。「我其實……最近被王蛇的事搞得特別煩，沒有注意這方面的事。畢竟當初的委託是我派遣的，才讓他變成感染者。」

「算是沒經證實的小道消息嗎？好像是妳引薦王蛇成為永生樹的傭兵？」圓缸問得很小心。

「對。」石龍子承認：「那真是我最恐怖的黑歷史。如果有時光機，我一定回到過去掐死當時的自己。連王蛇一起掐死好了。」

「不要那麼自責，有王蛇的存在讓永生樹更豐富了，委託人有更多風格的傭兵可以挑選。」

「圓缸你的心地真是太善良了。這樣都能安慰我。你不要忘記，王蛇不只炸死你派出的傭兵，還把馬路炸出大洞。後續費用是你先代墊的。」

「啊，請款單一直忘記給妳。」圓虹露出感慨的笑容：「這樣好不好？我們作個約定，等王蛇的騷動解決，到時候妳來找我拿請款單，我請妳吃大餐，貓頭鷹一定也要一起來！」

「我很榮幸可以赴約。」貓頭鷹欣然微笑，「不知道松雀有沒有掌握什麼消息？」

「坦白說，我完全不想問松雀，他一定會趁機講一堆尖酸刻薄的難聽話。共事這麼久，我還是打從心底討厭他。你們一定看出來了，今天只找兩位開會，想瞞也瞞不住吧。」

圓虹連連點頭：「松雀太苛刻了。一板一眼又完美主義，讓周遭的人壓力很大。前陣子一直規勸我要減肥，說是不懂控制身材的人，也不會懂得管理組織。可是……目前永生樹在商界的評價還是很好啊，我沒有辜負管理者這個位子吧？」

「圓虹，你一直做得很好。」貓頭鷹溫聲鼓勵，「商界的委託人都需要由你應對，可以說非常信賴你。這不是客套話。」

「圓虹你夠細心，很會作公關。換作是我遇到那些精打細算的商人，一定天天都要吃頭痛藥。」石龍子跟著說。

「兩位太善良了！真想招待妳們去我最喜歡的海景餐廳大吃一頓，再喝點冰涼的調酒看海。很療癒，真的超棒的。」圓虹笑呵呵地說，十足懂得享受。

「等這些事情結束，你一定要招待我去渡假。不管是王蛇也好，還是這個奇怪的病毒，更不要提松雀了，都是一堆煩死人的爛事。」

石龍子真想抽電子菸讓尼古丁舒緩神經。可惜認為這對貓頭鷹與圓虹不太尊重，只好先忍著。

「也許無法那麼快結束。不只是永生樹內部的異狀，很多事情都超出想像。病毒擴散的速度正在增加，不尋常的暴力事件以不尋常的頻率發生。很抱歉，我剛才其實有所保留。」貓頭鷹坦承：「我認為必須先中止對王蛇的自由獵殺命令，不能繼續對他出手。」

石龍子與圓缸相當困惑，等待貓頭鷹的解釋。

「王蛇找來的幫手不是一般人類，即使是訓練有素的傭兵也難以招架。圓缸提到對方可以預測小丑魚行動，那就是這類人的特質。不該再貿然折損人手了，至少先弄清楚近期傭兵失聯的原因。我認為那不單單是王蛇所為。」

「消滅首批感染者的委託怎麼辦？要是無法獵殺王蛇，對永生樹的信譽會有影響。」圓缸說。

「我想這個委託無法成立了。」貓頭鷹遺憾地說：「委託人……那位陳教授消失了。從得到的線索判斷，他並不是逃跑。」

石龍子跟圓缸都仔細聽。

貓頭鷹解釋：「其實我私下與陳教授聯繫過。因為我們都曾跟斐先生共事，這讓我相當在意。陳教授很用心，整理了病毒的資料。他似乎嘗試讓政府的力量介入，阻止病毒擴散。」

石龍子與圓缸立刻聯想到陳教授可能的下場。

石龍子先說了：「恐怕是找錯人了。」

圓缸嘆息：「凶多吉少……政府是政府，不是公益團體啊。」

「如果委託人死亡，委託就不算數了。世界的走向正朝著劇烈變化的那一端偏斜。斐先生的病毒只是起頭，有太多在暗處虎視眈眈的野心分子在等待這種變化，要傾巢而出。」貓頭鷹彷彿古老的預言家，洞悉未來的發展。

「明明很討厭松雀，這時候卻想起他說的話——永生樹是絕對的中立，無論是維護社會秩序或扮演英雄拯救世界都與我們無關。你們是怎麼想的？永生樹只能袖手旁觀？」石龍子問。

貓頭鷹說：「這就比如圓魟說的，永生樹跟政府一樣，都不是公益團體呀。僱傭兵之所以是僱傭兵，是因為這類人被私欲驅使。即使我相信報酬夠甜美，他們會接下任何委託，可惜那種程度的鉅額報酬不是身為管理者的我們拿得出來的。」

「我懂貓頭鷹的憂心，石龍子的疑問也很有探討的空間。只是啊，說不定還不到討論這些的時候。雖然我們是管理者，永生樹又提供大量的僱傭兵，可是與世界相比，影響力太有限了。就好像一粒沙之於一片大海，啊，我不是瞧不起永生樹！」

「你不用那麼小心翼翼。你又不像松雀那樣惹人厭，大家都知道你不會有惡意。」石龍子說。

圓魟拍拍胸脯。「那我就放心了。貓頭鷹的深思熟慮還有石龍子的好奇心真的都很棒喔。但是我們現在處在這個位子——我是指永生樹的管理者這職位——就該依循永生樹的規矩。我其實慶幸可以少點煩惱，照規矩做就好。絕對的中立。」

貓頭鷹提議：「那麼暫時取消王蛇的自由獵殺命令好嗎？現階段不要再造成無謂的內耗了，王蛇身邊的幫手可能比他更棘手。」

石龍子提醒：「不好意思貓頭鷹，妳提到內耗，這表示王蛇還不算被永生樹除名囉？」

貓頭鷹玳瑁圓框眼鏡下的雙眼瞪大起來。「哎呀，這個是不是還沒討論過？」

「是的，還有自由獵殺命令的期限，以及假如王蛇痊癒的話是否能解除被通緝的身分？」石龍子又是心虛，「其實這些都是王蛇問我的。當時開會只顧著弄死他，有些細節忽略了……。」

「我們好像有些過分了。」貓頭鷹的笑裡有歉意。

「這都因為是『那個王蛇』啊。」圓缸抹掉鼻頭汗粒，「這些需要與松雀討論，由管理者們共同下決策才行。雖然各有特色又負責不同領域的委託人，但永生樹是一體的。」

石龍子哀嘆：「拜託，先放過我，近期真的不想再跟他有任何接觸了。」

「我來跟松雀談談吧，需要知道他的看法才行。」貓頭鷹說。

「那真是太好了。感謝妳，貓頭鷹。」石龍子衷心鬆一口氣。

視訊會議結束。

石龍子闔上筆電，從抽屜拿電子菸出來抽。視線穿透從嘴中吐出的大團煙霧，望著昏黑的天花板發呆。思緒與疑問像泡泡般浮起，帶起很多往事。

當初為什麼會讓王蛇進入永生樹呢？

明明是那麼顯而易見的事啊。用我行我素還不足以形容，字典內沒有足以代表王蛇的成語。

為什麼呢？石龍子自問。

那個王蛇啊。

——她其實早就知道他是個大麻煩了。

那個表面上總是裝得嘻皮笑臉，喜歡把真正重要的事情藏在心裡的混蛋。

沒受邀參加會議的松雀，獨自待在私密居所。

這是現代風十足的客廳，整體色調以黑灰為主，符合松雀沉穩的性格。家具的線條俐落且一體成形，充滿設計感。屋裡偏暗，只開著吧檯的嵌燈。

松雀佇立窗邊，眺望遠方夜景。無數燈火閃爍，行進的車燈化成流動的光河，被光害汙染的夜空因此見不到星光，只有汙濁發紫的雲。

俯瞰河面大橋的松雀，有審視眾生的孤高感。在他的眼裡，這座久違未見的城已經喪失新的滋味，只剩不變的庸俗景象。

身在居所的松雀一身黑襯衫與西裝褲的正裝打扮，他稍早前還在招待所與委託人會面。

這次的委託人並非生面孔，過去曾聘請僱傭兵擔任隨身助理兼保鏢。松雀與委託人談了很多，他必須承認，是愉快但複雜的一次談話。

「真是野心勃勃的惡棍。」松雀如此評價。

松雀離開窗邊，從酒櫃挑了瓶琴酒，為自己添上一杯。他啜了一口，這瓶琴酒的層次感相當豐富，以玫瑰花香作為起頭，收尾有柑橘與杜松子的香氣。

松雀很快喝完杯中琴酒，又再添了些。酒精舒緩緊繃的神經，讓嚴肅的面容稍稍和緩，但無論何時都緊鎖的眉頭已經成了固定表情。

又是一杯飲盡。

當松雀再次低頭倒酒，屋中突然有聲響。是很輕的腳步聲，有人從陰影中現身。

松雀毫不在意，繼續添滿一杯。

等松雀放下酒瓶，抬起頭時，出現在眼前的是戴著棒球帽的女人。

——愚獴。

愚獴還是那副木然表情，提著防水的黑色行李袋。

松雀任憑愚獴走近，看她把行李袋放到桌上。愚獴緩慢打開行李袋拉鍊，內容物就此揭曉。

全部都是人頭。

松雀淡然地審視。除了四名小丑魚的頭顱，另外有顆頭顱死不瞑目，眼睛大大怒張。

「連這個酒保都牽扯進來了？」松雀舉杯對以諾的頭顱致意，飲下一大口。

「對不起……我犯錯了？」與在他人面前顯現的殘暴不同，現在愚獴明顯膽怯。

「沒事。」松雀放下酒杯，往沙發走。

愚獴立刻跟上。隨著松雀坐下，她跪在他的面前。

那個輕易殘殺僱傭兵的愚獴，現在無比溫順，抬頭仰望松雀。

松雀摘去愚獴的棒球帽，露出完整的蒼白臉龐。畏光的她瞇細眼睛，隨後乖巧趴在他腿上。松雀的手指陷入她的髮叢，來回撫摸。愚獴安心地閉上眼。

「妳做得很好。」松雀的目光嚴厲且森冷，凝望腿間這個意外拾獲的強力武器。

愚獴一直以來，都是接受松雀的命令行事。

命喪在愚獴手下的僱傭兵不僅是小映與小丑魚。從自由獵殺命令發布後，她暗地展開連續的獵殺，幾乎能堆出一座屍山。這些死亡數全部都要嫁禍給王蛇。

愚獴雖然手段凶殘，但除了委託目標不會濫傷無辜，一直以來與其他僱傭兵之間相安無事。這不代表愚獳果真如此安分，而是遵循收到的命令。

愚獳是松雀安插在永生樹的一顆棋，不僅增加永生樹的委託達成率，讓委託人產生信賴，還能在必要時為松雀所用。

管理者多少會有親近或熟識的傭兵，松雀跟愚獳便是如此，但在檯面上無比疏遠，裝得陌生。為了就近視情況安排愚獳行動，並且隨時調動人手，松雀為此特地從韓國返回。

松雀不滿足目前的位子，而是擁有掌管永生樹的野心，不惜藉著愚獳的手除掉傭兵。

被松雀下令殺害的傭兵，除了被他認定充滿劣跡有損永生樹名聲的，另外還有一部分符合特定要素——與第二代關係要好，或是當初經由第二代審核進入永生樹的傭兵，甚至不只限於傭兵。

松雀要剷除這些人，消滅第二代盤根在永生樹之中的勢力，免得妨礙他日後掌權。

這些都是必須被製造的死亡。

「記住，肅清還沒結束。妳要宰殺名單上所有人。」松雀命令，「最後要殺死王蛇。這個卑劣的人渣會拉低永生樹的素質，除了當替死鬼，沒有多餘的價值。」

松雀揪住愚獳的頭髮。被牽動的愚獳乖順挪動身體，臉頰緊貼在松雀結實的胸膛，指尖小心地扣住他的背脊。

愚獳的體溫很低，肌膚發涼。松雀看似平靜，但被野心之火灼焚的身軀發燙。

松雀的目光越過愚獳的頭頂，看往落地窗外的汙濁夜空。

「曾經有一名富商為了保障自己與家人的安全，所以招聘專業保鏢。」管理者緩緩開口，說起遙遠的故事。

愚獴安靜聆聽。

「後來富商發現，各方權貴富豪都需要這種服務，要百分之百足以信賴的管道，讓他們放心交付身家安全。退伍的特戰隊員跟軍警也有尋找雇主的需求。富商知道有操作的空間，決定為雙方媒合。隨著規模發展，只找來保鏢已經不夠滿足各方需求。

「這個組織不斷成長，像樹生出枝枒，開始觸及各種層面，納入擁有特殊技能的能人異士……永生樹這個名字，本來是為了保障權貴富豪安全不死，是為了保障家人。」

松雀停頓，按在愚獴髮叢的手掌突然抓緊，驚得愚獴睜眼，以為自己犯了錯。松雀的臉孔咬牙繃緊，很久才從齒縫吐出裝飾後不帶感情的話語。

「那名富豪最初想保障的，只有法定名義上的家人。」松雀接著說得更慢，像要每一個字都強調清楚：「只有法定名義的，不包含流落在外的女人與私生子。」

愚獴被迫接收松雀的情緒，無從躲藏，難以克制地顫慄。她在松雀懷裡發抖，環抱松雀的雙臂還試圖抱得更緊。她恐懼，卻更心疼面前的主人。

「無能的第二代沒資格帶領永生樹，那樣愚鈍甚至不配當人。」

松雀放開手，不再揪住愚獴的頭髮，又變回輕撫。

愚獴再次閉眼。

她的耳邊傳來松雀滿是野心的低語。

「妳要成為見證人，看我掌管永生樹。」

二十　怯鷗之三

好幾天過去了，王蛇就這麼待在怯鷗的居所休養，期間少不了有僱傭兵找上門，幾次都被下樓拿食物外送的峨嵋隨手解決。

「怎麼又來了？」王蛇看峨嵋不只拎著速食店紙袋回來，肩上還扛了一個昏死的男人。

峨嵋把紙袋放上桌，隨手把男人摔在地上。

「我先處理掉，不然會害我不能專心吃漢堡。」王蛇蹲下來打量，對這名男人沒有印象。

反正這對王蛇不重要。他跟峨嵋養成了默契，峨嵋負責假裝無辜路人，把找上門的僱傭兵敲暈，然後交給王蛇收尾。方式選擇不見血的，避免清理麻煩。

王蛇用力按住男人的頸部阻斷血流。被峨嵋敲暈後，從來沒有正常人類能在短時間內醒來，這讓王蛇有足夠的餘裕使之窒息。

「讓我殺了再扛回來不是更省事？」峨嵋拿出紙袋裡的無糖紅茶喝。

「養傷很無聊，想找點事情做。」王蛇加重力道，男人的臉頰越來越蒼白，嘴唇甚至發紫，最後沒了呼吸。

「殺完收工，吃飯吃飯。」王蛇拍拍手為自己掌聲鼓勵，湊到桌邊拿了辣薯球跟脆洋蔥牛肉堡。因為只有一張椅子，而且正給峨嵋坐著，所以王蛇盤坐在地板，大口咀嚼漢堡。

「你復原得真快。」

「總是要有些天賦異稟才吃得下這行飯，這只是我眾多天賦的其中之一，厲害吧？有沒有開始佩服我了？」王蛇炫耀地眨眨眼。

峨嵋懶得理他，自顧自咬著吸管。

這幾日下來，王蛇背後的傷已經癒合結痂，腿也好了大半，可以進行簡單的跑跳。肋骨偶爾會有疼痛，但要比先前好得太多。

也因為以養傷為主，這幾天王蛇睡飽就吃、吃飽就睡，多虧有峨嵋作伴兼當保鏢，還負責張羅三餐，讓王蛇可以過著廢人般的愉快生活。

王蛇把辣薯球沾滿蕃茄醬，手賤地往空中一拋，再用嘴巴接下，一口吞掉。

「再過三天左右，我的身體應該能恢復到先前狀態的七成。」王蛇舔掉嘴邊的蕃茄醬。

「七成？還要多久才能擺脫你？」

儘管峨嵋承認了在王蛇身邊會感到安定，產生掠顱者特有的「固錨」，但是與王蛇說話時仍免不了挖苦，畢竟是兩人之間既定的相處模式。

「幹麼這樣說，好像我是很沒必要的累贅。妳只喝茶夠嗎？減肥也不是這樣吧。」

「我不餓。看到你就反胃，吃不下。」

「不然我把臉遮起來。」王蛇搆來空紙袋擋在臉上。「這樣開心了沒有？我的大小姐。」

峨嵋懶得接話，用手機看今日新聞。這是近期習慣，她很在意病毒的擴散程度與帶來的影響。新聞越看，峨嵋越是嚴肅。王蛇沒漏掉她的表情變化，湊到一旁跟著觀看。

——**老人安養中心深夜火警，疑遭人蓄意縱火。**

橘色大火與黑煙構成了新聞畫面的絕大基底，不時有水柱朝大火噴灑，激起更多濃煙。背景音是消防車與救護車的警鈴，伴以喧雜人聲。

在火警報導之後，接續是好幾起暴力衝突事件，皆是老人遭到攻擊，還有送醫傷重死亡的消息。

新聞更指出這陣子全國的治安陷入混亂，一天至少有十起以上的刑事案件發生。

「那個姓斐的這幾天一定很開心，這就是他想看的吧。」王蛇說。

在連續的凶殺新聞之後，是民間團體聯合召開的記者會，還有官員與各大政黨的參選人陪同出席。其中為首的是「重陽基金會」，就是王蛇之前在路邊遇到發傳單關懷老人的團體。

這些團體激動控訴近期頻傳的老人命案，認為背後象徵的是這個社會對老人的仇視與不寬容。

幾名團體代表陸續說話——

「大家有沒有想過，每個人都會老，如果不能有一個讓老人可以安心生活的社會，大家可以放心變老嗎？」

「我從小是爺爺奶奶帶大的，現在我都不敢讓他們出門，好怕會有個萬一。前幾天我朋友的外公跟人發生行車糾紛，就被人拿球棒活活打死……朋友說對方拿球棒朝他外公的頭猛打、一直打，根本是在行刑！」

「現在的年輕人都沒大沒小，以前的年代多純樸，人人都懂長幼有序，知道禮教的重要性。現在的人只知道上網滑抖音，都不知道敬老尊賢！」

「我們要舉辦遊行，向社會大眾表達訴求，這邊感謝各位議員、立委的支持與協助。也希望電視前的觀眾共襄盛舉，不分你我站出來，一定要共同創造對老人友善的社會！」

「喔，很激動喔這些人。」王蛇說，「哪有對老人不友善？那天搭捷運只有我出面砍死逼人讓座的阿伯，其他乘客都在看女高中生被罵啊。現在對老人都太寬容了啦。」

峨嵋關掉手機。新聞傳播的資訊過於繁雜，會對敏感的掠顱者帶來大量的負面刺激。

「你有想過如果弄不出解藥該怎麼辦嗎？」峨嵋問。

「妳是擔心惡魔老爺子吧？我會建議他帶幾個信得過的心腹先避難，不要跟其他老人一樣傻傻被殺。以老爺子的財力夠好幾輩子不愁吃穿了，等到有人弄出解藥再考慮要不要露面。」

「像是以諾？」

「雖然那個油頭酒保嘮叨又龜毛，不過是可以用的人。好歹在幫惡魔老爺子管理酒吧。」

「他很正經盡責，跟你不一樣。」

「那麼正經多無聊，活著夠辛苦了，要開心點啊是不是？像我這樣悠哉養傷，餓了就叫外送，累了就睡。不用像以諾整天擺一張臭臉，不知道是想裝酷咧，還是天生就這麼機掰。」

「你過得未免太開心。」

「普普通通啦。怯鷗也消失太久了吧，該不會已經逃跑了？唉的確是啦，換作是我也不想蹚這種渾水，更沒有想拯救世界的心情。要不是感染這鬼東西，我一定也是蹺腳看戲。」

王蛇吞掉最後一口漢堡，抓來紙巾抹手。

峨嵋忽然壓低聲音警告：「有人來了。」

「我是不介意飯後運動啦。」王蛇反手抽出格鬥刀。

門口傳來鑰匙開門聲，僱傭兵與掠顱者雙雙進入戒備狀態。

「等等。」

峨嵋喝止的同時，門也打開了，露出怯鷗的臉。

這個神經質的僱傭兵戴著透明的防護面罩，遮擋了整張臉，面罩底下還戴口罩。雖然是大熱天，但他穿著長袖外套與長褲，把全身包得緊緊的，一副要進出染疫重災區的打扮。

開門的怯鷗看見拿刀的王蛇，嚇了一大跳，慌張詢問：「怎、怎麼了？你們在幹麼！」

「沒事，以為又是想摘我人頭的僱傭兵。你這種打扮也太誇張了，就這麼怕被我傳染？」

「廢話……我又不像你沒有親人，絕對不能感染病毒。」怯鷗關上門，透明面罩底下的臉孔滲出汗水，「冷氣調低一點，我快中暑了……。」

「先別管中暑了，弄到斐先生的情報了嗎？」王蛇把格鬥刀藏回口袋。

「沒有。」怯鷗貼近牆邊，盡量遠離王蛇。雖然作了全身的防護，他仍然有所忌憚。偏偏這個惡劣的僱傭兵湊上來，要把怯鷗推出門外。

「沒有情報那你回來幹麼？再去找。」

怯鷗推開王蛇，然後不斷甩手，彷彿碰了什麼髒東西。「滾，不要靠那麼近！你到底有沒有自覺自己是感染者？我話還沒說完，雖然沒有斐先生的消息，但是我知道器官生意的仲介人是誰，找到她就可以循線找出斐先生。」

「幹得好啊怯鷗同學！」王蛇故裝親暱拍拍怯鷗肩膀：「我們什麼時候出發？」

「什麼時候出發？」怯鷗咳了一聲，遲疑地回答：「過、過幾天吧。」

「過幾天？現在就走不好嗎？原來怯鷗同學是喜歡經營前戲的類型？」嘴賤的王蛇胡亂猜測。

「不、才不是，我只是覺得需要準備。」怯鷗視線飄開，人也往旁邊站，再度與王蛇保持距離。

「準備？我準備好了，隨時可以走。喔，我忘記了，先等我這杯汽水喝完。」王蛇拿起桌上的激浪汽水灌了幾口，「怎麼這麼冰，忘記要去冰了。」

「不是，才不是這種倉促的準備。」怯鷗仍在推託。

峨嵋難得與王蛇意見一致：「越早解決越好。何況不見得可以順利找到人，早點出發是好事。」

峨嵋一開口，怯鷗就為難了。

「你是不是在隱瞞什麼？」敏銳如掠顱者，峨嵋聽出怯鷗心跳的不自然。

怯鷗差點叫出聲。他試著鎮定，卻掩飾不住慌張的語氣：「沒有，我什麼都沒有隱瞞！我只是在想……。」

「在想什麼？」峨嵋追問，那雙綠瞳看得怯鷗撇頭迴避，甚至想乾脆轉過身背對掠顱者。

王蛇說：「看來我們的怯鷗同學有祕密了。是不想幫我咧，還是另外在偷偷計畫什麼？」

怯鷗的臉一陣紅一陣白，沉默幾秒後豁出去了，直接大喊：「對，你說對了，我根本不想幫你。我是因為峨嵋才蹚這種渾水！接近你根本沒好事，爛死了！」

「哇啊啊，怯鷗同學終於說出真心話了。但是我一點都不傷心。」王蛇奸詐地笑著說：「大家都是成熟的大人了，排除私人情緒完成任務，才是敬業的傭傭兵。說好要給你的錢絕對不會少，前提是先見到人。」

峨嵋說：「現在你掌握線索，如果不願意提供，只好用我的方法逼你合作。」

沒吃到糖，卻要領受鞭子嗎？這似乎也不錯……怯鷗心想，隨即看見峨嵋的眼神狐疑中帶著幾分嫌惡，瞬間整個人如遭重擊。

多麼鄙夷的眼神，不要這樣看我……怯鷗別過頭，羞恥地想跪下懺悔。

「聽我說，雖然知道器官交易的仲介人是誰，但還不保證一定能找到人。再給我幾天，等我百分之百掌握情報，就上門叫她把斐先生叫出來。」怯鷗說明，「這、這樣能接受嗎？」

王蛇跟峨嵋互看一眼，峨嵋說：「期限呢？再拖下去恐怕我們都會被王蛇傳染。」

「週末！最晚這個週末一定解決！」

「成交。」王蛇點頭，「那麼這邊有件小事情想順便麻煩怯鷗同學幫個忙。我有個包裏需要你去領，不然我這樣兩手空空的很不方便。」

「什麼包裏？不會有問題吧？」

「不是什麼大不了的東西，簡單來說算是裝備補充包吧，一些手槍啊刀啊跟小型炸藥之類的。順便再幫忙領個網拍，我訂了新的工作背心，口袋更多喔。」

「你還真會使喚人。這也要算在報酬裡，記得再多點錢。」怯鷗馬上加價。

「那有什麼問題。怯鷗同學越來越懂得當僱傭兵的真諦了喔。沒錯，就是報酬啊，都是為了報酬。」王蛇拍了怯鷗肩膀，表示讚賞。

「滾開。」怯鷗立刻拍掉王蛇的手，「別把我說得跟你一樣貪婪……。」

二十一　頂樓

這是適合洗衣服的美好週末。

在某棟公寓大樓的頂樓，躲避豔陽的遮雨棚下飄出洗衣精的香味。一個女人打開洗衣機，從中取出洗好的衣服，一件一件套進衣架，掛起來晾乾。

女人留著清爽俐落的黑色中分短髮，穿著白T-shirt跟淺灰色寬鬆直筒褲，十足居家休閒的打扮。樓下有車聲與人的交談，但攀不上樓，讓頂樓更顯清靜，好像隱藏於水泥叢林的避世之地。這是女人特地挑選的新居所。

在盛暑肆虐的中午，有難得的微風，盆栽裡的植物隨之搖曳，綠葉與花瓣在陽光下更加鮮豔。女人晾完衣服，在陰涼的遮雨棚裡觀賞盆栽。她的表情柔和，照顧這些盆栽就像在照顧孩子。曾經她慣有的表情總是冷酷，寫明了生人勿近，現在卻不再是那樣的人。

女人有個代號，叫Miss S。

這個代號在器官交易市場廣為人知，代表無情與精準。

現在的Miss S不再經手血淋淋的器官，不再碰從欠債人身上取下的腎或眼角膜，而是培養盆栽。

這些花花草草是阿倪提議要種的——那個曾經是Miss S的鄰居、現在被她收留的女孩。

搬來這裡之後，阿倪總是嚷著太冷清，纏著要Miss S種些東西。最後妥協的Miss S帶阿倪跑了一趟假日花市，抱回好幾個盆栽。

阿倪挑中的石竹現在開了花，是乾淨的白色花瓣，靠近花蕊處呈現鮮豔的紫紅色。Miss S欣賞了好一會兒，這樣寧靜的時刻與凝視鬥魚牆不同。

鬥魚牆對於Miss S而言，是彌補原生家庭的缺憾與怨憤，盆栽卻是另一種象徵，是與阿倪展開的新生活。這是Miss S過去沒能體驗的、所謂的家的感覺。

Miss S珍惜這些盆栽，更珍惜阿倪這個鬼靈精怪又愛逞強的白目女孩。

在前些日子，Miss S不幸捲入掠顱者的爭鬥，在那場血戰之中，她率領的成員被屠戮殆盡，失去信賴的夥伴與友人，她也差點成為其中的屍體。

撿回一條命的Miss S不再碰器官交易，遠離黑暗的地下社會。因為生命寶貴，阿倪亦無比重要。為了揮別過去，Miss S挑了新地方展開新生活，儘管在郊區已置產，但為了方便，還是就近選擇在市區落腳。現在養魚種花，沒事就與阿倪鬥嘴，享受類似退休的平淡日子。

可惜最近太不平靜，Miss S一度以為這座小島的人都瘋了，就連不常關心時事的她也注意到這陣子的不尋常。

Miss S知道檯面下的生態本來就是暗潮洶湧，是各路欲望混雜的修羅場，現在連檯面上的生物也發了瘋，連日的暴力殺人事件絕對有問題。

瘋的是這座小島，還是世界早已震盪？

Miss S備有武器，但沒把握能夠在所有情況下保護自己與阿倪。她曾經持槍與掠顱者對峙，在那樣一對一的局面之中，槍枝完全無效，因為掠顱者是能夠預判開槍時機與子彈軌跡的人造人。

這段往事讓Miss S不安，還有太多超乎常理的怪物了，若是隨著世界陷入混亂時傾巢而出……

Miss S嘆氣，希望現在的寧靜生活能夠盡可能延續。

她確認時間，阿倪也差不多要回來了。這個處在發育期的死小孩胃口很好，一起床就提議要吃速食店的垃圾食物。大熱天的，Miss S不想出門，便塞了鈔票讓阿倪去買。

可惜Miss S最後也無法閒著，瞥見洗衣籃堆了一個禮拜的髒衣服，還是得認命穿越晒人的陽光，來到屋外用洗衣機將這些衣服洗乾淨。

Miss S又望了一眼盆栽，恰好聽見有人上樓。她以為是阿倪，隨即發現腳步聲不對。從樓梯間探頭出來的陌生男人，驗證Miss S的聽覺無誤。

露面的男人戴著漁夫帽，身穿的工作背心有許多鼓起的口袋，顯然裝了不少東西。

「嗨，Miss S對吧？」男人踏出樓梯間，後頭有個少女接著現身。

Miss S發現少女的瞳孔是奇特的綠色，可是生了副東方人的臉孔。綠眼少女的氣質也讓Miss S在意，有一股似曾相識的不祥氛圍。

少女知道Miss S在打量她，那對綠色眸子不客氣地瞪來。

Miss S冷靜詢問：「兩位有什麼事？」

「進屋聊吧，外面好熱。妳家冷氣夠涼吧？」漁夫帽男人的手不經意撫過工作背心的大口袋，「該不會不歡迎吧？我們大老遠過來的啊，給點面子不過分吧？」

Miss S看得仔細，口袋的內藏物是槍，更加證明來者不善。Miss S立即計畫要想辦法警告阿倪，叫她暫時別回來。

偏偏在這個時候，拎著麥當勞紙袋的阿倪接著出現，還一臉好奇地問：「樓下的門怎麼沒關啊？有客人？」

——這個死小孩！

「快逃！」Miss S衝著阿倪喊。

阿倪不傻，馬上意會過來，轉身就要逃下樓。綠眼少女動作更快，不僅截斷阿倪的去路，還將她的雙手反扣，眨眼間將之制伏，裝著速食的麥當勞紙袋跟著掉在地上。

「好痛！」阿倪扭頭瞪著綠眼少女：「妳這個綠眼睛妖怪在幹什麼！」

綠眼少女冷冷的沒有表情，懶得看阿倪。這讓阿倪更加氣憤，不斷掙扎，試圖脫出掌握。綠眼少女雙手施力，扣緊阿倪的腕關節，讓她再發出痛呼。

「不管你們要什麼，只要傷到那個孩子，你們什麼都別想得到。」Miss S厲聲警告，瞬間恢復成過往那個冷酷的、眼中只有交易與算計的Miss S。

Miss S眼神短暫與阿倪交會，無聲地安撫，要阿倪別害怕。

「這個小鬼如果乖乖的不要亂來，當然懶得對她怎麼樣。現在願意請我們進去坐坐了嗎？」漁夫帽男人笑嘻嘻地說，蹲下來檢查從阿倪手上掉落的速食紙袋。「喔！有可樂啊，好險沒打翻。謝啦，我剛好口渴。」

「喂！那是我的！」阿倪氣得喊出聲。

「客人大熱天的來拜訪，請喝飲料是該有的待客之道吧。」

「想喝自己去買！」阿倪看起來很想伸腳踹漁夫帽男人，可惜距離太遠。

Miss S看得出來，這個漁夫帽男人不簡單。那副嘻皮笑臉不是故意裝出來的從容，是有絕對的自信才能如此輕鬆。

不如先弄清楚這傢伙的來意吧，Miss S心想，要談判也得有更多資訊才行。

「我知道了，進來吧。」

王蛇順利得逞，帶著峨嵋進了Miss S的家，還搶走阿倪的可樂跟薯條。作為人質的阿倪則被峨嵋牢牢抓住，像纏黏在蛛網的小蟲子。

一進屋，王蛇就被壯觀的鬥魚牆吸引住目光。「我的天，這是什麼裝置藝術嗎？不得了，這些都是鬥魚？品種真多，尾巴很飽滿喔，怎麼養的？」

「正確的稱呼是尾鰭。」Miss S糾正。

王蛇站在鬥魚牆前來回張望，不時把臉湊近魚缸，想把這些鬥魚好好看個仔細。鬥魚一見他接近，馬上迴避游開，讓王蛇嘖嘖碎念：「真不給面子啊。本來想餵你們吃薯條，吃飼料會膩吧。」

「說吧，找我到底什麼事？」Miss S視線很快瞄過阿倪。這個女孩噘著嘴，對於被峨嵋制伏這件事非常不開心，還不時瞪向王蛇。Miss S只希望阿倪繼續安分，不要讓情況變複雜。

「正確來說不是要找妳。我要找的是斐先生，就是妳老闆。」王蛇吸了幾口可樂，「喔天啊，怎麼又是沒去冰的？麥當勞的可樂一定要去冰啊，不然都是喝冰塊！」

「找他做什麼？」Miss S不太高興，王蛇這樣輕浮的態度讓她極度不順眼。

「妳家老闆弄了莫名其妙的病毒出來。我要找他拿解藥，或是疫苗之類的。隨便管它叫什麼，反正是可以治癒病毒的東西。」王蛇放下可樂，改拿薯條，讓阿倪氣得一直瞪他。

「病毒？什麼病毒？」

「聽妳這樣問是不知情？煩死了，我這陣子一直在跟人解釋，這種病毒會讓人強制攻擊老人，沒弄死不罷手。以我自己的經驗來說，發作起來無法抵抗，腦袋會空白，只剩殺死老人的衝動。有點像碰到蟑螂就想踩死。」

「蟑螂踩死很髒耶，寄生蟲會跑出來。」阿倪插嘴。

「可是噴殺蟲劑蟑螂會亂跑啊，鑽到床底更噁心。啊算了，對妳這種可樂忘記去冰的小屁孩沒什麼好說的。」王蛇懶得爭辯，繼續對Miss S說明：「我要找妳老闆好好談談，希望他有順手做出解藥之類的東西。」

「誰委託你做這件事的？價碼多少？」Miss S問。

「哇，我看妳的表情好像是誤會大了。我不是想拯救世界的英雄，這又不是好萊塢電影。我只是很不幸的呢，感染了這個鬼東西。這真的很麻煩，出門都要很小心，還要塞耳機放音樂，避免聽到老人家碎念害病毒發作。不只是聽覺，視覺也會影響，絕對不可以看到老人。說了這麼多，要帶我去找妳家老闆了嗎，還是要繼續在這看鬥魚？」

「你先放她走，我帶你去。」Miss S說。

王蛇搖搖手指，手上的薯條晃啊晃。「不不不，我嗅得出來，妳是很理智的人，從我出現開始，妳一定就做出權衡計算，冷靜思考每一步。我對器官交易市場不熟，但妳絕對是個狠角色。」

「說重點。」

「我要表達的重點是，這個小屁孩可能是唯一能要脅妳的籌碼。我說中了對吧？妳可以連自己的命都不要，但一定要保住她。」王蛇手探進工作背心的口袋，取出手槍。

王蛇手臂一抬，槍口對準阿倪。

阿倪明顯慌了，試圖要避開槍口，但峨嵋抓得夠牢，讓阿倪變成無法動彈的肉靶子。

王蛇說：「我這個人很單純，沒有任何限制，不管男的女的老的小的，只要會呼吸的都殺。」

「你動她就別想見到斐先生！」Miss S厲聲警告。

「只要帶我去找那個姓斐的，我保證子彈會乖乖留在彈匣裡，妳不會聽到這個小屁孩的慘叫。不是我自誇，我瞄頭很準，懷疑的話現在證明給妳看。」

「我不知道斐先生在哪裡。」Miss S拿出手機。

王蛇喝止：「小姐妳別亂來啊，我知道妳不會報警，但是找救兵只會讓狀況更糟喔。妳說不知道斐先生在哪是開玩笑嗎？」

「我要聯絡斐先生，確認他在哪個據點。」Miss S沒等王蛇同意便逕自撥號，隨後冷眼一瞥：「阿倪還在你手上，你怕什麼？」

王蛇咧嘴一笑：「早說嘛，搞得這麼緊張幹麼呢？」

「漁夫帽變態！你真的很不要臉，哪有這樣威脅女生的？」阿倪雖然被制住，但嘴巴還很自由。

「就是有啊。我這個就叫性別平等，懂嗎？不管男的女的我都威脅，一視同仁很公平吧！」

峨嵋忽然說：「你少說兩句，我們都知道你不是啞巴。」

「這個漁夫帽變態真的好吵，妳怎麼能忍受他？」阿倪吃力扭頭，對著峨嵋說話。「他還會搶小孩的可樂跟薯條耶，好不要臉。」

峨嵋坦承：「我常考慮要不要毒啞他。」

「我可以幫妳！好希望這個漁夫帽變態可以永遠安靜喔。」

「等一下，峨嵋妳怎麼突然跟人家同一陣線了？還有那個話很多的小屁孩，妳才吵吧？我槍還對著妳喔。」

「我又沒有要逃，現在連說話也不可以嗎？你肚量怎麼這麼小？像你這種男生太糟糕了，長得不帥，身材也普通。峨嵋姐姐，妳那麼漂亮，還是離這種人遠一點比較好，他跟妳不配。」

「我也想遠離他。」峨嵋那對綠色眸子看了看王蛇，說不上是冷淡或嫌惡，但絕非友善的眼神。

王蛇差一點要拿峨嵋在他身邊時會產生「固錨」來說嘴，但話咽在喉嚨默默又吞了回去，裝委屈地嘆氣：「太傷人啦，即使是我也會受傷的。」

「聊完了嗎？」Miss S放下手機，剛才王蛇等人鬥嘴時，她已經聯絡完畢。「在出發前必須先講清楚，見到斐先生，立刻放了阿倪。」

「沒問題。我才不想留這個屁孩在身邊。」王蛇欣然同意，不忘看著阿倪竊笑。

阿倪衝著王蛇吼：「你這個漁夫帽變態在講什麼？以為我稀罕啊！」

王蛇回嗆：「屁孩閉嘴，不懂欣賞我這種成熟男人的魅力是妳的損失知不知道？」

「哪裡成熟？你感覺比我還幼稚，我才十三歲喔！」

Miss S翻了白眼，怎麼會演變成這種局面？明明是被挾持要脅的場面，結果變得好像兒戲。

「好了快走吧，」Miss S打斷正在激烈鬥嘴的阿倪與王蛇，不耐煩地表示：「我現在只想盡快擺脫你。越快越好。」

二十二　斐先生

王蛇跟峨嵋上樓「拜訪」的時候，負責駕駛的怯鷗待在租來的廂型車裡等候。現在的怯鷗一樣是戴上防護面罩、穿上外套又戴了手套的全副防護打扮。他實在太擔心被王蛇傳染。

怯鷗每隔幾秒就看向儀表板的顯示時間，每看一眼就吞一次口水，不斷發出咕嘟、咕嘟的吞嚥聲，還不時看向車外，留意樓梯口的動靜，就是不知道王蛇處理得如何？

怯鷗除了來來回看儀表板與樓梯口，還會固定拿出手機，看起來像害怕漏了什麼通知。

怯鷗發現這個惡劣的僱傭兵不只順利帶Miss S下樓，還多出一個陌生的小女孩。

「怎麼回事？這個人是誰？」怯鷗降下車窗問。

「把這個小屁孩當成是套餐優惠多送的甜點就好。」王蛇打開副駕駛座的車門，對Miss S示意：「妳坐前面。」

Miss S明白王蛇的意圖，果然接著看到王蛇跟峨嵋坐進後排，將阿倪夾在中間，避免她逃跑。現在峨嵋跟阿倪意外成為「討厭王蛇陣線」的一員，所以峨嵋不再抓著阿倪，但王蛇手中仍然有槍，隨時可以對著阿倪的腦袋來上一發。

「你能不能離阿倪遠一點？我不希望你把病毒傳染給她。」Miss S回頭問。

「不能。我不會隨便開槍，不代表會輕易讓她跑掉。如果她被我傳染更好。不只是這個小屁孩，妳也滿有機會被傳染的。到時候就目標一致了，就算我不威脅妳，妳也會找出斐先生。」

「真是惡劣的混蛋。」Miss S用相當平淡的語氣咒罵。

「怎麼大家都對我這麼不友善啊？」王蛇明知故問。

負責開車的怯鷗不時透過後照鏡偷瞄，看看峨嵋又看看王蛇。

「前面左轉。」Miss S提醒。

不斷分心偷看的怯鷗這才驚覺，趕緊在過頭前轉彎。

接下來的路途都在沉默中行進。王蛇戴起耳機，聽這幾天東拼西湊弄出的新歌單，視線始終停留在阿倪身上，避免瞥見車外有老人，直接跳車大開殺戒。

怯鷗依照Miss S的指示，將車開到一間雜貨店前。這是一棟安靜的公寓，一樓是雜貨店，樓上則是作民宅使用。在這樣超商密度極高的時代，雜貨店變得相當稀有，充滿復古味。門口懸吊許多古早的塑膠玩具，恐怕都是現在習慣有3C產品為伴的孩子不會感興趣的東西。

「就是這裡。」Miss S要求：「讓阿倪留在車上，我不希望斐先生見到她。」

「為什麼？斐先生是蘿莉控、喜歡小女孩？」王蛇問。

Miss S翻了白眼。「當然不是。阿倪沒必要捲入這些事情，她只是個孩子。」

「好吧，合理。怯鷗，這個屁孩就交給你顧了。」

「你叫誰屁孩！」阿倪抗議。

「能者多勞嘛。」王蛇確認車外無人，迅速下車不讓阿倪有機會逃跑。

怯鷗驚訝扭頭：「什麼？為什麼是我？我不只當司機，現在還要變成保母？」

Miss S叮嚀阿倪：「不會有事的。妳在車上待一下，等等帶妳去吃晚餐。」

「我要麥當勞，薯條跟可樂都要加大。」阿倪故意說。並非故意無理取鬧，是想開玩笑讓Miss S知道她不怕，藉此讓Miss S放心。

「可以。等我回來。」Miss S懂阿倪的用意，又看了她一眼才下車。

峨嵋也對阿倪說：「乖乖待著。不會傷害妳。」

「峨嵋姐姐妳真辛苦，要陪著那個男人到處跑。」阿倪一再領教王蛇有多煩人，不禁同情峨嵋。怯鷗本來妄想能跟峨嵋一起待在車上，見到峨嵋也離開，一張臉立刻垮了下來，只剩滿滿的不甘願。怯鷗口氣差勁地警告阿倪：「喂，屁孩，妳最好是不要想逃跑。」

「知道啦，不用你重複。你很喜歡峨嵋姐姐對不對？太明顯了喔這位叔叔。」

「什麼叔叔？我才二十四歲……。」

下車的王蛇順便伸了懶腰，幾天前背部受的傷雖然癒合，但不時感覺肌肉緊繃。他一邊拉伸闊背肌，一邊打量眼前的雜貨店。

「那個姓斐的真的在這？」王蛇問。

「斐先生是不按牌理出牌的人，待在這種地方很符合他的作風。慢著，不是那邊，從這裡上去。他在二樓。」Miss S叫住王蛇，率先走入旁邊的樓梯。

「喂，你們別拖太久，問到解藥就快回來。」怯鷗頭探出車窗喊。

「哇，怯鷗同學突然捨不得跟我們分開嗎？變得那麼黏人啊。」王蛇頭也不回，擺擺手，隨著Miss S上樓。

Miss S示意王蛇在樓梯稍等，獨自在二樓門前站定並按了對講機。這個對講機相對嶄新，明顯是額外安裝的。

「斐先生，是我。」

「啊，S妳來啦，忘記叫妳幫我在樓下的雜貨店買幾瓶青草茶。不過沒關係，真是好久不見了，來吧都進來！」

Miss S一怔，心想為什麼斐先生說的是「都進來」？

「不用這麼緊張，妳還帶了其他訪客對吧？最後面那位小姐很眼熟，是峨嵋對吧？還是妳比較喜歡被叫『拷問女王』？」

王蛇跟峨嵋都聽見對講機傳出的聲音，峨嵋表情複雜，再次遭遇有過淵源的斐先生，對她並非是愉快的發展。

「反正都被發現了，大方一點吧。」王蛇不打算躲藏。

Miss S向對講機道歉：「不好意思斐先生，沒經過您同意擅自帶人來訪。」

「沒事沒事，S啊，妳帶來的客人很棒。那位男士參加過藥物實驗吧？最近過得好嗎？有沒有感覺到哪裡不同？」

「托你的福，我有了前所未見的嶄新體驗。」王蛇尖酸地說。

「那真是太好了！聽你這樣說我就開心了。來吧，不要一直站在門外，都進來！」斐先生說完門應聲開了，在這之前沒有任何腳步聲或接近門後的人聲，是自動控制裝置。

Miss S與王蛇交換眼神，知道不能毫無戒心進去。

斐先生的聲音又從對講機傳來：「我這樣說你們大概也不會相信，但是放心吧，裡面很安全，我想跟你們好好聊聊。是我要害怕才對，別忘了你們有『拷問女王』同行啊。S啊，該說世界真小還是妳跟掠顱者太有緣分？」

Miss S心中的忌憚越加擴大，從聽到王蛇呼喚這名綠眼少女的名字開始，Miss S就暗自祈禱千萬不要是掠顱者。

「我真希望只是湊巧，實在不想再跟這種怪物打交道。」Miss S說。

「不是怪物，只是工具。」峨嵋不帶感情地說。

「好啦，不要去爭什麼怪物什麼工具的。先進去好嗎？這裡很熱啊。」王蛇擠過Miss S身邊，率先開門進入。

門後是尋常陽臺，不尋常的是空無一物，沒有盆栽或任何一雙鞋，甚至沒有任何物品。

斐先生的聲音再度傳來：「進去吧，不用脫鞋，當自己家就好。」

王蛇推動陽臺旁的不透明玻璃門，發現重量比一般的玻璃門還要更沉，稍微多使了點力才推開足以使人通行的間隙。

「隔音門？」王蛇問。

「正確答案。」又是斐先生的聲音：「臺灣人普遍不是具有公德心的生物，隔音很重要啊。」

玻璃門後的空間完全跳脫老公寓給人的想像，設置成高級會議室，一面牆上有大片投影幕。等到王蛇與Miss S、峨嵋都走入，不僅冷氣自動開啟，投影布幕還出現斐先生的影像。

斐先生側躺在L型沙發上，一手托腮，一手拿著純喫茶喝。穿著寬鬆的紅色七分袖上衣，下半身是縮口褲跟VANS懶人鞋，打扮得像時下年輕人。其中最特別也最顯眼的，莫過於臉上那副紅色鏡片的圓形眼鏡。

「原來你這麼跟得上流行啊？」王蛇拉了張扶手椅坐下，當自己家大方蹺起腳。

「是不是不符合你對老人的想像？」斐先生盤腿坐起，「決定年輕的不是年紀，是心態。我對這個世界充滿無限的憧憬跟想像，還有想被滿足的好奇心。說不定我比你還年輕啊。」

「製造出病毒也是因為你的好奇？」王蛇問。

「關於這個，不全然是。在詳細說明前先容我介紹，這個美好的病毒叫做『淨土』，聽起來很棒對吧！當它席捲全世界，處處都會成為美妙淨土！」

「殺老人跟讓世界更美好有什麼關係？」王蛇又問。

「當然有！人類的淘汰機制出了問題，非常非常非常嚴重的問題。這個世界已經變成一灘死水，缺少流動性。原因出在哪呢？都是老人太多了！雖然我也有年紀了，但我明白、我非常明白，大多數的人會隨著年紀增加停止學習停止改變，仗著相對衰老的肉體自以為已經懂得一切。這種傲慢又不知長進的生物會阻礙世界的進步。破而後立這個成語聽過嗎？這就是我要的，這個局面必須被改變。」

「瘋子。」峨嵋出聲。Miss S雖然沒說話，但看得出贊同峨嵋的評語。

「就是瘋子在帶領世界前進的。這是正確的事。你們想像看看，當多數老人死去，被占據的資源都會釋出，處處又將充滿機會。死氣沉沉的年輕人會動起來，不再認為未來毫無希望。天啊，多棒啊！就像嚴冬過去，開始冒出滿地的新芽。是不是很美？是不是就像淨土！」

斐先生像激昂的演講家高舉雙手，閉眼陶醉在想像之中，發出滿足的嘆息。

「這就是一直以來您籌措資金的原因？為了這個『淨土』？」Miss S問。

「對的對的、沒錯！就是為了『淨土』！S啊，妳真的是非常棒的幫手，妳的暫時退出讓我很惋惜。不要誤會，我不是可惜那些獲利，我還有很多賺錢管道。妳真的是非常優秀的人，就算不是器官生意，妳還是能在很多地方幫上忙，妳大有用處啊！試著想像『淨土』蔓延後的新世界吧，我認為絕對有妳的一席之地！」

「我現在的生活很好。能活下來都是賺到的，是我太幸運。現在明白斐先生您的目的了，恕我無法參與。」Miss S頓了頓：「我知道無法說服您，但希望您可以及時收手。」

「不行啊！絕對不行啊！我現在興致高昂無法停下啊！你們有看到吧？『淨土』正在擴散，效果真的一級棒。不分性別不管身分，只要是老人都會被殺。這說明淨土非常成功，在朝正確的方向發展！你們運氣非常好，在見證歷史。世界終於有劇烈變化，不是全球性的金融危機也不是戰爭，是該有的健康循環啊！是不是很棒？很棒對吧！」

Miss S與峨嵋都是無語，斐先生的瘋狂程度超出她們想像。

只有王蛇拍手、不斷拍手。

「你能理解？原來你能理解嗎！真是太好了！」斐先生歡呼。

王蛇停止鼓掌，調整坐姿改蹺起另一隻腳。「說不上理解，至少不會反對。競爭本來就是很正常的，想活下來就用力掙扎，沒有人可以豁免。姓斐的，你是崇尚弱肉強食的那種人吧？」

「你真是問了好問題。我要誠實告訴你，弱肉強食是我認為自然界中最美好的規則之一。個體就是因為怕被汰除，才有了演化跟進步！科技持續發展，但人類卻停止成長，真是太可惜了。」

「我是僱傭兵，什麼委託都接，順手幹掉自己人也是家常便飯。這搞得我名聲很糟，但從來沒反省。我認為會被幹掉，是被殺掉的人自己的錯，吃不下這碗飯就該認命吐出來。」

「哇喔哇喔哇喔！」斐先生讚嘆不已。「我覺得我開始喜歡你了。喔喔，不要那種表情，不是同性那種愛。就是一種欣賞，你能理解嗎？」

「我希望能被漂亮妹子欣賞，男的就免了吧。」

「真是不給面子。你說你是傭傭兵？會不會這麼湊巧來自永生樹？」

「就是這麼湊巧，我是王蛇。聽過嗎？名聲最臭的『那個王蛇』，還算有名吧？」

「抱歉啊王蛇，去永生樹找傭傭兵不是我負責的，我比較像老闆或股東之類的。S有聽過嗎？」

「聽過，原來就是你。永生樹的負面評價基本上都是你貢獻的。」Miss S本來以為大名鼎鼎的「那個王蛇」會是外貌凶惡的傢伙，結果看上去相當正常。

「我只是照委託人的要求辦事。要不是什麼委託都接，也不會倒楣到被注射『淨土』。姓斐的，看你這麼興奮，一定沒考慮過解藥吧？」

「如果有解藥就太破壞情調了，像約好吃飯又臨時爽約一樣討人厭啊。」

峨嵋追問：「你到底能不能製作解藥？」

「從來沒考慮過這種事。」斐先生手往旁伸出，從畫面外拿了新的純喫茶。「我的推測果然是對的。S啊，妳是被王蛇威脅才帶他來見我。至於王蛇找我的原因當然是為了解除身上的『淨土』吧！很可惜，我沒把握做出解藥，更不打算做。你們不要緊張，等到全世界感染『淨土』，就不用擔心有沒有解藥了。所有人都瘋掉就不必區分正常與不正常了。很美好吧！是不是很美好呢？」

「聽起來真棒。」王蛇掏出手槍，槍口對著投影幕上的斐先生。「實在讓人很不爽，想把子彈全部打在你身上。可是你根本不在這間屋子，是遠端連線吧？剛才還想用買青草茶誤導啊。」

「正確答案。」斐先生大笑：「S突然聯絡要見面，本來很開心可以敘舊。第六感卻突然在耳邊偷偷說話，要我注意有鬼。」

「真狡猾。你是可以活到最後的那種人。」王蛇乾脆放下槍，順勢擺到會議桌上。「威脅利誘對你都沒用，想要解藥怎麼這麼難？」

「放棄解藥吧。至少你們還是幸運的，知道正在發生什麼事。新聞有看嗎？這幾天是不是很精彩！好多人死得不明不白，真是活得太安逸了。現在你們是坐在第一排觀眾席觀賞世界的變化喔！很棒吧。話說回來，王蛇你真的什麼委託都接？」

「只要價碼漂亮都好說，我這個人很隨和。」

聽見王蛇的自誇，峨嵋與Miss S同時發出嘖的一聲，對他自認隨和的部分完全無法苟同。

「太好了！現在就向你發出委託。我要你的血液，一管針筒的量就夠了。五萬塊怎麼樣？」

「想要抽血看『淨土』的變化？」王蛇猜。

「沒錯沒錯，你也是聰明人！你的血液會很有研究價值，你是第一批感染者。我真的很好奇，經過這些日子，『淨土』在你體內有什麼改變？」

「還能有什麼改變？不就是讓我看到老人就殺嗎？」

「不不不，病毒有可能在大量傳播後產生變異，不同的宿主也會讓病毒有不同變化。比起不知長進的老人，擁有各種可能性的病毒就是這麼美妙的玩意！五萬塊太少？十萬吧！」

「在這抽血？就算你不現身，總要派人來回收血液吧。不怕我循線逮到你，逼你弄出解藥？」

「怕啊，我當然怕，你那邊還有『拷問女王』呢！我沒忘記當初看她把其他掠顱者的臉戳爛，那個血啊還有肉啊……害我不敢再吃淋甜辣醬的炸肉圓，會讓我想到那些血肉模糊的臉！」

王蛇驅趕蒼蠅般擺擺手。「不用我們家峨嵋出手，我有很多方式可以招呼你。」

「這我不懷疑。一個人要折磨另一個人很簡單，真的太簡單了。還好我提前在這間屋子安裝炸彈。先說好不是針對你們，是考慮到需要銷毀現場的情形才安裝的。相信我，炸彈爆炸一定很壯觀。只要你們想亂來……我找一下引爆裝置。有了！我只要按下這個按鈕……雖然對S很不好意思，但只能說對不起要麻煩妳陪葬了。」

Miss S心有怨懟，即使早知道這個老闆具備常人無法理解的瘋狂特質，被牽連還是令她不滿。

王蛇與峨嵋飛快掃視會議室，試圖搜尋炸彈的位置。斐先生又說：「炸彈這種東西跟女孩子的內褲一樣不能隨便見人，當然是仔細藏好了。不信沒關係，反正王蛇你不接這委託就離開吧，我不會引爆。只要不是想來抓我都不會有事。我也是很隨和的人！」

「這委託我接了。十萬塊，收現金。當場付清，一手交血一手交錢。」王蛇答應。

峨嵋責難地說：「有必要這樣嗎？你怎麼這麼愛錢？」

「一管血能賣十萬塊超級划算好不好？傻了才不接。姓斐的，快點啊。記得派年輕的過來，要是等等出現的是老人，我現場殺給你看。」

「沒問題沒問題，你等等啊。」斐先生跑到畫面外，隱約聽到他的說話聲，過了幾分鐘才回來，「人在路上了，記得千萬不要為難人家。如果你要跟蹤他藉機找到我，我就引爆啊。」

「知道了。」王蛇雙手枕在腦後，癱在扶手椅上放空。

峨嵋臭著臉拉開王蛇旁邊的扶手椅，坐下後不斷瞪著他看。眼中盡是怨懟與不滿。

王蛇故意迴避，不與峨嵋直接對視。後來是峨嵋忍不住，伸手掐住王蛇的頸子。

「我的大小姐，妳怎麼了？」

「就這樣？就這樣不管解藥了？不想一點辦法？」

「還能有什麼辦法？現在擺明就拿這個姓斐的沒辦法啊。他是瘋子，跟瘋子講道理沒用。他嘴上說害怕，其實逮到他拷問也不會有用。這種人喔，不要扯上關係最好。」王蛇說完看看Miss S，補了一句：「現在妳一定是最感同身受的。」

Miss S沒有回嘴，在思考脫身的可能。

峨嵋急問：「老爺子怎麼辦？沒弄到解藥我要怎麼回去？」

「不要回去了。」王蛇終於看向峨嵋。他是那樣的不在乎與無所謂，還包含對地下格鬥場的不屑。「不要回去那種地方了。」

「你憑什麼要我不回去？是你把我丟在那裡的！」峨嵋掐得更緊，手指深深陷進王蛇的肉中。

王蛇沒有掙扎、沒有閃躲。

斐先生這時打岔：「峨嵋啊，可不可以等抽完血再殺他？我對他的血真的很好奇，像小孩子拆聖誕禮物一樣興奮！」

「你閉嘴！」峨嵋衝著投影幕上的斐先生吼。「你想要他的血？我現在弄死他。你不給解藥，也別想拿到他的血。」

「太情緒化了。掠顱者的缺陷真是可怕，你們的精神狀態真的很不安定。曾經妳在『固錨』時是那麼天真可愛啊。」斐先生竊笑，從容地吸了幾口純喫茶。

「不准你提這個！」峨嵋猙獰變臉。不僅眼白的部分冒出血絲，額邊與頸部、還有手臂都浮出碩大血管。瞬間彷彿成了恐怖惡鬼。

峨嵋的變化讓Miss S立刻退後，防備地拉開距離。當初遭遇掠顱者的奪命危機使她無比忌憚。

王蛇的頸子被峨嵋死死掐住，被深陷肉中的指甲刺出血來。

斐先生嘲諷地笑了幾聲：「真的要殺死王蛇？那我叫人掉頭，不去抽血了。」

峨嵋威脅：「我一定會找出你。我不只要你做出解藥，我還要……。」

「峨嵋。」王蛇喚她的名。因為頸部被掐住，讓王蛇說話倍感吃力。「妳要氣我要殺我都可以，一定給妳機會殺我。但不是現在，先把我的命留著。」

峨嵋顫聲問：「為什麼你們都這樣自以為是，都以為自己說了算？為什麼想怎麼樣就怎麼樣？」

「我早就知道我錯了，一開始就錯了。那裡不是妳該待的地方。」王蛇勉強呼吸，即使陷入這樣的狀況仍然沒有抵抗，任憑峨嵋發洩。

「我不應該因為剛好有委託，就帶妳一起去惡魔的耳語，也不應該因為惡魔老爺子覺得妳長得很像他孫女，就把妳交給他照顧。我真是太自以為是了。」王蛇勉強咧開嘴，擠出滿是歉意的笑容。「不該自以為那是很好的安排。」

也許是王蛇罕見且忽然的誠懇，毫不虛假的心跳全被峨嵋感應到。她慢慢鬆手，鮮血從王蛇頸部的傷口蜿蜒流下，刺眼的紅染溼了領口。

峨嵋垂下頭，浮漲的青筋接連消退，長髮蓋住大半臉孔。這個掠顱者忽然像做錯事而懊悔不已的孩子，久久沒有說話，只有肩膀微微發顫。

「不要回去了。這次我不會丟下妳。」王蛇握住峨嵋的手掌，屬於他的鮮血在手上暈開。「這條爛命就留給妳殺啦，開心了吧？」

峨嵋連連搖頭。

Miss S目睹這兩人的怪異互動，又看看斐先生，後者同樣感興趣地觀察僱傭兵與掠顱者，吸管甚至還含在嘴裡忘記放開。

Miss S特別注意王蛇。這傢伙仍在流血，但不以為意，以一種空洞的眼神牢牢看住峨嵋。雖然從接觸到現在沒有多少時間，但她看得出來，王蛇的反應絕非常見。Miss S不時耳聞這個僱傭兵的卑劣事蹟，早些時候的言行也能斷定是我行我素又不正經的傢伙。

Miss S以長年跟各路牛鬼蛇神打交道的經驗與直覺判斷，王蛇對待峨嵋的態度很不尋常。她不想探究兩人之間的糾葛，只是暗自嘆息。

現在她只有一個想法。

——不只是斐先生，也不該跟僱傭兵還有掠顱者扯上關係。

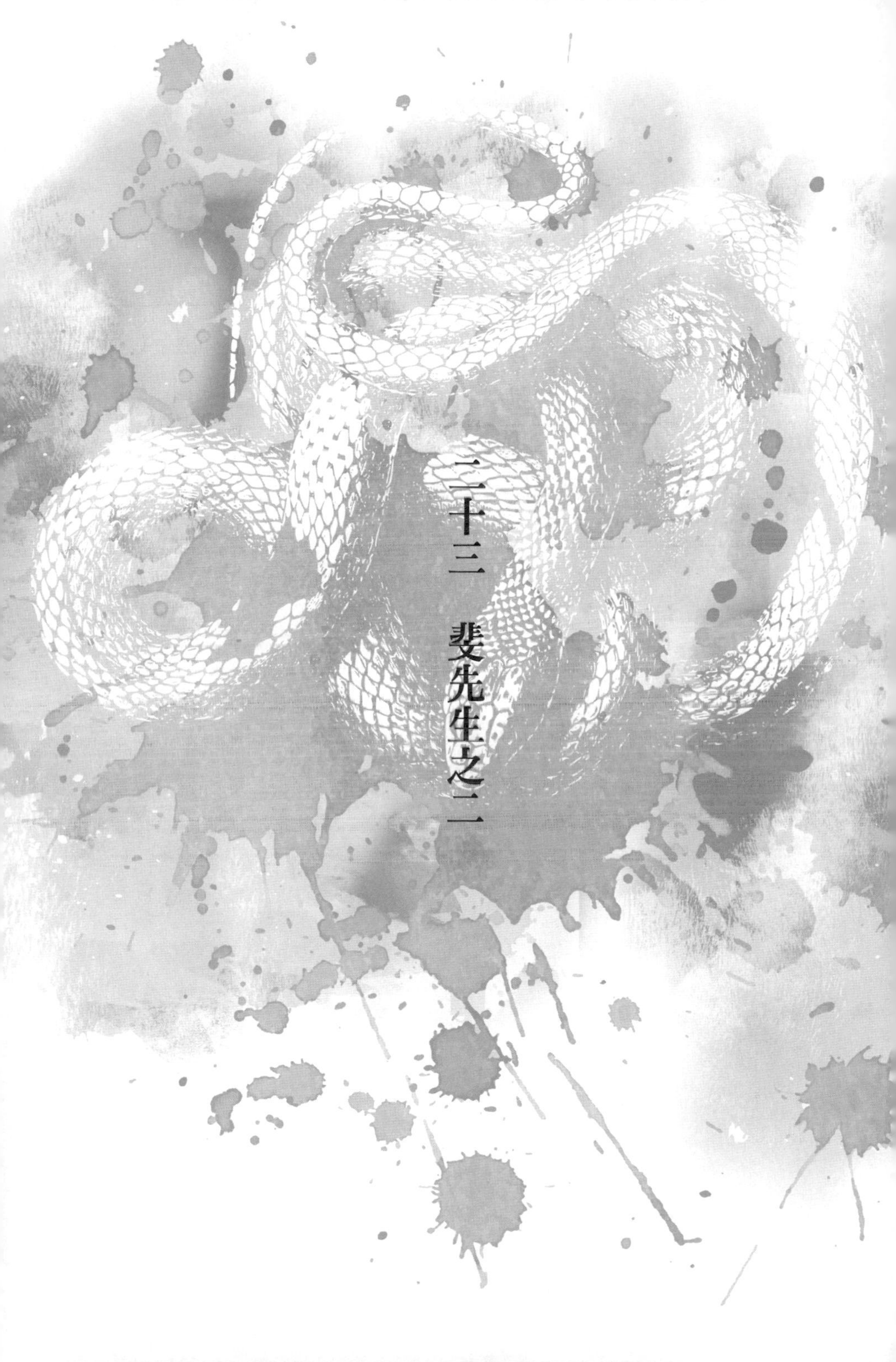

二十三　斐先生之二

前來抽取血液的是一對年輕男女的組合。

陰沉的男人身穿成套的白色工作服，左側臉頰被偏長的瀏海蓋住，還配戴罩住下半臉部的詭異獸齒面具。女人則擁有搶眼的鮮紅色長髮，像在火中燃燒的花。

紅髮女人的亞洲臉孔帶著異國風味，與白色工作服男人的怪異打扮不同，紅髮女人是黑色短袖上衣與高腰寬牛仔褲的搭配。

抽血全程由紅髮女人主導，白色工作服男人擔任護衛，沉默地守在一旁。等到抽血完成，紅髮女人將裝有王蛇血液的玻璃試管收妥，並交出一只牛皮紙袋。

「這是你的報酬。」紅髮女人露出爽朗的微笑，應對進退相當大方，絲毫沒把與王蛇打交道當成危險的任務。

王蛇打開牛皮紙袋後快速清點。「很好，我確實收到了。如果不是因為你搞出『淨土』這種東西，不然你會是不錯的委託人。」

這番話是對斐先生說的。

「『淨土』是這個世界必備的啊。王蛇你們安分別亂動，乖乖坐好，我還是會擔心你們跟蹤過來。」投影幕裡的斐先生說。

「找到你也沒用，你不會合作的。實際見面前我還打算讓峨嵋拷問你，但是一看到你就知道了，不用浪費力氣了。」王蛇瞥向紅髮女人，又看了陰沉怪異的白色工作服男人，後者沒被頭髮遮住的那只眼睛瞬間瞪大，凶厲地回瞪。

「太不友善了吧？」王蛇嘖嘖幾聲，搖頭別開目光。「跟蹤這兩個人同樣沒用，都是狠角色啊。

姓斐的，你的底牌真多。」

「那是當然的，為了讓這個世界更好，我做了很多準備！」斐先生大笑。

「瘋子，連瞎子都能看出你是瘋子。澈澈底底的瘋子。幸好你付錢很乾脆。」王蛇說。

「至少我還是有優點的。」

在王蛇與斐先生對話時，前來抽血的紅髮女人與白色工作服男人準備離開。Miss S盯著這兩人的舉動，紅髮女人注意到了，便對她微笑：「很開心見到妳，我聽說很多有關妳的事。」

「都忘掉吧，不管妳聽過什麼。」Miss S冷淡地回應，帶著些許厭惡，不願去想像斐先生私底下是如何多嘴，講她的是非。

「希望能有機會再見。」紅髮女人率先離開，殿後的白色工作服男人回頭，上下打量王蛇幾秒，然後才推門離去。

新的威脅終於走了，但Miss S還不能放心，必須留意一旁的峨嵋。

這個掠顱者仍在消化翻湧的情緒，一直垂著頭，姿態像坐著入睡，但散發的氣息很糟糕，好像有肉眼可見的黑氣不斷冒出。

Miss S立刻詢問：「斐先生，事情應該都結束了？我可以離開了吧？」

「噢！可以！當然沒問題。S啊，真是抱歉，妳要相信我真的捨不得連妳一起炸掉。都是不得已的必要手段呀。」

「我明白。」Miss S沒有責難，知道沒必要逞多餘的口舌之快，斐先生從來就不是會被言語挑釁的人，更無法以此中傷他。

但是Miss S有些事非說清楚不可。

「斐先生，我現在請求正式退出。」

「哎呀哎呀，S妳果然還是不想留下。真是太可惜了，像知道所有題目的正確答案卻填錯答案卡那樣可惜啊。就算我早有心理準備，還是會難過。留不住，真的留不住。」

「與您合作是我的榮幸。只是我無法再適應這樣的生態了，請您見諒。」Miss S對待斐先生的態度依然恭敬。挑釁這個狂人的代價太危險，更沒必要讓斐先生興起後續找麻煩的念頭。

「知道了，我都知道了。」斐先生雙手摀臉，發出誇張的假哭聲，「要保重啊，要好好照顧自己。開心享受退休生活。」

「會的。謝謝您。」Miss S點頭致意，毫不戀棧離開。

王蛇也對峨嵋說：「走吧，先離開這裡。」

峨嵋恍若未聞。王蛇乾脆拉她起身。

搖晃站起的峨嵋像個茫然無措的孩子，低聲問：「再來怎麼辦？要去哪？」

「總之先跟我走。」

王蛇拉著峨嵋，牢牢握住她的手。

「保重啊王蛇，還有『拷問女王』。不必擔心，這樣混亂的局面很適合你們，你們都是殺人的行家，期待兩位玩得愉快。」

僱傭兵與掠顱者沒有理會斐先生。投影幕上的斐先生滿臉笑意，目送這些突然的訪客離開。

王蛇才剛拉著峨嵋下樓，就聽到Miss S激動的吼罵。

「人呢？你把人顧到哪裡去了！」Miss S揪著怯鷗的領子，罕見地失控。

被揪住的怯鷗神情痛苦，本來戴在臉上的防護面罩不見了，閉緊的眼皮不斷滲出眼淚。「我不知道！有個戴奇怪面具的人突然敲破車窗、還有一個紅頭髮的女人……然後我被噴辣椒水，什麼都看不到！我只聽到小屁孩尖叫……。」

王蛇往廂型車後半段看去，只剩殘缺的玻璃碎塊黏在窗框上，車門也被打開。

「找出來，把阿倪找出來。」Miss S兩眼通紅，盡是憤怒的血絲。她一字一句惡狠狠地威脅：「找不出阿倪，就挖了你的眼角膜你的腎再抽光你的血，我會全部賣給不同人，讓你支離破碎。」

「威脅我也沒用，這明顯是針對妳的！不然我不會只是被噴辣椒水而已。」緊閉雙眼的怯鷗大喊：「妳想清楚自己惹到誰吧，不要算在我頭上！」

這話點醒Miss S。她慢慢鬆手，不再揪著怯鷗的領子，憤怒瞬間消退，臉色變成驚慌的慘白。

Miss S慢慢回頭，看往雜貨店樓上。

「不要亂動，潑到衣服我不管。」王蛇把礦泉水往怯鷗的眼睛跟臉上潑灑，還一邊嘲諷：「怯鷗同學你的身手也太爛了吧，明明躲在車裡，竟然會被人扯掉防護面罩噴辣椒水，你到底怎麼活到今天

的啊？就這樣傻傻地被攻擊？」

怯鷗為了避免淋溼衣服，除了頭部之外都盡量往後退，這樣刻意突出屁股的樣子非常滑稽。

「咳、咳……痛死了，眼睛好像要燒起來了……我到底招誰惹誰？喂，王蛇你到底在潑哪？我衣服都溼了！」

「是你亂動啦。」

「我沒有！這種時候不要開玩笑了，我真的會瘋掉。綁架那個小屁孩就算了，為什麼我要牽連進去？喂，水沒了嗎？再沖一下，眼睛還是很痛……。」

「不要急，在拆新的了。來喔，臉湊過來。很好很好，真是聽話。」

「混帳。快點、快幫我沖掉！」

Miss S狂奔回樓上，在樓梯間激起混亂迴盪的腳步聲。

似乎早已預知她會返回，這次門沒打開，對講機卻先傳出斐先生的聲音。

「哎呀哎呀，怎麼這麼著急？是不是有東西忘了？」

「放過阿倪！她跟這一切沒關係。」Miss S喘著氣說。

「阿倪？哪個阿倪？噢，真不愧是Miss S，妳還在變化啊，居然收養了孩子。孩子真的是很有趣的生物，充滿各種可能性，看見他們的成長令人期待！我懂、我都能明白！」

「不，你不可能會懂孩子……。」

「S妳太緊張了，放輕鬆，去樓下買青草茶喝吧。我不會對她怎麼樣。」

斐先生的保證對Miss S毫無可信度。她主動談判：「你要什麼？要我回歸繼續替你辦事？」

「這個提議很吸引人，但是不需要了。『淨土』已經研發完成，現在就等欣賞新世界的到來。」

「把阿倪還給我！」Miss S憤怒拍牆，衝著對講機大吼，吼聲傳透了整棟樓。

「會的，我會還的。留著她對我沒用。但是妳如果一直帶人找上門，我會很困擾。放輕鬆，回家好好等待吧，跟那些漂亮的鬥魚作伴。」

「什麼時候開始的？」Miss S不甘心地質問。

「什麼？」

「從什麼時候開始監視我？」

「妳是聰明人，不要問這種蠢問題。」

Miss S沉默，心中已有答案。

「回家吧。我又不是蘿莉控，那個小鬼會平平安安回到妳身邊，不要讓她找不到人。再見了，願妳在新世界有美好的旅途。」

對講機瞬間無聲，斐先生結束對話。

懊悔不已的Miss S動也不動，額邊的汗逐漸轉冷。

經過反覆沖洗，怯鷗的總算能強睜充滿血絲的雙眼，勉強開車。

怯鷗仍坐在駕駛座，防護面罩謹慎地戴回臉上。他還是盡可能做好防備，並且與王蛇保持距離，避免被傳染。

至於峨嵋看上去比先前平復許多，只是仍在發呆，陷入無法抽身的思緒。

王蛇一派輕鬆，既沒有被噴辣椒水，也沒有重要的人被綁架。他坐在峨嵋旁邊，塞著耳機找歌聽，身體隨著音樂搖晃。

「喂喂，怯鷗同學現在想去哪裡？確定眼睛這樣能開車？等等出車禍就自己處理，我不會幫忙付修車費喔。」王蛇亂說一通。

怯鷗吞了一大口口水，沒有回答王蛇。

車外不時有警車與救護車的警報聲，來來去去，還有消防車一併出動。頻率是前所未見的頻繁，偶爾會看到倉皇走避的路人，好像要逃往什麼地方。路過的車輛也暴躁起來。

「這些都是病毒的傑作對吧？」車停下等紅燈時，怯鷗問。

「是吧。那個姓婁的替這個病毒取了名字叫『淨土』，是不是很有病？」

「真是夠諷刺了。」怯鷗搖頭。「沒救了嗎？沒有解藥？」

「看那些所謂的專家什麼時候製作出來吧。我專長是殺人跟接能賺錢的委託，製作解藥這種事我不懂。我只知道不要指望那個姓婁的。沒有用。」王蛇換播下一首歌，然後再下一首。

「你倒是很心安，完全不擔心。真冷血。」

「既然擔心也沒用，那幹麼要擔心？放輕鬆，聽點歌。」王蛇哼出目前聽到的旋律。

「要不是理智面知道不是你對手，我一定想辦法殺死你。」怯鷗還是很氣。

「珍惜性命啊。我從來不吝嗇多殺幾個人。」

峨嵋忽然說：「你是真的不在乎。你現在有很討厭的心跳聲。」

王蛇笑了笑，「就說妳是我肚子裡的蛔蟲了還不信？這樣都被妳聽出來。」

「你說過會交代為什麼有那樣絕望的情緒，什麼時候才願意說？你有太多祕密了。」峨嵋說。

「我沒有絕望。」王蛇說。「那對我來說是很自然的一種感覺，不要在意。」

「我就是在意。」

王蛇發現連怯鷗都在偷聽。

「我的大小姐，妳真是好奇寶寶。好吧好吧，反正現在也是閒著，來稍微分享一些『那個王蛇』的小故事好了。這樣算是委託嗎？我可以拿到多少報酬？」

「快說。」那對綠色眼睛瞪了過來。

「知道了。」王蛇拿下耳機。「突然對我這麼感興趣真是害羞啊。」

二十四　王蛇之三

這是王蛇還不叫王蛇時的往事。

這時的他還能與稚嫩扯上邊，甚至有些傻。共通點是已經什麼差事都接，就為了賺一點錢，好讓肚子有點東西。

或許他生來的命註定流浪，幾次找到過得去的工作，以為能安穩留下，卻總是出了差錯，意外一再不請自來，讓他被迫走人。

如此反覆幾次，他認了，像實驗中屢次遭到電擊的老鼠就此制約。無處可待是必然的結局，於是隨時能說走就走。

他從這一處流浪到另一處。明明還年輕，流浪的足跡卻比誰都豐富。世界這麼大，沒有地方能夠長久落腳。沒有家的人，處處都是異鄉。

沒有家人沒有朋友更別提所謂的伴侶。關於母親這種生物，坊間有各類說法，但他的記憶沒有母親的影子，無從驗證。父親久久見一次，見面時間比弄碗泡麵更短。

至於朋友，從來沒人想跟他一起玩。

唯一有固定往來的是自稱阿嬤的老婦人，同時也是隔壁鄰居。他後來發現是父親胡亂塞錢給阿嬤，要求阿嬤加減看顧他。稱不上有特別照顧，就是勉強能從阿嬤那邊分點飯菜吃。

某年中秋，月亮特別圓，到處瀰漫烤肉味。他也想烤肉，那些香氣勾得他發饞，幾乎要流口水。不能怪他受不了食物的誘惑，在中秋之前已經先餓了整整兩天，因為阿嬤也整整兩天沒從床上起身。蒼蠅開始盤繞。

再後來，烤肉味蓋不住阿嬤發出的異臭。蒼蠅糾纏不去，還多了密密麻麻蠕動的白色蛆群。

他坐在床邊看了一陣子，逐漸明白這叫死亡。他沒有料到在很久以後，當他成為「那個王蛇」之後，會見證五花八門的各種死法，大部分還都是他的傑作。

阿嬤似乎被其他老人騙了錢，那陣子他常聽到什麼跟會、倒會，還有阿嬤哭訴辛苦大半輩子的積蓄都沒了。他看阿嬤哭到抽搐，沒有安慰，也沒有絲毫同情。他並非鄙視，純粹是阿嬤的慘狀沒能讓他的情感有所起伏。

再後來，阿嬤整日倒在床上，不斷哭泣不斷發抖，之後便動也不動。在晚年遭受這樣的打擊，不只積蓄沒了，求生意志也被剝奪。

最後，阿嬤變成他眼前所見的，讓白蛆與蒼蠅送終的屍骸。

飢餓沒有被這樣噁心的場面阻止，他恍恍惚惚外出想尋覓食物。前腳剛離開，警察就上門了。鄰居受不了屍臭，報了警。

他看見警察與報案的鄰居進了阿嬤家。沒有犯罪更談不上心虛，當下卻明白，不可以回去了。

這是流浪的開端。

穿舊衣服的他外表不討喜，年紀又輕，謊報年齡之餘要不斷拍馬屁奉承雇主，還學會嘻嘻哈哈去應付被針對、被嘲弄的場面。

他搬過香蕉也開過除草機，砍過甘蔗、耕過田插過秧。曾在漁塭待上一陣子還幫人在市場叫賣。粗工駕輕就熟，被工頭稱讚過，因為他體力好動作快，只要有錢拿都好說話。

他也曾加入黑道當人家的小弟，在圍事時砍傷了人，對方流一大堆血慘叫沒嚇到他，反而對於只收到兩包菸充當報酬非常介意。後來不再當小弟也是因為想吃飽，菸不能當食物。

隨著經驗的累積與見過的各種鳥事越來越多，他找差事也越來越容易。到處走走停停，沒什麼目標，就只是活著。

沒事作的時候他就發呆，一直發呆。偶爾好奇自己該死在哪裡才好？

有天他又在路邊發呆，遇到人搭話。對方劈口就問想不想賺錢？他說想，反正聽聽看是什麼工作不吃虧。對方熱心介紹，很多不重要的場面話他都忽略，但沒漏掉重點——不僅有錢拿還包吃包住。

「有這麼好的事？」

「有沒有聽過藥物實驗？」

「知道。」

「差不多的東西，藥物實驗的薪水本來就比較高，但這是長期合作的。」

「喔。」

他接下這個工作，在一連串檢查後成為藥物實驗的一員。

——CA1002，這是他在機構內的代號。

雖然說是藥物實驗，但主要用途並非治療疾病，大多數是用來製造痛苦或致人於死的毒藥，以及對應的解毒劑。不時還要被注射功能不明的藥劑。

他不是沒想過要逃，可惜誤入賊船。這是非法勾當，有成群凶惡的警衛看守。曾有人試圖逃跑，結果被逮住後接連幾天遭到毒打，淒厲的哀號是有效的警惕，更別提逃跑的傢伙還被拖出來示眾，血淋淋的慘狀真是夠嚇人了。連砍了人也不在乎的他都有些發毛。

引導人還說了，最初填表格之所以加上緊急聯絡人，是用來要脅他們的。假如成功逃跑，就要找緊急聯絡人的麻煩。

這讓他困惑，為什麼當初高階引導人說他會很好用？他沒有緊急聯絡人可填。這份困惑沒有停留在腦袋太久，毒藥的折磨令他無暇再想。

即使包吃包住，被施打毒藥後幾乎沒有胃口，連飲水都有困難。他常常癱倒不動，忍受毒藥帶來的折磨。隨著日子過去，面容越來越憔悴，眼眶深深凹陷，皮膚蠟黃又粗糙……有時看到窗面的反射，差點嚇得叫出聲。

他變成人不像人鬼不像鬼的東西。

「人不像人鬼不像鬼？雖然你性格扭曲，但外表明明很正常。」怯鷗抬頭看了一眼後照鏡。

「那是我天賦異稟，不小心產生耐毒性。後來不管被亂打什麼毒藥都沒效果。厲害吧？」王蛇一副欠打的驕傲嘴臉。

「我不明白。」峨嵋問：「這樣的過程很痛苦，但是……你在隱瞞什麼？」

「沒有隱瞞啊，是怯鷗這個沒禮貌的人打斷我說話。」

「我打斷你？我沒禮貌？」

「就是你啊。」王蛇兩手一攤。「拜託，講這種辛酸往事很重情緒的好嗎？我好不容易進入情境耶，都被你破壞了。」

「知道了知道了，從現在開始我不說話。」

後來CA1002開始覺得被施打毒藥沒那麼痛苦了。

CA1002 無從得知是近期的毒藥效果不強，或是身體已經習慣？總之不再像最初那樣狼狽，只能顧著哀號呼救。

當毒藥無法剝奪注意力，過多空白的時間讓CA1002 被迫思考，塵埃般的思緒來回飄浮。以前的事像反覆播放的電影，一而再、再而三逼CA1002 重溫，在當下的情緒被反覆咀嚼之後，如今都不好不壞，只是片段。

過去已是如此，皆成既定事實。至於未來的想像，CA1002一片空白無從描繪。一直以來是走一步算一步的人，不知道該往哪裡去，哪處又能停留。本來就是想找口飯吃，不要餓死都好說。談不上有遠大夢想，更不在乎夢想是否該偉大，都當是幼稚的兒戲與空話，有錢又吃得飽才重要。

可惜話是這樣說，CA1002卻困在這個機構。餓不死，但搞不好哪天就被毒死了，到時候吃不吃得飽、有沒有錢都無所謂了。

CA1002不是沒想過要逃，可惜難度偏高。他只好邊等邊看，看哪天僥倖得到機會逃離。

奇怪的是CA1002沒有對這個機構的人事物感到怨憤，而是異常淡然。從骨子裡有一股與生俱來的認知，認定那些無法掙脫的、只能被擺布的人都是活該。

這是對弱肉強食的崇拜與遵從。

不過被施打毒藥還是令CA1002苦惱。他是能夠忍受了，但痛苦始終是痛苦，不曾改變。

後來某天，鐵柵門依照慣例開啟，CA1002以為又要被注射毒藥，再次歷經不怎麼好受的過程，任由研究員寫下報告。

但是今天的研究員沒拿針筒。

「你的定期檢驗結果出來了。」研究員冷淡地說，像不耐煩的賣場人員。「你的抗毒性非常強大，對多數毒藥都免疫了。狀況也好轉了，真是不可思議的自我療癒能力。可惜發生在你身上的變異過程難以複製，能夠收集的資料都收集完了。你無法再貢獻新的數據與觀察報告。」

CA1002嘴巴呆呆張開，不能理解研究員所說的話——對毒藥免疫到底是什麼狀況？

「你的工作到此為止。」研究員把一個運動背包放在CA1002面前，「換穿衣物跟酬勞都在裡面。現在換上衣服，會有人帶你出去。」

研究員說完便走，像小孩子對過時的玩具不再感興趣。

CA1002木然打開背包，翻出衣物更換。像每日接受毒藥注射，不帶掙扎，沉默接受。

幾分鐘後有其他研究員出現，領著CA1002離開。

這是CA1002第二次搭乘電梯，第一次是最初進來的時候，前後就是幾年的時間流逝。

當CA1002乘著電梯上樓，電梯口外正好是當初帶他進來的高階引導人。高階引導人的氣質依然深沉，像座不動的冷山。

高階引導人露出不變的和藹笑容。「恭喜你能離開了。」

在這瞬間，CA1002忽然有很多問題想問，尤其是無法明白也解不開的那個謎——為什麼說他是最自由的？

「你充滿疑惑。」高階引導人說。

「對。」CA1002確實如此。

「我能送你一段路。」高階引導人對研究員交換眼神，後者相當樂意地離開。

這段路特別長，比CA1002當初坐電梯時更加漫長。

最後，高階引導人送他來到機構的出口。

CA1002本來就是從外面來的，現在不過是回到原來的地方，但所見景物無比疏離，彷彿喪失五感的人忽然恢復，全部都是那樣陌生又充滿刺激性。比如陽光的光線太自然了，讓長期待在實驗室與人造光為伍的他很不習慣，吹來的風有藥劑以外的氣味，泥土與車輛的廢氣更是害得他連連打噴嚏。

「再見。如果將來在什麼地方又見面的話，希望你還是這樣自由的人。」高階引導人說。

現在的CA1002已經明白高階引導人所指的「自由」的含意。

CA1002沒有道別。

在陌生的陽光下，已經找不到來時的路。

王蛇的故事說完了。

「那個『自由』到底是什麼意思？」怯鷗仍然不明白。

「就是自由啊。」王蛇聳聳肩，擺明在敷衍。

「裝什麼神祕！你因為這種小事沾沾自喜很高興嗎？又不是什麼不得了的祕密。」

「的確不是不得了的祕密，是高階引導人在裝模作樣罷了，恭喜你也上當了。」

怯鷗臭著臉，懊悔不該跟王蛇廢話。繼續悶著頭開車。雙手需要掌握方向盤的他把手機放在腿上，方便隨時偷看。

「很細微。你還是在藏著什麼，沒有全部說清楚。」峨嵋質疑：「這不完全是你絕望的原因。」

「還不夠絕望？我被關了幾年又被亂打毒藥，都快發瘋了好不好？像我這樣產生抗性根本是例外中的例外，莫名其妙的幸運。」

「你的心跳騙不了我。」峨嵋沉著臉警告：「不要一直開玩笑，我沒有耐性跟你耗。」

「我沒開玩笑，是妳太鑽牛角尖。放輕鬆一點好嗎？活著很麻煩了，不要那麼嚴肅。」

「你說過會交代清楚。」

「如果真的那麼想知道，來做交易吧。我是僱傭兵，收到委託就要照辦。我交代在隱瞞什麼，至於報酬……妳唱生日快樂歌。」

「什麼鬼東西？」峨嵋嫌惡地皺眉：「你想取笑我？」

「我是真心想進行交易，這很輕鬆吧？妳哼歌，我賣出祕密。怎麼樣，非常划算吧？」

峨嵋聽得出王蛇並非開玩笑，只是這筆交易過於兒戲，竟然是唱生日快樂歌當交換？

峨嵋猶豫，越來越不明白王蛇究竟在盤算什麼？同時，她敏銳的聽覺捕捉到車外的噪音與動靜，連帶伴隨眾多心跳。

「那是什麼？」峨嵋透過擋風玻璃，發現不遠處路口的人潮。

「看起來是競選造勢跟遊行湊在一起的超級大便。」王蛇看見蔓延了整條馬路的隊伍。

此時王蛇所看見的，正是前陣子召開記者會表示要上街頭遊行的民間團體，以及為了宣傳拉票而參與遊行的政黨候選人以及各路政客。這幾個團體集結成的隊伍浩浩蕩蕩，不少人高舉標語，沿路呼喊口號。

遊行隊伍聲勢浩大，這陣子實在有太多老人遭到殺害，讓社會瀰漫不安的情緒。群眾又是最盲目、最容易被恐懼煽動的，加上各黨政客跳下來攪混水，終於釀成這樣龐大的陣勢。

加入遊行的政黨候選人與各自團隊穿著競選背心，為隊伍增添更多雜色，高舉的敬老標語不忘強調候選人姓名與號碼。另外還有各家新聞臺到場採訪的記者。

這些記者正在拍攝奇異的場面——幾個老人手牽手圍成圈，把落單的年輕人包圍在中間，閉著眼喃喃禱念，說是要治癒年輕人的仇老症狀。

被包圍的年輕人不知所措，只是恰好路過，為什麼莫名其妙被圈起來？

「怎麼又是『重陽基金會』？這些人真的很閒，喔？還自帶標語：『愛與理解，尊重老人』、『每個人都會老，珍惜老人就是珍惜自己的將來』、『敬老尊賢，長幼有序』……什麼鬼跟什麼鬼？」

王蛇說話時，怯鷗持續踩住油門，車子越來越接近遊行隊伍。

「怯鷗同學啊，回去的路好像不是這一條。」王蛇的笑容裡有幾分猙獰，好像在嘲笑怯鷗終於揭曉真正的意圖。「這就是你那麼焦慮的原因？跟誰串通好了啊？」

「停下，王蛇，眼睛閉上。你不能看到老人！」峨嵋厲聲喝阻：「怯鷗，停車！」

尋求解藥無果讓峨嵋起了極大情緒起伏，此刻還沒百分之百平復，加上過度在意王蛇隱瞞的祕密，因此沒察覺怯鷗種種不對勁的跡象。甚至可以說，峨嵋根本沒把怯鷗放在心上，以致於太遲發現，這讓懦弱的僱傭兵得以順利執行計畫。

現在怯鷗鐵了心，即使峨嵋開口也沒用。

「王蛇你這個人太危險了……不要怪我……。」怯鷗自言自語，像在對方向盤說話，發出暴躁的獨白：「每個人都在威脅我，你也是……本來想說如果你跟斐先生談判順利，能夠弄到解藥，就不照做的……我試著反抗了！」

「照做？你聽誰的命令做事？」峨嵋抽出鐵籤，打算威脅怯鷗停車。

「怯鷗同學真辛苦啊，替我準備了這個天大的驚喜。我也是夠煩了，想弄死我的人這麼多，沒完沒了啊。」王蛇咧嘴笑，那是露出牙齒、帶有示威味道的危險笑容。「我他媽今天就給個機會，不躲了，我要把這些人都宰了，省得再浪費我的時間！」

王蛇推開車門，衝了出去。

僱傭兵的手裡有槍。

「王蛇！」

墨綠色的影子跟著竄出車外。

「峨嵋！不要追了，妳會有危險！」怯鷗探頭咆哮，吼出這幾日積累的焦慮與怨憤：「為什麼要跟著那種人！到底是為什麼啊？這種混蛋註定會毀掉這個世界啊！」

怯鷗眼睜睜看著人潮吞噬了王蛇跟峨嵋，呼喚無用的他垂下頭，看著手機。

上面顯示主使者的訊息。

——照原訂計畫，把王蛇引至遊行隊伍的行進路線。

怯鷗那天接到的電話，不是他誤以為的王蛇，而是管理者松雀。

怯鷗跟王蛇同行這件事，被松雀的情報網掌握了。松雀要求怯鷗當臥底，定期報告王蛇的動向。作為回報，松雀將給予額外賞金，反之若不肯合作，則視為王蛇的同夥，將怯鷗除名，不僅不再是永生樹旗下的僱傭兵，還要將怯鷗列入獵殺名單。

懦弱的怯鷗答應了。反正他本來就對王蛇沒有好感，也無交情可言，服從松雀才是明智選擇。後來怯鷗收到命令，儘管能確定是為了對付王蛇而制定的計畫，但是撞上遊行隊伍百分之百會讓王蛇失控，造成無辜平民的傷亡。會死人、死很多很多人。

怯鷗的良心在掙扎，另外使他動搖的還有峨嵋。純情處男如怯鷗就算不斷否認，還是不得不承認王蛇對峨嵋非常重要。王蛇如果有個萬一，峨嵋一定會很難過，也絕對不會原諒出賣王蛇的他。

怯鷗做了決定，如果能弄到解藥，就無視命令。

這是怯鷗最後的掙扎。

他失敗了。

王蛇一路狂奔。

遊行隊伍中的工作人員看他跑來，還驚喜地問：「你也是來加入遊行的嗎？歡迎歡迎！」

王蛇舉槍，瞄準視線內的一群老人。

那些老人天真爛漫地手牽手圍成圈，對困在圈內的年輕人喊：「願你被治癒！不再仇老！」

「治你媽的低能老害！」王蛇痛罵。

槍響。血噴。尖叫。

這次王蛇沒有塞上耳機。

他唱起生日快樂歌。

二十五 愚獴

「祝你生日快樂、祝你生日快樂……。」

粗啞的歌聲與槍響相互交織，一再引發群眾的尖叫。

王蛇放肆殺戮，噴灑的鮮血既不真實又廉價。驚慌的群眾像被火把驅散的蜂群往四處奔逃。參加遊行的政客雖然受到幕僚保護，但在可能喪命的生死關頭，群眾哪管誰是官、誰的地位如何，全都失去理智竄逃。這些政客在混亂中被撞得東倒西歪，分不清楚方向，甚至與幕僚分散。

在槍聲與群眾的叫喊中，預先埋伏的刺客接近目標。

這場遊行設的餌，從來就不只針對王蛇一人。刺客扣下扳機，恰好與王蛇的槍聲重疊。在無數竄動的人頭之中，接連有人倒下，色彩各異的競選背心染成溼紅，卻並非死於王蛇之手。偏偏這些新添的死屍數量，都要嫁禍於王蛇。

刺客得手後迅速離開，與幕後主使會合。

「祝你生日快樂、祝你生日快樂……。」王蛇從容裝填子彈，舉槍後瞄準。一個老人被子彈貫穿胸膛，炸開血肉之花。

王蛇仍在唱，簡直入魔。

「住手！」峨嵋擋下王蛇，試圖奪槍。王蛇竟然避開，讓她抓了空。

峨嵋錯愕不已，身為普通人的王蛇沒道理比掠顱者更迅速。

「嚇到了嗎？我的大小姐。」王蛇露齒獰笑，彷彿某種嗜血野獸。「我當初被施打的不只是毒藥，還有一堆增強身體素質的怪東西。」

峨嵋愣住，難怪王蛇的傷勢能復原得如此快速。

令峨嵋動彈不得的不僅僅是這份錯愕，更因為不斷感受到王蛇此刻的內心狀態。

那是無窮無盡的殺欲。即使是虐殺成性的「拷問女王」也跟著發寒，還要被周遭群眾散發出的恐懼與驚慌影響。

掠顱者過於敏銳的特質無疑是雙面刃。在掠顱者之中，峨嵋的精神層面更是數一數二的脆弱，這使得倍受衝擊的她冷汗不止，呼吸受阻。

王蛇忽然伸手，探往峨嵋頭顱。

這看在峨嵋眼中無比恐怖。因為王蛇那份深沉的殺念，讓峨嵋誤以為他的手掌巨大得籠罩所有視野，甚至能拍碎她的腦殼。

峨嵋下意識避開，王蛇的手就這麼僵在半空。

沉默。

峨嵋發現王蛇想說些什麼，但沒能知道答案，傭兵已經大步邁開，再次追獵四散逃跑的群眾，從容自在彷彿散步的死神。

王蛇踩過蔓延的鮮血，跨過新鮮嚥氣的屍體，隨手一槍就要有人死去。

忽然王蛇衣角一緊，回頭發現是峨嵋抓著。

峨嵋蒼白的臉孔不見血色，眸裡盡是哀傷與懇求。「夠了。你鬧夠了。」

「才剛開始啊，沒看到那麼多人等著我去殺？」王蛇看也沒看，反手一槍射穿不遠處老人的大腿。聽到哀號聲，他回頭補上一槍，俐落射殺淪為肉靶子的老人。

王蛇滿意地吹了口哨。「真準。」

「王蛇。」峨嵋揪住他的領子。「你在裝瘋賣傻，我都聽出來了。你的心跳……你已經不受『淨土』控制了？你只是、你只是在……。」

「在怎麼樣？」王蛇明知故問，還咧開嘴笑。

「你在玩。」

「我看起來有那麼開心啊？」

王蛇對逃跑的群眾開槍。在他視線所及的所有人，不分老少全是活該被射殺的肉靶子。

「你說對了，那個蠢病毒還真的拿我沒辦法了。」

「從什麼時候……。」

「不好說，搞不好早就不被影響了。這幾天我太安分，拚命避開老人所以沒機會驗證。至少從看到斐先生那個瘋癲老頭開始，就確定淨土對我無效了。」

峨嵋不懂。「既然無效，你為什麼要……。」

「剛剛說過啦，反正一堆人想要我死，那順便給他們機會，我也夠煩了。一次通通出來讓我殺光，省得動不動浪費我時間。」王蛇重新裝填子彈，「還有咧，看到一群人不知死活在狂歡，想大發慈悲給個警告。反正沒解藥不是嗎？世界註定要陷入混亂，乾脆加入搖滾區一起大鬧，這樣才爽！」

「你不被控制就代表產生抗體了。你是解藥！」

「我不是解藥，只是拿錢辦事結果被下了獵殺命令的僱傭兵。老人被殺光還是怎麼樣都跟我沒關係，世界毀滅也無所謂，全部炸光光最好。我只想大鬧特鬧，把子彈打光、把刀都砍斷，然後離開這個狗屁倒灶的鳥地方。妳要跟我走。」

「為什麼要跟你走？你瘋了？好不對勁。」峨嵋非常無助，即使早就知道王蛇是個澈底的、我行我素不顧別人的無賴，但她現在更不明白能如何阻止他。

擁有強大的肉身如掠顱者，竟然也沒把握制止這個惡名昭彰的傭傭兵。

「沒有不對勁，我就是這個樣子。妳才是莫名其妙。不開心吧，妳一直都不開心吧。是我搞錯了，一開始就搞錯了。真是愚蠢的混帳，可惜沒人研發出時光機器，不然我要阻止過去的自己，竟然蠢到把妳交給惡魔老爺子。」

峨嵋連連搖頭：「老爺子需要我。這沒有問題。」

「問題可大了。你們掠顱者喔，太可憐了。為了滿足被施加的願望，還真是委屈自己。像我這樣會活得更開心喔。不要回去了，跟我走。等我再給這些白痴一點警告，我們就走。」

王蛇垂下手。峨嵋臉色大變。

「住手！」峨嵋搶著阻止，但王蛇動作更快。

一小團黑色的物體劃出拋物線，像帶來不祥命運的烏鴉從高空墜落，落在人群之間。

「驚喜來囉。」王蛇按下引爆器，震耳的爆破聲與火光吞噬周邊人群，黑煙與碎塊從爆炸的中心點飛散，未受波及的群眾慘烈尖叫，彷彿他們才是被炸到的人。

王蛇像搗破蟻窩的惡劣孩子，歡愉地欣賞：「還不錯，對吧？」

峨嵋無法應對。王蛇現在的心跳太可怕，不僅僅是殺念，亦伴隨令她恐懼的深層絕望，好像被拖入不見底的黑暗深潭，是那樣冰冷又不見一點光。

在這樣混亂的狀態，峨嵋仍然發現聚集而來的不善心跳。她張望四周，果然見到幾人與群眾逃跑的路徑呈反方向，正逼近過來。

——是松雀安排的獵殺小隊。

這支獵殺小隊的成立，是以清除首批感染者的名義做掩護，主要目的還是為了對付王蛇。

松雀的計畫是把王蛇引到遊行隊伍的行進路線上，讓王蛇發狂並將其殺死。參與遊行的老人都被當成誘發王蛇失控的餌。

遭到松雀設計的不僅是王蛇跟參與的民眾，這次遊行另有政黨人士及候選人出席，松雀要趁王蛇引發的血腥混亂，讓屠立委安排的刺客——甜鼬，得以暗殺屠立委欲除去的政敵，並栽贓給王蛇。

松雀接受屠立委的委託，雙方合謀各取所需。兩人亦協議要隱匿王蛇與獵殺小隊隸屬永生樹的消息，營造成黑幫分子作亂。

後續屠立委再安排私下豢養的網紅跟專業寫手、Youtuber發動攻擊，在網路製造輿論，把這次的慘劇歸咎於政敵治理不善，導致治安出現巨大漏洞。

一切全是野心與私欲交織的醜陋陰謀。

「太熱鬧了吧，一看就知道來找碴的。」王蛇掃視這些潛伏的追獵者，全部來者不善。

幸好王蛇也不是什麼良善的存在。

王蛇取出更多炸藥，不怕波及無辜群眾。對他而言沒有人是無辜的，更沒有人是不能殺的。

「小心了。」王蛇這是提醒峨嵋，隨後扔出炸藥。準備動作太明顯，獵殺小隊早有預防，提前避開爆炸範圍。

在漫天的煙硝中，王蛇拉著峨嵋衝入騎樓，一路穿越。他的企圖不是就地殲滅獵殺小隊，而是趁隙逃脫。途中有些逃命的民眾躲在騎樓發抖，無力再跑，沒發現血腥騷動的始作俑者近在身邊。

獵殺小隊的僱傭兵分成幾路追趕，他們不如王蛇瘋狂，沒有當街拿出槍械追擊，而是技巧性將王蛇與峨嵋逼到預先鎖定的死角。

王蛇看穿獵殺小隊的企圖，忽然轉身開槍，峨嵋亦回頭射出鐵籤，幾名僱傭兵捂喉跪倒，追捕網被打出破口。

兩人衝過街角，還未擺脫追擊，前方先出現一名棒球帽女人。

又是擺明來者不善，善者不來。

王蛇迅速打量，見到女人牛仔褲的褲腰掛著兩根鐵鉤，這樣極具特色的武器太容易辨認了。

「愚獴？」

「這不是什麼愚獴。」峨嵋臉色驟變，制止王蛇繼續前進，「她是崆峒。」

「這種取名風格一聽就知道是掠顱者。」

「對，還是個瘋子。」

「掠顱者到底有誰不是瘋的？這個叫崆峒的是來找妳敘舊還是想殺我？」

峨嵋抽出暗藏的鐵籤，夾在手指之間。「看起來是想把我們都殺了。」

隨著峨嵋採取動作，崆峒取下腰際的鐵鉤。下手極重極狠的她偏偏語氣很輕柔：「妳為什麼要護著王蛇？」

「妳又是為了什麼？要殺我，還是王蛇？」

「王蛇。」

「原因？」

「他該死。」崆峒不可能透露是松雀的命令。

「我同意。」

毫無預兆，兩名掠顱者雙雙衝出，纏鬥在一塊。崆峒揮舞鐵鉤，鉤尖颳出鋒銳的聲響，被劃過必然皮開肉綻。

峨嵋不與崆峒硬碰硬，身形靈動地閃避，緊抓空隙射出鐵籤。

鏘鏘鏘——崆峒用鐵鉤擋開飛射的鐵籤，疾奔的峨嵋伸手一抓，取回被彈飛的鐵籤，迴身又是幾道銀光疾射，鐵籤直逼崆峒要害。

密集的金屬碰撞聲鏗鏘作響，像亂雨打落，鐵鉤與鐵籤交錯之間擦出點點火星。

王蛇仍站在原處，不是袖手旁觀而是冷靜等待機會。他在衡量崆峒，這種匪夷所思的力量與強度，的確不是一般人類。

兩名掠顱者激鬥之際，獵殺小隊隨之而來。

王蛇吹了聲口哨，隨手一拋。

獵殺小隊注意到王蛇的招呼禮，直覺判定又是炸彈所以接連避開。但是爆炸與火光沒有出現，反倒是王蛇衝向一名僱傭兵，開槍爆頭後再躲入路邊的小客車後。

這是王蛇故意設計的假動作，成功誘使這些僱傭兵上當，但躲藏的位置反倒害自己被困。

獵殺小隊呈進攻陣勢，逼近王蛇藏身的小客車。

又一團黑色物體從車後高高拋起，幾名僱傭兵率先避開，另有幾人短暫停頓，猶豫這究竟又是王蛇騙人的把戲抑或是真正炸彈，視線下意識追著物體的軌跡。

激烈的強光當空綻裂，伴隨巨響。

——王蛇扔擲的是閃光彈。

在強光之後，趁著僱傭兵視力被剝奪，一顆手榴彈從車底下滾出。引爆的手榴彈炸出無數鐵片碎屑，刺進僱傭兵的眼耳鼻口，大範圍的身體更不能倖免，破洞累累的衣服滲出暗紅色的鮮血。

得手的王蛇從車後站起，一槍一個俐落了結僱傭兵的性命。他異常冷靜，與射殺群眾時玩鬧的神情完全不同。

專業冷血，這就是號稱專殺自己人的「那個王蛇」。

另一邊的掠顱者持續激戰，雙方裸露的肌膚遍布血痕，還未出現決定性的傷勢。體力大量消耗的峨嵋呼吸微亂，略顯疲態。

崆峒同樣呼吸不穩，但神情恍惚如夢遊，揮舞鐵鉤竟然更加狂暴，先是撞開峨嵋射來的鐵籤，再以詭異的步伐近身。峨嵋察覺時已經太遲，匆忙舉手護住要害。

峨嵋呼痛，手臂被鐵鉤扯下血淋淋的肉。

峨嵋捂著傷臂一再後躍，脫出崆峒的攻擊範圍，後者見血越加狂暴，病態的白色肌膚泛起密密麻麻的青色血管。

崆峒高舉鐵鉤，像臺故障的除草機暴躁地揮舞，要將峨嵋捲殺。

峨嵋不斷繞圈與崆峒周旋，像在起舞，傷處豔紅色的血珠如碎花般濺地。她扣住鐵籤不再輕易出手，更不輕易靠近崆峒。

崆峒攻勢大開大闔，遮光的棒球帽被甩飛，長髮像狂舞的黑燄甩晃，夾藏鉤尖的森冷寒光。

崆峒忽然高高跳起，往峨嵋的腦殼重砸。峨嵋驚險避開，落空的鐵鉤貫進路面，裂痕應聲蔓延。落地的崆峒短暫停滯，試圖拔出鐵鉤。峨嵋見機雙臂揮舞，墨綠的裙擺飄揚之間，鐵籤如銀色流星飛射而出。

崆峒果斷放棄鐵鉤，幽靈般輕飄飄躍開，隨後腳尖一點借力疾衝，雙手成爪直撲峨嵋。

崆峒利爪抓向峨嵋的面門與心口，峨嵋一退再退，鐵籤不間斷射出，忽然指尖碰了個空，已經將鐵籤耗盡。

峨嵋綠色的眸子冷冷一瞪，乾脆迎上與崆峒近身硬戰。

掠顱者酣鬥之時，竟然有群眾遠遠圍觀，還拿出手機拍攝。起初只有兩三人，但其他路過的見了跟著聚集，完完全全不知死活。

王蛇伸手往口袋掏摸，一顆手榴彈招呼過去。

爆炸聲後，終於沒有路人能繼續拿手機亂拍，全都顧著嚎叫。

「珍惜生命啊，湊什麼熱鬧？」王蛇不見憐憫，只有不屑。

王蛇嘴上罵歸罵，大半注意力是放峨嵋與崆峒身上。礙於雙方纏鬥，他不便輕易出手援助，怕反倒干擾峨嵋。

王蛇不斷以視覺捕捉，逐漸習慣掠顱者的速度。

真不枉費當初被打那麼多藥，王蛇心想。藥物讓他擁有遠遠超出一般人的力量，單論殺人技術更是勝過永生樹的僱傭兵，但與掠顱者相比仍有差距。

「反正我也沒差了。」王蛇握住暗藏的武器，窺伺攪局的時機。

掠顱者的戰況越漸慘烈，徒手互鬥的結果讓雙方增添更多傷勢，但峨嵋的傷口明顯更多，本來就不擅長近身戰的她屈於下風，崆峒毫不掩飾的淒厲殺意更是使她反胃。

脫逃的念頭僅出現剎那就被否決，峨嵋判斷不可能擺脫崆峒，除非重創甚至殺掉這名掠顱者同類，否則無法脫身。

在這極短的分神之際，崆峒的爪尖擦過峨嵋臉頰，劃出一道血痕。峨嵋表面鎮定實則後頸發麻，差個幾釐米就要被崆峒戳瞎眼睛，甚至利爪插入腦袋都有可能。

峨嵋因著忌憚轉為被動。恐懼瞞不過同是掠顱者的崆峒，讓她不顧防禦，一心要殺死峨嵋。

崆峒接連猛攻峨嵋的臉孔、咽喉、心窩，招招朝要害下手，峨嵋不斷閃避，一身墨綠洋裝被劃得破爛，裸露出肌膚。

刷——峨嵋的頭髮被削去部分，髮絲飄散開來，又是險些刺穿眼珠。

崆峒逼前追擊。槍聲乍響，崆峒向後一扭，避開襲來的子彈。

王蛇連續開槍，迫使崆峒放棄對峨嵋的攻勢。崆峒的目標本來就是王蛇，他主動出手反倒使自己身陷險境。

崆峒果然朝王蛇疾衝。

眼看崆峒染血的利爪逼來，王蛇平靜異常。

崆峒直覺必定有詐，猛然停下，但王蛇已經引爆預藏的閃光彈。突發的大範圍強光與震波讓崆峒無法全身而退，掠顱者過於敏銳的感應力更是讓這樣的刺眼光線與聲響再放大數倍。

崆峒痛苦捂眼，瘋狂甩頭，高分貝的尖叫比閃光彈引爆的噪音更加恐怖。在混亂之中，王蛇忍著閃光彈爆炸造成的劇烈頭痛，硬是接近尖叫的崆峒。這些痛苦對王蛇而言還不夠狠，長期飽受毒藥折磨的他根本不怕區區的閃光彈。

王蛇模糊的視線勉強捕捉到崆峒的身影，反握格鬥刀奮力捅去，掌心傳來扎實的回饋觸感。

崆峒尖叫更加淒厲，揮舞的利爪劃過王蛇胸口，扯開血肉，反手再抓下王蛇腹部一大塊肉。

王蛇痛得坐倒，衣服瞬間被血浸溼。趁著視力些微恢復，他不浪費分秒地拿出手槍，近距離對崆峒連轟數槍。

崆峒中刀反倒喚起警覺性，先一步避開子彈軌跡，但是腿腹竟接連吃痛，被銳利物貫穿。

峨嵋從遠處奔近，手中鐵籤都是趁王蛇爭取空檔時撿回的。鐵籤接連往崆峒疾射，王蛇則迅速更換彈匣，配合峨嵋節奏開火。

崆峒盲亂揮爪，直到被峨嵋射來的鐵籤精準刺傷肩關節。垂下一手的崆峒齜牙吼叫，負傷的她仍然極具威脅性。

雙方陷入僵持。

王蛇知道弄死崆峒是時間問題，但任何步驟都粗心不得，否則必然遭到崆峒反殺。

忽然一臺廂型車輾過路邊半死不活的路人，粗暴地疾駛過來。搶先感應的峨嵋立刻拉開王蛇，廂型車隨後撞來，橫阻在崆峒面前，化成護盾。

車門推開，崆峒被迅速拉上車，前後不過幾秒時間。車駛離時窗縫大開，槍聲接連作響。峨嵋抓住王蛇衣領，強拖他逃出射擊範圍，躲入路邊小客車後。

王蛇喘著粗氣，有劫後餘生的鬆脫感。

「居然有同夥。該說是幸運還是不幸？差點就要被愚獴……喔妳說她是崆峒，總之差點被她殺死。永生樹怎麼躲著這種怪物？」

「還有心情廢話，嫌血流得不夠多？」峨嵋心有餘悸。若不是王蛇插手，恐怕她要被崆峒殺死。

「怎麼想到用閃光彈？遠遠用槍不是更安全？」

「有狙擊槍的話我會考慮，手槍就算了，騙不到那傢伙。記得在飯店遇到蝗佬那頭金髮豬嗎？是當時引爆炸彈給我的靈感。多虧跟妳相處過，知道掠顱者的感官太敏銳，我看那女的還戴帽子，決定賭她怕光。剛才的配合真棒，我們默契不錯，對吧？」雖然超級狼狽，王蛇還是笑嘻嘻的。

「誰跟你默契不錯？噁心。」

「好啦，我的大小姐，現在我們需要弄到一輛車，然後趕快離開這裡。這個任務交給妳了，我需要坐一下。不要用這種眼神看我，我只是脆弱平凡的普通人，肉體不像掠顱者這麼強悍。給點時間喘氣不為過吧？」

「知道了。」峨嵋冷哼，但沒有立刻行動。

「怎麼了？」

「你跟著我。」

「我是傷患啊，妳忍心逼一個受傷的人到處走嗎？」

「給我起來，跟好。省得我回來發現你被其他人殺死。」

「原來是擔心我啊，早說嘛。」

「閉嘴。」

二十六　CA1002

王蛇捂著腹部持續出血的傷口，只用一隻手操縱方向盤。

這臺車是剛才從路邊強制徵收的，被槍抵著的駕駛一臉惶恐，只能乖乖下車並交出車鑰匙。

「這車不錯啊，算妳有眼光懂挑。」

「停下來，你要止血。我以為你弄車是要找地方治療傷口……你到底想去哪？」峨嵋少有的慌張，聽得出現在的王蛇勸不動。

「小傷。只是普通的出血。」王蛇異常鎮定，顯現某種決意。

「怎麼會是小傷？」

「這種傷真的不重要。」

「停下來！」

王蛇轉動方向盤俐落過彎。車轉彎時，傷口滲出的鮮血已經覆蓋左邊下腹

「不用擔心我，這種傷真的沒事。喂，還記得我說過以前是被用來做藥物測試嗎？其實還說了點謊。雖然沒有毒藥可以直接殺死我，但殘留在體內的毒素莫名其妙混合，變成更麻煩的東西，這幾年都在侵蝕我的身體。」

峨嵋隱約懂了王蛇的意思，明白他為什麼說現在持續出血的傷無關緊要。

「流的血是多了點，不過這個傷真的殺不死我。雖然妳看不到，不過傷口正在慢慢止血。那些藥物到底是什麼鬼東西？癒合力真強，可惜無法解毒。」王蛇說，「抱歉啊，之前說一定給妳殺我的機會，看來不用妳親自動手了，我早就死定了。」

「你到底……。」峨嵋拉住王蛇的衣角，蒼白的指尖染上鮮紅的血。

「最後要麻煩妳陪我這個快死的人走一趟啦。」王蛇調皮地眨眨眼，一派輕鬆地說：「我的大小姐，妳不會拒絕吧？」

當鐵柵門開啟，CA1002以為又要被注射毒藥，再歷經不怎麼好受的過程，任由研究員寫下報告。但是今天的研究員沒拿針筒。

「你的定期檢驗結果出來了。」研究員冷淡地說，像不耐煩的賣場人員。「你的抗毒性非常強大，對多數毒藥都免疫了。狀況也好轉了，真是不可思議的自我療癒能力。可惜發生在你身上的變異過程難以複製，能夠收集的資料都收集完了。你無法再貢獻新的數據與觀察報告。」

研究員繼續說：「累積的毒素已經擴散到全身，你是憑著不可思議的抗毒性跟自癒能力在抵擋。就算這樣，你體內的防線遲早會崩毀，這是無法治療的慢性中毒。你只能等死了，真可惜，還那麼年輕。」

CA1002嘴巴呆呆微張，不能理解研究員所說的。突然被宣判死期，對CA1002來說太超乎現實了。

「你的工作到此為止。」

越過了漫長的隧道，視野豁然開朗，陣陣拍浪聲迎接王蛇與峨嵋。

車的一側是海。夜間的海與白天的同樣不見邊際，卻更深沉。海平線之上的夜空亦是無限遼闊。遠離煙硝瀰漫的都市之後，繁星終於在此露臉。

峨嵋看不見這樣的景象，視線已經被眼淚模糊。

「我的大小姐，怎麼哭得這麼慘？不是很討厭我嗎？」

峨嵋泣不成聲。

「不要這麼難過嘛，多活的這幾年都是撿到的。算妳倒楣，最後還是擺脫不掉我。」

峨嵋不停伸手抹掉眼淚，卻越哭越狼狽，淚水滴溼了副駕駛座。她聽懂、都聽得懂。王蛇沒有說謊，更不是開玩笑。他的死亡一直在倒數。

「我從很久以前就在想，到底該死在哪裡才好？結果在找到答案之前先進了永生樹當僱傭兵，都是巧合啦，本來只是想殺人洩憤又有錢拿。我實在太不快樂了，好討厭這個世界啊。啊啊，一堆不知死活的白痴橫行。結果又遇到妳，終於有答案了。以滿分一百來說，這個答案該拿一千分的。」

「什麼叫又遇到我？」峨嵋抽抽噎噎地問。

「掠顱者記性這麼差？」

「你到底想說什麼？」峨嵋哽咽地問，對王蛇不把話說清楚很不開心。

「等等再揭曉。快到了。真不枉費我挑中這裡，海很漂亮吧。晴天的時候真的棒，看著海什麼都不做，心情也會莫名平靜。」

車沿著海岸線行駛，然後慢慢遠離主要道路，拐進了小路。隨著行進，路慢慢變寬，出現一塊翠綠平地。

月光下，是一間寧靜的小屋。

王蛇把車停在小屋外，下車時身體微晃。峨嵋急著要扶，王蛇露出微笑，像在笑她的著急，但笑意裡帶著一絲絲的滿足。

王蛇讓峨嵋扶到門前，用沾血的手掌探進口袋，撈出鑰匙開門。隨著門打開，一股空蕩蕩屋子特有的氣味飄來，還帶著專屬於海的溼氣。

王蛇摸索開關，終於開了燈。

亮起的廳裡只擺了張木椅，除此之外很空，空得連從窗外看見的海都顯得特別遼闊。王蛇按住椅子扶手，緩慢坐下。峨嵋佇立在他面前，淚痕未乾，眼淚還沒止住。

王蛇輕拉峨嵋的手，自身的血染紅她的掌心。「我的大小姐，這裡不錯吧？可惜突然殺出淨土，來不及把家具準備好，只有這張椅子。算了，至少是我好好挑過的。」

「我不懂……來這裡要做什麼？」

「不是什麼大不了的事，只是找到了自己該死的地點。」王蛇視線越過峨嵋，看向窗外黑暗無際的海。「順便把妳從那些亂七八糟的鳥事裡拖出來。我對妳說的謊不只一個。我偷偷去過地下格鬥場幾次，看了妳的虐殺秀。真是有夠難看。」

峨嵋帶著哭腔說：「很難看你還看？」

王蛇輕輕晃著峨嵋的手。「沒辦法，非看不可。要確認妳過得怎麼樣，還以為真的不聞不問直接放生妳？我說的難看不是虐殺秀，是妳的表情，真是有夠不快樂的。所以我知道我錯了，真是天殺的白痴，不該擅自把妳留在那裡。幹麼？不要那種臉好不好，就算是名聲很臭的我也是會懊悔的。就算掠顱者是製造出來殺人的，妳也擁有『拷問女王』的稱號，但不喜歡殺人就不要勉強自己。」

「不殺人還能做什麼？我就是為了這個原因被製造出來。」

王蛇打斷：「停。妳是被製造出來的沒錯，不過那些科學家……還是叫研究員？反正就是那類人，妳懂我在說什麼。那些人沒有經過妳的同意擅自把妳製造出來，還要求妳幹活。站在一個傭兵的立場來看，這真的太惡劣了。報酬啊，合理的報酬很重要啊，妳這是做白工。」

「研究員需要掠顱者執行這些任務、老爺子需要我的虐殺秀。這樣就夠了。」

「天啊，我的大小姐，妳真是有夠笨。被人需要有這麼重要嗎？開開心心的為自己活著不好嗎？妳說研究員需要妳執行任務，可是別忘記就是那群人要撲殺包括妳在內的所有掠顱者。至於惡魔老爺子，就算他對妳很好，妳終究只是他孫女的替代品。」

峨嵋還想反駁，但王蛇沒給她機會說下去。

「好啊，如果妳真的這麼希望被需要，那來滿足我的願望。我要妳留在這裡，這是我好不容易找到的清靜地方，不要管外面怎麼樣了，不管是『淨土』還是滅絕老人的世代廝殺，或是到處流竄的掠顱者跟永生樹傭兵……都不要管了。妳要自私一點，最好跟我一樣惡劣，多為自己想一想。」

王蛇摸了摸腹部傷口，出血已經減緩，可是喪失的體力仍未回復。王蛇需要充足的休息，儘管他認為這已經無關緊要了。

「不要哭成這樣嘛，我難得這麼開心。雖然出了點意外，可是終於撐到這裡，可以把這間屋子交給妳了。房價漲得太誇張了，連我這種什麼委託都接的傭兵也要賺好一陣子才湊夠錢。」王蛇指著屋內的一處角落。「那裡的地板下藏著幾綑鈔票，夠妳用很久。該死的，要不是殺出『淨土』，要不是我剩沒多久時間，應該可以準備更多。」

「為什麼要準備這些？錢的話我不缺，你留著去找醫生或任何可以治療你的管道……。」

「我的大小姐，今天的妳特別遲鈍，怎麼什麼都不懂？那個冰雪聰明的峨嵋到哪去了？我當然知道惡魔老爺子給很多錢，可是那關我屁事。對我來說沒有意義。惡魔老爺子是惡魔老爺子，我是我。他給的跟我給的不一樣。」

王蛇稍稍用力握了峨嵋的掌心。「喂，說認真的，到這種關頭了，我不想再解釋這些了。最後這些日子可以陪陪我吧？」

「在斐先生那裡，你說這次不會丟下我。」

王蛇尷尬地搔搔頭。「那時候沒想那麼多，不過是我的真心話。」

「只要我留下就好嗎？」

「對，留下。」

峨嵋抱著膝蓋坐下，一手還任由王蛇握著。她抬起頭，睫毛沾著淚珠，綠色的眼睛望著王蛇。

王蛇從椅子起身，在峨嵋身前蹲下。手仍然緊握不放。

「這樣會不會影響傷口？」峨嵋問。

「不要緊，傷口不重要。」王蛇盯著峨嵋，表情很和緩，只是臉色有些蒼白。「還是堅持不幫我唱生日快樂歌？」

峨嵋不由得皺起眉頭，帶著莫名其妙的困惑與幾絲嫌惡。「好奇怪，你為什麼這麼執著生日快樂歌？你今天生日？」

「不是。我根本不知道自己生日什麼時候。」

「慢性中毒讓你的腦袋也壞了嗎？」

「竟然這樣挖苦我，尊重一下傷患好嗎？」王蛇突然抽回手。在峨嵋反省是否開了不好的玩笑時，他把手放到峨嵋頭上，輕拍幾下。「掠顱者的記性真的很差啊。」

「什麼意思？你這……。」峨嵋困惑無比，還想再問，忽然驚覺這幕既視感十分強烈。過去她曾有類似的遭遇。

在這同時，她讀出王蛇的心跳。

「怎麼會？」峨嵋失聲問，著急伸手撫摸王蛇每一吋臉頰，像要確認什麼。「不對、不對。明明就不一樣！」

「是不一樣啊。那時候還沒有抗毒性，毒藥讓我變成醜陋的鬼東西。」

在與女研究員一同造訪的機構裡，試驗體的漆黑眼瞳死死瞪著小峨嵋。

小峨嵋嚇得尖叫，一屁股坐倒。雖然掠顱者有強悍的殺戮本領，但受驚的小峨嵋忘記出手，不安定的精神狀態又被激發，在尖叫後只顧著瘋狂喘氣，完全忘記要移動。

試驗體步步逼近，小峨嵋抱頭發抖，嘴裡發出害怕的嗚咽。試驗體抓住她手臂，用與恐怖外貌不符的溫柔力道拉起小峨嵋。

待小峨嵋發現抓住手臂的力道空了，才慢慢放下抱頭的雙手。面前的試驗體拍了小峨嵋的頭幾下，很輕很小心，既想安撫又怕再次嚇到小峨嵋。

試驗體蹲在小峨嵋身前，慢慢垂下頭。

雖然害怕，但小峨嵋明白試驗體沒有惡意，只是長得很恐怖。她那樣尖叫太失禮。更重要的是她慢慢聽出來了，試驗體的心跳很平和，甚至可以說是沮喪。無論如何，完全不帶攻擊性。

歉疚的小峨嵋鼓起勇氣，克服對試驗體醜陋外貌的恐懼。她沒有逃開，抱著膝蓋小心坐下。

小峨嵋慢慢打量試驗體，看見衣服胸前繡著代號CA1002。

「你是不是很寂寞？」小峨嵋問。聽到CA1002心跳頻率短暫改變，又回歸那樣沮喪的聲音，她便知道說對了。

「我以前也是喔。」小峨嵋哀傷地說。「可是現在不會了，我有媽媽了。雖然不是親生媽媽，我是被製造出來的。」

CA1002緩緩抬頭。小峨嵋還是害怕那雙漆黑無光的眼睛，但忍住不逃，努力用碧綠色的眸子與之對看。她被叮嚀過，說話要看著對方的眼睛才是禮貌。

「我沒有媽媽，沒見過。」CA1002嘶啞地說，嗓子很可怕，好像被灼傷似的無法好好說話。

「你什麼時候生日？媽媽說昨天是我生日，幫我唱了生日快樂歌。」

「不知道。從來沒人替我過生日。」

「那我幫你唱好不好？」

還沒等到CA1002答應，被小峨嵋視作母親的女研究員注意到這邊，匆匆拉走小峨嵋，不斷囑咐她不要貪玩。

小峨嵋頻頻回頭，看著試驗體。試驗體同樣望著她，緩緩揮手道別。

從那之後小峨嵋再也沒去過那間機構，也忘了生日快樂歌。

但是CA1002沒忘。

「又見面了。妳是這世界上唯一關心過我的人。」

此時此刻，在海邊的小屋裡，已經成為王蛇的CA1002開心地說。

二十七　管理者之二

某棟看似廢棄的商場大樓。

即使在盛夏時節的白晝，大樓內部仍然陰森如鬼屋，隨意一瞥彷彿就會看到鬼魂的蹤影。大樓中有一處長年都在裝修施工、不開放進入的樓層，在刻意阻擋外界的厚實隔板之後，藏著神祕的售票亭與電影院。

寬闊的影廳裡，幾盞崁燈投下昏黃的燈光。一個老婦人坐在紅色絨布椅子上，玳瑁圓框眼鏡下有雙睿智溫和的眼睛，正望著空白無物的銀幕。

她是貓頭鷹，永生樹的管理者之一。

在世界逐漸往混沌失控的那端靠攏之際，貓頭鷹待在形同庇護所的神祕電影院，罕見地無法看透，不能斷言這樣的混亂將持續多久。

斐先生製造的「淨土」是獨一無二的，它將引發的災難不只是屠戮老人，更會破壞現有的秩序。貓頭鷹亦無法確定，自己是否能活至災難平息的那天。她只有安靜地觀看。藏身在這樣的電影院，就像匿蹤於幽深的森林之中。

在森林之外，有貓頭鷹掛心的人。一個是親自培養視如己出，像女兒一般的存在，另一個則是孤獨纏身的非人怪物。

她只希望他們都能好好的，要平安。

貓頭鷹還不知道，無從摸索的命運既戲謔又調皮，捉弄所有人的未來。

——喀噠喀噠喀噠。

——命運之輪開始轉動。

幾名看似隨性亂逛的遊客進入這棟老舊的商業大樓，目標明確地踩上電扶梯到達指定樓層，穿越施工封鎖線，來到隱藏入口。

這些人找到正確的隔板，觸動開關，入口應聲開啟。他們依序進入，不忘關閉入口，其中一人刻意留下來顧門，防止遭到意料之外的闖入。

腳步聲包圍了影廳，貓頭鷹確信這些陌生的臉孔並非為了委託而來。

「歡迎來到『永生樹』。在尋找什麼？我能為你介紹。」

貓頭鷹一如往昔說著固定的開場臺詞，沒有任何動搖與懼怕。

即使這一刻，她知道自己的命運就此終結。

在松雀的私密居所之中，能夠俯瞰風景的落地窗被窗簾遮蔽，讓屋裡只剩刻意昏暗的人造光源。在其中一間臥室，佇立的松雀凝視床上的人形。黑襯衫與黑長褲的全黑打扮彷彿是參加喪禮，正在緬懷死者似的。

負傷累累的崆峒赤裸著身體，被白色紗布與繃帶層層包裹，只有部分肌膚暴露出來。為了防止對光線異常敏感的她受到額外刺激，雙眼同樣纏繞紗布，僅露出鼻尖與失去血色的蒼白嘴唇。

殺死王蛇的計畫失敗了。不只獵殺小隊全滅，崆峒還遭受重傷。經過搶救，目前崆峒脫離危險期，不至於會死，何時痊癒則是未定。

房裡很靜，崆峒的呼吸沒有聲音，若不是胸口還會起伏，看起來真像死了。

松雀依然是皺起的眉頭與嚴肅臉孔，這已成面具，讓他幾乎不會出現其他表情。

預期的來電響起。

松雀開啟通話。

「結束了，都安排好了。」另一頭的聲音說。

「跟你合作很愉快。」松雀的語調沒有起伏，聽不出情緒。

「客氣了，不過是各取所需。」

簡短的通話結束。

松雀離開房間，來到吧檯取出收藏多時的威士忌。那名睿智的老婦人值得以此悼念。

把威士忌注入杯中，松雀拿起酒杯，先輕嗅感受木質香氣，然後才啜了一口，讓威士忌蘊藏的滋味在舌上與口腔擴散。

松雀放下杯子，背後很小心、很謹慎的聲響引起他的注意。

崆峒離開了休養的床榻，帶著滲血的傷與纏身的繃帶出現。遮擋眼部的紗布被她掀起，露出一只眼睛。那只眼睛盯著光滑的黑色磁磚地板，不敢望向松雀。

「對不起。」崆峒說得很小聲，幾乎讓人聽不見。

「不必道歉，是我策畫得不夠周全。」松雀沒有責怪。

「都是我、我沒做好……。」崆峒不自覺往前踏，想要接近松雀，但又認為失敗的自己沒有資格，於是退縮止步，開口哀求：「再給我機會，什麼命令都可以，我會乖乖完成。拜託……。」

崆峒垂下頭。她多擔心會被松雀捨棄，又要再次流浪。流浪不可怕，但是掠顱者的心沒定下，便要時時刻刻身陷狂風暴雨，飽受精神上的折磨。

「有好消息。管理者少了一名。」松雀看了一眼擱在桌上的威士忌，沉默悼念貓頭鷹的死亡。

作為定期向第二代匯報的管理者，貓頭鷹與第二代關係匪淺，因此一直都在松雀的名單上——必須剷除的死亡名單。

藉著與屠立委合作，松雀請他派出閻山組，讓黑幫收拾貓頭鷹。松雀的雙手還是乾乾淨淨。王蛇的死活相對沒那麼重要了，重點在於，藉著這次自由獵殺，松雀剷除了與第二代來往密切的貓頭鷹，以及所有相關的僱傭兵。

接下來松雀把目標放到第二代，這個名正言順但無能的接班人始終得死。

「我說過，妳要見證我掌管永生樹。」松雀說，「這個命令不管發生任何事都不會改變。不要再讓我重複。」

崆峒聽懂松雀的心跳——堅定誠實毫無虛假。她紗布下睜著的那只眼眶溼了，眼淚止不住。她發出嗚咽，渾身發抖哭了起來。

松雀走向掠顱者，像指引迷路的孩子，帶她回去房裡。

崆峒忍著渾身傷處的疼痛，艱難地躺回床，獨睜的眼望著松雀不放，盡是感激與效忠。

「把傷養好，這是命令。」松雀拉整了她眼部的紗布，完整遮住雙眼。

仰躺在床的崆峒安分不動，乖巧聽從。

松雀拉來椅子，在床邊坐下，看顧了崆峒，腦中亦精心規劃第二代的死亡。這些計畫需要最不可能背叛的人來執行。

松雀只有唯一人選。

「客氣了，不過是各取所需。」

在沒有盡頭的廣闊藍天之下，屠立委結束通話。

飛機起飛的引擎聲劃過無雲的晴空，鳥形的影子脫離地表。

鑑於這幾日的大亂，與屠立委同黨的政客貪生怕死，決定先帶家人出國躲避，等情勢安定再回來。至於留在島內的選民們性命安危如何，倒不是這些政客的優先關心事項。

作為黨內年輕後進的屠立委，儘管野心十足，但表面禮數總是作得澈底，不僅主動前來送機，還稱讚對方是自己的學習對象，這次出國讓他少了能夠效仿的楷模。

屠立委的馬屁拍到點上，對方被吹捧得輕飄飄的，立刻誇下海口，說屠立委以後不管有什麼困難，隨時都願意幫忙。屠立委心裡當然知道是客套話，嘴上還是不斷道謝，一直送對方到安檢門口、目送對方走遠才離開。

又一架飛機起飛，屠立委抬頭看。

貼身助理甜鼬隨侍在旁，站在更遠處護衛的是閻山組成員。

甜鼬依然是那張甜美看似無害、泛著深酒窩的臉孔。這樣俏麗的女人卻趁遊行慘劇之際，接連為屠立委暗殺幾名政敵，下手毫不遲疑。

「委員，這次合作您滿意嗎？」甜鼬笑著問。

屠立委想了想，意有所指地說：「就看後續了。這還是剛開始。不可否認的是永生樹的管理者有他的一套方法，我得到情報，有個組織正在擴充勢力，是跟斐先生親近的人。」

「您的意思是？」

「有一個任務要交給妳。」

怯鷗逃了好久。

那樣的混亂竟然殺不死王蛇，該歸功有峨嵋的幫助，還是該說王蛇命大？

更讓怯鷗嚇壞的是峨嵋竟然擁有那樣的身手……一直被戀愛濾鏡遮住雙眼的怯鷗，終於發現峨嵋從來不是他眼中那個嬌弱、需要被呵護的少女。

深怕被王蛇報復、也沒臉見峨嵋的怯鷗另外租了一臺車，這幾天到處亂跑，還不敢輕易跟人群接觸，怕被傳染病毒。

怯鷗陸續目睹可怕的凶殺，認定感染者比他想像的還要更多，病毒一定正在大量擴散！

放心不下的怯鷗在確認自己對老人還不會產生殺意之後，決定去探望阿嬤。這次他不敢買便當，怕排隊夾菜會被傳染，可惜他已經記住絕對不要買含有三色豆的便當，因為阿嬤不愛。

來到熟悉的阿嬤家樓下，看起來跟過去一樣平和寧靜，讓怯鷗感到心安。

怯鷗把車停妥，拿出手機。自從上次與阿嬤通話，要求她不要亂跑、三餐都叫外送之後，便忙著搜尋斐先生跟Miss S的下落，還要應付松雀的命令……

「阿嬤應該不會有事吧？」怯鷗撥了通話想與阿嬤聯絡，卻落入無止境的響鈴之中。

怯鷗擔心地下車，習慣性抬頭眺望阿嬤住的樓層。陽光太刺眼，亮得他眼睛瞬間瞇起，趕緊用手遮光，結果發現客廳的窗被推開，有人探出窗外。是阿嬤跟不知道哪來的年輕人。

怯鷗還來不及困惑，阿嬤發出尖叫、整個人頭下腳上翻過陽臺，被年輕人丟下樓。

「阿嬤！」

怯鷗慘叫，墜落的肉塊撞上引擎蓋的重響讓他暈眩，膝蓋瞬間發軟跪倒。

怯鷗眼前的車擋風玻璃碎裂大半、引擎蓋重重凹陷，警報器激烈作響。

黏糊糊、還帶著餘溫的鮮血濺到怯鷗的臉上。

二十八 淨土

被強迫讓座的女高中生再次搭上捷運。

因為目睹老人慘遭王蛇殘殺，女高中生請假多日在家休息，直到今天重返學校。

搭乘同樣的路線，女高中生幸運有座位，坐定後拿出單字本，趁著通勤時間埋頭背誦。

捷運到站離站，乘客來來去去。

忽然女高中生的小腿被雨傘戳了一下，她訝異抬頭，面前是跋扈嘴臉的大媽，方臉闊嘴像隻油膩不討喜的蟾蜍。

「起來。」大媽見到女高中生抬頭，再用傘尖戳了女高中生的小腿。

女高中生沒有動作，大媽手中的雨傘又不客氣地連戳幾下。「快起來啊！沒聽到嗎？」

女高中生默默低下頭，從書包拿出鉛筆盒。

在雨傘又一次戳來之前，女高中生突然起身，手握的美工刀往大媽的醜臉怒插，深深沒入眼窩。

「咿啊啊啊啊！」大媽塗著紅色指甲油的雙手狂抖，發顫的肥下巴與滿臉皺皮不斷抖動。

那支亂戳的雨傘跟著脫手，女高中生拾起。眼裡不只有恨，還有「淨土」帶來的決意——消滅年老的廢物。

女高中生用傘尖狠戳大媽的咽喉，直到嶄新的制服又染上鮮血，直到大媽再也發不出一點聲音。

沉默看戲的乘客們都像被引爆的炸彈，在「淨土」的影響下，開始就近攻擊同車的年老乘客，見一個弄死一個，就算不死也成了無法救治的重殘狀態。

哀號與血沫遍布車廂，成了讚頌猩紅的狂歡派對。

捷運站內同樣失控。年輕的站務人員手牽手心連心，一起把搭乘電扶梯的老人踹倒，用膝蓋把老人的臉頂在電扶梯的縫隙。

老人的頭顱被站務人員的膝蓋重重頂著。沙啞的哀號中，頭髮先被捲入，連帶整張臉皮遭到拉扯。站務人員擊掌歡呼，發現電扶梯新用法的他們相當雀躍。

捷運站外也迎來狂歡。警鈴大響的警車一路加速，只為了撞飛慢吞吞過馬路的拐杖老伯。老伯像輕飄飄的寶特瓶，滾啊滾的，連翻了好幾圈後倒地不起，胸腔凹陷、雙腿歪折，斷裂的脛骨更穿破皮肉。痛苦雖痛苦，心臟還是勤奮地跳著。

警察大人不能容許這樣難看的苟延殘喘，踹門下車，拔槍連轟數槍。汙濁的髒血濺上拐杖。

另一邊的十字路口，數輛消防車隊伍化成綿延的紅龍，站在車頂的消防員拿著高壓水槍，對沿途所見的老人噴灑水柱，沖得老人東倒西歪，作出奧運體操般高難度的彎折動作，薰鼻的老人臭也被清洗乾淨。

各地醫院警鈴大響，年老患者的點滴筒被護理師倒入清潔劑，或是在病床上被活活掐死。掛號櫃檯終於不再容忍無理取鬧的老人，員工紛紛抓起原子筆或剪刀跳出櫃檯，或戳或捅，澈底終結老人的插隊陋習，也消滅這些老人浪費健保資源的機會。

走廊同樣精彩，醫生抓起針筒或手術刀或各式銳利器具追著老人跑，白袍如天使翅膀翩翩飛舞。互有默契的護理師冷不防伸腳絆倒老人，再與醫生合作，捨棄所有消毒與麻醉措施，就地將老人開刀剖腹，把衰老的內臟一股腦翻出來。

平日積累各種委屈的服務業因著「淨土」終於得到釋放，超商店員把老人的臉壓進滾燙的茶葉蛋鍋，或是把老人的頭塞進微波爐，來回用力關微波爐門，直到撞斷骨質疏鬆的頸椎。

速食店店員與顧客聯手，把老人的頭壓進沸騰的油鍋與薯條一起炸，連計時器發出叮叮聲也不管，讓整鍋薯條連同老人的醜臉一起炸得焦黑。便當店老闆從廚房操出菜刀，追著老人狂砍，打算來點老人肉作為便當新菜色。

遠在高空上的飛機沒能倖免，暴動的乘客開始攻擊，攜家帶眷想要避難的政客正好捲進其中。空服員盡著本分服務旅客，把能拿出手的傢伙都遞了出來，騷動擴及到駕駛艙……

「淨土」正式爆發，新世界即將來臨。

「不得了，真是不得了！」斐先生看著檢驗報告，無法自拔地驚呼。

「王蛇居然產生抗體，體內的『淨土』還發生變異，現在他是超級感染者，感染性超級、超級、超級強！看起來是『淨土』在跟抗體相互對抗，為了比對方更強所以持續進化。王蛇的抗體跟我從實驗室製造的不一樣，雖然都能抵抗『淨土』，可是結構不同……看起來還有持續變異的可能！太美妙了，真是太美妙了！真不愧是我製作出來的病毒！這個王蛇也是不得了，既是希望也是絕望，這樣矛盾與衝突的集合真是太棒了。這個超級感染者兼免疫者真是意外的bonus，太棒了太棒了。」

斐先生再次端詳報告，這份檢驗結果帶來極大的驚喜。

「王蛇的血液太神奇了，人類的身體裡怎麼能有這麼多毒素？太奇妙了，『淨土』跟抗體在吸收這些毒素啊。是當養分？這是變異的原因？好想要！好想找王蛇來做更完整的檢查！」

心癢難耐的斐先生重新看回面前的螢幕牆。畫面被切出好幾個分割視窗，是來自世界各地的回報，幾個國家的主要都市皆發生暴動，隨處可見老人被殺害，焦煙四起，血灑遍地。

——淨土正在全世界蔓延。

「全球化是最基本的，要共襄盛舉促成新世界的到來。大家加油！」斐先生舉臂歡呼，用預先準備的拉砲慶祝。

啪！彩色紙花在半空中繽紛飄散。

先前負責抽取王蛇血液的紅髮女人來到斐先生身旁，怪異的白色工作服男人隨侍在後。

「都準備好了，隨時可以開始。父親。」紅髮女人報告，笑容有如燦爛盛開的花。

「真是太好了！啊，我真是緊張得小鹿亂撞，終於來到這一天了！」斐先生撥掉頭髮上的紙花，調整衣領，開開心心啟動視訊鏡頭。

咳了幾聲清清喉嚨，斐先生開始振奮人心的演說。

「即將見證新世界到來的各位！你們好……。」

一樣的頂樓，一樣的黃昏。

Miss S心境不再相同，以為遠離紛鬧的悠閒蕩然無存，現在像惡火燃燒後的草原滿目瘡痍。

Miss S蹲在盆栽前，盛開的石竹沒落入眼睛。她的思緒始終不在這裡。

阿倪被綁架的每分每秒對Miss S都太煎熬。即使冷血如她，一旦有了重視的人便也有了軟肋。

惹上斐先生，讓Miss S的所有手段都不能施展，只能被迫等待。

Miss S深怕只要有額外動作，斐先生將對阿倪作任何事以示警告。她毫不懷疑斐先生有多殘忍，這可是打算顛覆世界，強制讓老人滅絕的瘋子。

Miss S亦不敢詢問阿倪的消息。越是重視，越可能讓阿倪陷入險境。斐先生也許要因此放肆作弄，不管是針對她或阿倪。

Miss S雙手捂臉，發出深沉的嘆息。她恨自己的天真，沒察覺到一直以來都被監視。

阿倪現在怎麼樣？她好不好？有沒有被傷害？Miss S無法停止恐懼的想像，焦躁地來回走動。她需要來些酒精，濃度越高越好，希望能藉此麻痺焦慮。可是更怕錯過任何一點消息，為了保持清醒這幾天滴酒未沾，更是難以入眠。

「死小孩妳一定要平安無事。」Miss S喃喃自語，不斷撥亂頭髮像有滿頭纏人的跳蚤。

遠處有警車大肆作響，接連幾天都是這樣了。斐先生如他所願為這世界帶來混亂。Miss S因此槍不離身。她明白即使「淨土」是針對老人，但多的是會趁機作亂的惡徒，這代表所有人都不安全。

Miss S拿出手槍，重新檢查彈匣時不免煩躁。還是太在意阿倪了。在她過往的生命歷程裡，從未出現這樣重視的人。

如果阿倪有個萬一……Miss S試圖不去想像，卻無法停止腦海出現與斐先生同歸於盡的畫面。假如真的發展到那種局面，她必定要讓斐先生付出代價。

——Miss S會連命都不要。

Miss S端詳漆黑的槍身，用這玩意在斐先生身上打出幾個血淋淋的大洞是極度誘人的念頭。

Miss S舉槍對準頂樓一角，想像斐先生站在那，想像那張總是掛著嘲諷笑意的臉轉為驚恐，請求她不要開槍……

她也許會假意放過斐先生，等他鬆懈時扣下扳機，欣賞那張錯愕的臉。這樣很好，這很適合對付自以為玩弄一切的斐先生。

在想像之餘，Miss S眼角餘光瞥見有樓梯間有人影出現，立刻轉移槍口。

「阿倪？阿倪！」

Miss S差點把槍扔掉，想也沒想便快步奔去，把這個害她擔憂好幾天夜不成眠的孩子用力抓進懷裡。「死小孩、死小孩……妳有沒有怎麼樣？」

阿倪被Miss S抱得差點喘不過氣，掙扎地騰出空間呼吸。「我沒事，只是嚇到。」

「真的沒事？」Miss S捧起阿倪的臉，來回仔細端詳。

「應該吧……。」阿倪表情不太對。

「怎麼了？」

「有一個戴紅色眼鏡的阿伯給我打針。」阿倪拉起袖子，露出泛著瘀青的針孔，「那個奇怪阿伯說妳擅自帶客人拜訪他，所以要送妳一點小禮物。」

禮物？Miss S臉色慘白。「還有呢？他還有沒有說什麼？」

「我就問那個阿伯，為什麼送妳禮物結果是給我打針？他說驚喜還不能揭曉，等妳看新聞就懂了。他笑起來好像瘋子喔。」

看新聞？Miss S有極度不祥的預感。斐先生這個神經病到底想做什麼？她打開手機，試圖從即時新聞中找出答案。

Miss S毫不費力便發現那段演說，這是現在的驚人頭條。斐先生不知道從哪弄來的門路，竟然能讓各大電視臺同步放送。

畫面裡的斐先生露出Miss S從未見過的燦爛笑臉，像孩子般純真浪漫，令Miss S頭皮發麻——危險、真是太危險了，這個瘋子！

斐先生的演說開始了。

「即將見證新世界到來的各位！你們好。自我介紹就省略了，重要的是你們聽好了，現在這個世界死氣沉沉缺少流動，原因是什麼呢？你們有答案嗎？你們絕對有答案的！是老人！就是因為老人啊！老人太多了，比路上的狗屎還多，但是比狗屎還沒用。

「人類的淘汰機制有致命性的錯誤，應該及時把這些沒生產力的廢物汰除。資源是有限的，沒有生產力的老人正在浪費有限的資源，讓有大好未來的年輕人與青年的前途一片黑暗。

「這陣子都是『淨土』的功勞，是『淨土』開始推動世界的前進啊！大家拿筆記好了，『淨土』是乾淨的淨、土壤的土，如果你們夠勤勞的話，去查字典會說明淨土是清淨的、沒有汙染的莊嚴世界。聽起來很美妙對吧！

「你們一定很納悶淨土是什麼？它是新世界的鑰匙，可以讓你們這些被壓榨的年輕人與青年奮起反抗，把只剩年紀可以說嘴的老人通通殺掉！沒有錯，一個不留！這灘混沌的死水又會開始流動。這樣說會不會太抽象了？會吧？那用白話的方式說明吧，『淨土』其實是病毒，一種會讓感染者專心殺死老人的病毒。

「什麼什麼？擔心我說得這麼清楚，那些口中都是和平與愛又妄想解救世界的人會弄出解藥？沒事！沒事！大家不用擔心，因為『淨土』已經澈底擴散了，不要小看它的潛伏期跟發作後的威力。

「但是呢！但是！單方面散布『淨土』太不公平了，我相信一定有很多老人還是很爭氣，每天不懈怠努力過活，像我都這個歲數了但還是很努力想改變世界喔！也為了讓不服氣的老人有機會平反，所以不只弄出『淨土』，連抗體也製造出來了。來來來，關鍵字出來了！抗體啊！你們有沒有很興奮？只要有抗體就能不被『淨土』影響。

「至於抗體在哪呢？鏘鏘，答案揭曉！是活人！我把抗體注射進活人的身體裡了，只要找出那些人就能擁有抗體了，很簡單吧！全球化是最基本的，所以我在世界各地偷偷藏了被注射抗體的小驚喜，數量有限，要搶要快！

「來吧，不管是想殺死老人或想拯救老人，都該有動作了，一起見證新世界的到來！」

斐先生拿出紅酒，對著空氣舉杯致敬。

「敬新世界！」

斐先生將紅酒飲盡，手指一鬆，高腳杯從手中掉落，摔成碎片。

Miss S呆呆放下手機。

她終於知道，斐先生一直都在說謊，所謂的沒有解藥根本是謊！這個狂人為了把全世界玩弄在股掌之間，不惜放出消息，製造更多的對立與動亂……

她從未感到如此無助，即使在成為Miss S前的那段悽慘日子，也沒遇過這樣走投無路的困境。斐先生的惡意太巨大了，不是常人能夠想像的。

「抗體……是在說打進我身體裡的東西嗎？」

「沒事、沒事的，死小孩不要想那麼多。」Miss S再次摟緊阿倪，說著毫無把握的話。

遠方，黃昏的橘色天空有鳥形的黑影墜落。

失事的飛機撞毀群聚的水泥大樓，化成炸燃的火球熊熊焚燒，掀起死亡的焦煙。

Miss S摟緊阿倪，兩人都被這景象震懾。

「這就是你要的末日嗎……斐先生？」

謝幕

海邊小屋。

兩個人影倚靠在一起，看著遠方的海。

王蛇的視線從海平線收回，看向身邊的綠眼少女。

峨嵋頭靠在王蛇肩上，閉眼聆聽他的心跳。

兩人沒聽到斐先生驚世駭俗的宣告，沒看見世界陷入無法回頭的災亂。在這苦心尋覓的避世之地，僱傭兵與掠顱者寧靜相伴，不再理會任何騷動。

「峨嵋？」

「嗯？」

僱傭兵握住掠顱者的手，十指自然又有默契交扣在一塊，交換掌心的溫度。

「我有點累。好像需要睡一下。」

「我等你醒來。」

「不要吧，這次要睡很久。」

「不准睡太久。」

「我的大小姐，這次不是我能決定想睡多久……喂，怎麼哭了？」

「我也不想！可是眼淚停不下來。」

「對不起啊，好不容易又遇到妳。」

「你真是最惡劣的人了，臭王蛇。」

「我會反省的，這次會好好反省。」

「是說謊吧。」

「是啊。才不要把時間花在反省上，要全部留給妳。」

「謝謝你。」

「不要等我。」

「我會一直等下去。」

第二部（完）

鏡小說 065

末日森林 II：蛇之血與淨土病

作　　者：崑崙
責任編輯：王君宇、黃深
責任企劃：藍偉貞、劉凱瑛
整合行銷：何文君
副總編輯：陳信宏、林毓瑜
總 編 輯：董成瑜
發 行 人：裴偉

封面插畫：ALOKI
裝幀設計：兒日設計
內頁排版：王金喵

出　　版：鏡文學股份有限公司
114066 台北市內湖區堤頂大道一段
365 號 7 樓
電　　話：02-6633-3500
傳　　真：02-6633-3544
讀者服務信箱：MF.Publication@mirrorfiction.com

總 經 銷：大和書報圖書股份有限公司
242 新北市新莊區五工五路 2 號
電　　話：02-8990-2588
傳　　真：02-2299-7900

印　　刷：漾格科技股份有限公司
出版日期：2023 年 3 月 初版一刷
I S B N：978-626-7229-18-7
定　　價：450 元

國家圖書館出版品預行編目 (CIP) 資料

國家圖書館出版品預行編目 (CIP) 資料
末日森林 . II, 蛇之血與淨土病 / 崑崙著 . -- 初版 . -- 臺北市：鏡文學股份有限公司 , 2023.3
312 面 ; 21X14.8 公分 . -- (鏡小說 ; 65)
ISBN 978-626-7229-18-7(平裝)

863.57　　112000274